KB272942

류가미 장편소설
라디오

초판발행/ 2001년 1월 30일

지은이/ 류가미
펴낸이/ 채호기
펴낸곳/ ㈜**문학과지성사**
등록번호/ 제10-918호(1993. 12. 16)

서울 마포구 서교동 363-12호 무원빌딩(121-838)
편집/ 338)7224~5 FAX 323)4180
영업/ 338)7222~3 FAX 338)7221
인터넷/ www.moonji.com

ⓒ 류가미, 2001. Printed in Seoul, Korea
ISBN 89-320-1082-X

값 7,500원

광대의 오

류가미 장편소설

문학과지성사

영원으로 난 오솔길

*

"영원은 영속하는 시간을 뜻하지 않아." 임종하기 전, 그는 떨리는 내 손을 잡으며 말했다.

"그곳은 시간 너머에 있어. 미처 가지 않은 과거와 아직 오지 않은 미래의 작은 틈 사이로 난 길을 따라 걷다 보면 너는 한 번도 흐르는 슬픔에 물들지 않은 빛나는 곳을 보게 될 거야. 착하지, 그러니 잘 들어둬. 난 단지 이 몸을 벗어나 그곳으로 돌아가는 것뿐이니까. 우리는 다시 만나게 될 거야. 영원 속에서 너는 나고 나는 곧 너야. 네가 명멸하는 현상 속에서 변하지 않는 무언가를 붙들 수 있다면, 너는 모든 곳에 존재하는 나를 만날 수 있을 거야."

그는 그렇게 갔고 나는 그의 재를 소리의 바다 위에 뿌렸다. 그리고 이제는 몇 줌조차 안 되는 그 재들이 내 인생에 얼마나 큰 부분을 차지했는가를 새삼스럽게 깨달아야 했다. 밀려오는 파도에 발목이 젖고 짜가운 울음기가 목까지 차올랐다. 나는 머리를 풀고 마음을 열어 세상의 모든 소리에 귀를 기울였다. 몹시도 민감해진 나는 들을 수 있었다. 순간마다 풀잎들이 자라는 것을, 갈매기의 날개 끝에 벤 푸른 하늘의 비명을, 바다를 지탱시키는 물기둥의 인고스러운 침묵을, 수평선 저 끝에서 들리는 미처 깨어나지 않은 거북이 알들의 연약한 신음 소리까지도. 아직 인후를 통해 나오지 않은 소리조차 나는 들을 수 있었다. 그러나 하늘과 땅 사이 가득한 그 술렁임 속에서 오직 그의 목소리만은 찾을 수 없었다. 나는 울지 않았고 울지 않았다. 그는 결코 내게 거짓말을 한 적이 없었다. 언제나 그의 말은 옳았다. 그러니 나는 그의 죽음을 애도할 필요도 그의 부재를 슬퍼할 필요도 없다. 내게 주어진 앞날은 분명했다. 나는 무슨 일이 있어도 나를 그에게 인도해줄 영원으로 난 작은 길을 찾아야 했다. 그때까지 나는 늙지도 죽지도 못하리라.

*

'여기는 너무 추워. 모든 것이 딱딱하게 얼어버렸어. 봄날엔 민들레 홀씨 같던 꿈들도 여기선 돌처럼 굴러다녀. 하긴 겨울은 꿈꾸기조차 나쁜 계절이지.'

그가 떠나자 내게 긴 겨울이 찾아왔다. 겨울은 살아 있는 자들의 눈물을 얼려 흩뿌리고 한숨을 북풍에 실어 몰고 다닌다. 겨울은 모든 색을 빼앗아가버렸다. 오직 단조로운 회색만이 거리에 남아 있을 뿐이다. 그러나 나는 이 지독한 계절을 그 없이 살아남아야 했다.

나는 기억의 집을 떠나 은둔자의 읍에 아파트를 얻었다. 매일 아침 나는 차가운 침대 위에서 일어나, 아무 말 없이 혼자 식사를 하고 매서운 바람을 헤치며 걸어서 이십 분 남짓한 거리에 있는 신문사로 출근했다. 그리고 그곳에서 해가 질 무렵까지 묵묵히 오식들을 찾아냈다. 그러는 동안 몇 번이고 나는 지금 교정을 보고 있는 원고처럼 내 인생에서도 쉽사리 오자와 탈자를 찾아낼 수 있기를 바랐다. 그러나 지나간 시간은 돌이킬 수 없고 지난날의 잘못은 지울 길이 없다. 나는 어두워져가는 거리를 걸으며 아무 생각 없이 흘려보낸 그 시간들을 아쉬워했다. 컴컴한 아파트에 불을 켤 때마다, 코끝을 스치는 한기에 몸을 떨 때마다 나는 매일 그의 얼굴을 볼 수 있다는 것이 얼마나 큰 행운이었는지를 다시금 절감했다. 그러나 그 시절 나는 그 엄청난 행운을 너무나 당연한 것으로 받아들였다. 때늦은 후회로 울먹이며 나는 그와 나를 이어줄 마지막 가능성에 매달렸다. 한순간도 나는 그 영원으로 난 오솔길을 잊지 않았다. 그러나 이 넓고넓은 세상에서 지도도 나침반도 없이 어떻게 입구도 출구도 없는 그 길을 찾는다는 말인가? 그 길은 내게 던져진 하나의 수수께끼였다. 그리고 나는 떠나기도 전에 벌써 길을 잃어버린 셈이었다. 나는 막막했고 외로웠고 그리고 그의 위로가 몹시도 절실했다.

날이 흐리고 스산한 겨울비라도 내리는 날이면 날씨만큼 가라앉은 기분으로 싸늘한 빈 아파트에 돌아간다는 것이 정말이지 쉬운 일은 아니었다. 그럴 때면 나는 발걸음을 돌려 그의 옛 친구, 엉클 톰을 찾아갔다. 나는 그를 기억하는 누군가와 이야기를 나누고 싶었다. 한때 떠돌이 기타 연주가였던 톰은 이제는 자신의 아파트에 틀어박혀 맥주나 마시며 소일하고 있었다. 내가 찾아가면 이미 머리가 하얗게 새어버린 그는 기타 줄을 고르며 옛 노래를 불러주었다. 나는 창가에 서서 처마끝에 떨어지는 빗방울과 그 밑에 날개를 접은 비둘기를 바라보면서 그의 노래를 들었다.

"딱 한 번뿐이야. 다시는 이런 이야기 따윈 하지 않겠어." 톰은 뜯던 기타를 멈추고 말했다.

나는 제발 그 이야기가 길지 않기를 레몬이 들어간 맥주병을 흔들며 기원했다.

"잊지 말아야 할 건, 이유를 따지기 전에 이미 그것들이 존재한다는 사실이야."

"응?"

"말하자면 세계나 고통 같은 것들 말이야."

"그게 어때서?"

"그것들은 존재해야 할 이유도 모르는 채, 이미 존재하거든."

"하긴."

"진, 무조건 견딘다는 것은 힘든 일이야."

나는 말없이 고개를 끄덕였다.

"그러니 지구가 기울어진 채 돈다고 해도 이상할 건 하나도 없어. 사람들이 조금씩 미쳐간다고 해도 그건 조금도 이상한 일이 아니야. 그러니까 내가 하고 싶은 말은," 그는 기타를 내려놓고 나를 바라봤다.

"하고 싶은 말은?"

"네가 기다리는 사람은 돌아오지 않아."

나는 말없이 맥주만 홀짝였다. 정말이지 나는 그의 말대로 결코 오지 않을 것을 기다리고 있는지도 모른다.

"한번 죽은 사람은 되돌아오지 않아. 그러니 여기서 이렇게 늙어 가지 말고, 휘파람을 불어주는 사내를 따라가. 청춘은 그렇게 긴 것이 아니야."

그의 말대로 나는 아직 젊었다. 나는 알 밴 물고기처럼 매끄러웠고 어린 사슴처럼 향기로웠다. 나는 남자들의 욕망이 어떤 것인지 잘 알고 있었고 또한 그들을 위해 열두 명의 아이를 낳아줄 수도 있었다. 나는 가만히 맥주병을 탁자 위에 내려놓았다.

"어쨌거나 고마워."

"죽은 사람의 입김이 산 사람의 인생을 결정해서는 안 돼. 그가 뭐라고 했든, 진 이제 그를 잊어."

"톰, 정말 끔찍한 게 뭔지 알아." 나는 아주 길게 한숨을 내어쉬며 말을 이었다. "내가 그를 잊어간다는 사실이야. 손에 쥔 모래처럼 내 마음속에서 그에 대한 기억이 사라져가. 이제는 그의 눈이 어땠는지, 그의 목소리가 어땠는지 생각나지도 않아. 어떤 때는 그의 부재가 너무도 자연스러워, 세상에 그가 존재한 적이 있었는지조차 의심스러워져."

"가엾은 진."

"그래도 날 포기할 수 없게 만드는 것은 그와 함께했던 행복이야. 그는 나를 사랑했어. 나는 탐욕스럽게 그의 사랑을 받아먹었지. 나도 그를 사랑했어. 그는 내 사랑을 감사하게 받아들였어. 주고받고 나누고 존재하는 그 행복이 너무나 커서 나로 하여금 다시 한 번 그 경험을 추구하게 만들어."

"좋아 그렇다면 사랑을 좇아. 이미 죽어버린 그를 버리고 새로운 상대를 찾아. 사랑은 한 사람에 대한 쓸데없는 애착이나 우스운 강박관념이 아니잖아?"

"아직은 그를 만날 기회가 있어."

"어리석은 진, 정말 영원으로 난 오솔길이 있다고 믿는 건 아니겠지? 그 길이 있다는 확신도 없잖아? 그런 길은 입구도 출구도 없는 미로란 말이야. 어둠 속에서 두들기고 또 두들기며 더듬어나가는 수밖에 없는, 아무런 보장도, 희망도 없는 길이라고. 그것이 얼마나 고통스러운 길인가 생각해봤어?"

"알고 있어, 톰. 누구보다 잘 알고 있어."

"그렇다면 왜 네 인생을 그런 식으로 보내려는 거지? 지금이라도 마음을 돌려. 그렇지 않으면 네게 남는 것은 적막과 어둠뿐이라고."

"도시 사람들도 비슷한 말을 했지. 사랑이라는 달콤한 과즙은 시간이 흐르면 씁쓸한 담즙으로 변하게 마련이라고. 사랑은 자기 만족적인 도취에 불과하고 우리가 연인에게 찾는 것은 사랑하지 않고는 못 배기는 자신의 이미지에 지나지 않는다고. 그리고 그들은 사랑을 찾는 사람들을 경멸했지. 도대체 왜 불가능한 것을 꿈꾸지? 왜 그렇게 자신으로부터 도망가려고 하는 거야? 그들은 사랑이 단지 현실 도피에 불과하다고 말해. 그리고는 토요일마다 영화관에 가서 다른 사람의 사랑 이야기를 보며 몰래 눈물을 훔치지. 난 그러고 싶지 않아."

"그래서 그 대신 불가능한 사랑을 좇겠다는 건가?"

"톰, 내 마음과 몸이 소리쳐. 그를 만나고 싶다고. 나는 내가 원하는 것을 정직하게 추구할 수밖에 없어.”

“그것이 고통 이외에는 아무것도 보장하지 않는다고 해도?”

“그러나 사랑은 모든 것을 견뎌.”

“망할 놈의 운명 같으니.”

나는 다시 맥주병을 집어들며 제발 그 망할 놈의 운명이 나를 그에게로 인도해주기를 기원했다. 한동안 어색한 침묵이 흘렀다. 이윽고 엉클 톰은 체념한 듯 뇌까렸다.

“알고 있어? 자네와 문수는 내가 만나본 사람 중에 가장 지독한 고집쟁이란 걸.”

“그렇게 말하는 톰 역시 그를 좋아했잖아?”

그는 서둘러 맥주를 들이켜더니 말했다. “아마도 난 고집쟁이들에게 약한가 보지.”

우리는 서로의 얼굴을 보지 않은 채, 나직이 소리 죽여 웃었다. 멀리서 기차가 지나가는 소리가 들리고 빗방울은 시나브로 보도 위로 스며들었다. 또 그렇게 나는 조금씩 기다림에 지쳐가고 있었는지도 모른다.

*

엉클 톰이 말한 ‘그 망할 놈의 운명’과 같이 살아야 한다는 것에 대해서만큼은 불만이 없었다. 나를 괴롭히는 것은 다른 것이었다. 세상의 모든 것에는 때가 있는데 내 조급한 마음은 언제나 앞서나가고 미처 오지 않은 기회에 조바심을 쳤다. 영원으로 가는 길에

대한 아무런 단서도 찾지 못한 채, 겨울이 지나가고 봄이 왔다. 그
렇게 계절들은 왔다 갔고 나는 속절없이 나이를 먹었다. 그리고 가
는 시간만큼이나 불안해진 나는 영영 그때라는 것이 찾아오지 않
을지도 모른다는 불안감에, 다시는 그를 못 볼지 모른다는 두려움
에 떨어야 했다. 몹시도 불안해지면 나는 먼 옛날 한 마녀가 내게
가르쳐준 방법을 사용했다. 나는 산가지를 뽑아 오지 않은 미래를
물었다.

그때마다 내가 얻은 괘는 수천수(水天需)였다. 그것은 기다림을
뜻하는 괘이다. 그 괘는 비구름이 하늘을 덮고 있는 형상을 나타낸
다. 모든 사물에는 자양분이 필요하다. 그래서 만물은 자신을 기르
는 비를 애타게 기다린다. 그러나 그 비는 자신의 때에만 온다. 우
리는 그때를 조절할 수 없다. 우리가 할 수 있는 유일한 일은 그때
를 기다리는 것이다. 위험(坎)이 앞을 가로막을 때 굳센 사람(乾)
은 잠시 때를 기다린다. 그는 결코 무모한 독주를 하지 않는다. 기
다림이란 단지 헛된 희망을 의미하는 것이 아니라 목적이 이루어
질 것을 믿는 굳은 의지를 뜻하기 때문이다. 굳은 의지는 성공을
이끄는 빛이 된다. 믿음은 행운을 가져다주고 큰 강을 건널 힘을
제공한다. 그리고 늦건 이르건 그때라는 것은 반드시 오고야 만
다. 실제로 그것을 기다리는 동안이 마련된 시간보다 훨씬 길다고
해도.

어느덧 조바심에 애끓던 그 지루한 시간도 지나가고 겨울 동안
대지 아래 웅크리고 있던 씨앗이 봄이 되자 싹을 틔우듯 드디어 내
게도 그때라는 것이 찾아왔다. 누가 알았을까? 그때라는 것이 거
리 모퉁이에서 신호등이 바뀌기를 기다리고 있을 줄. 그때 내 나이

서른두 살이었다.

내가 립 반 윙클을 만난 것은 해질 무렵 떡갈나무 거리에서였다. 그는 길모퉁이에서 신호등이 바뀌기를 기다리던 내게 다가와 컵을 내밀며 동전을 구걸했다. 그는 낡은 외투에 구멍난 장갑을 끼고 길고 텁수룩한 머리를 색 바랜 털실 모자로 감추고 있었다. 어쩌면 흔히 볼 수 있는 그 부랑자의 모습이 기묘하게도 내 마음을 흔들었다. 그의 모습 속에서 나는 엉클어진 시간을 느낄 수 있었기 때문이다.

나는 간이 식당에서 한 끼 식사와 담배를 제공하는 대가로 그의 이야기를 들을 수 있었다. 그는 뉴욕 주 허드슨 강 근처의 개척민 마을에서 살았다고 한다.

"나는 모든 사람들이 좋아하는 그런 사람이었어. 단 한 사람만 빼고는 말이지. 웬일인지 아내는 내 느긋한 성질을 참지 못했어. 그래서 그날도 난 아내의 욕설에 떠밀려 산으로 사냥을 가게 되었지. 그곳에서 기묘하게 생긴 그러나 속이 화통한 친구들을 만나 한잔했어. 그래 그게 전부야. 난 술에 취해 잠들었고 깨어났을 땐 모든 것이 달라져 있었어."

그가 깨어났을 때, 세상은 그가 전에 알고 있었던 그곳이 아니었다. 실제로 그가 잠든 사이 이백 년이라는 시간이 흘러버린 것이다. 그 사이 미국은 독립되었고 남북 전쟁과 두 차례의 세계 대전 그리고 베트남전을 치렀다. 그에게는 이미 가족도 친구도 남아 있지 않았다. 전혀 낯선 고장에 버려진 그는 떠도는 신세가 될 수밖에 없었다.

"나는 세월을 도둑맞고 만 거야. 이건 내가 살아야 할 시절이 아니란 말이야. 내가 알고 있는 모든 것들은 이제는 소용없는 물건이 되어 박물관에 처박혀 있지. 아마 그곳이 내 무덤이 될지도 몰라. 이십세기에 버려진 십팔세기 퇴물, 그게 바로 나야. 그러나 난 지금도 믿을 수 없어. 어떻게 나도 모르는 사이 그렇게 긴 세월이 흐를 수 있었던 거지? 그렇게 긴 시간 동안 잠들어 있었으면서도 왜 나는 그 흔한 꿈 한번 꾸지 못한 걸까?"

*

립과 헤어진 후 거리를 되짚어오면서 나는 그가 해준 이야기를 곰곰이 생각해보았다. 그처럼 수백 년의 시간을 한순간에 보낼 수 있다면 한순간을 수백 년의 시간으로 경험할 수도 있지 않을까? 그리고 삼 년 뒤 뜻밖의 곳에서 나는 그 질문의 답을 찾아냈다. 그날은 화창한 주말 오후였다. 갑자기 기침이 잦아진 엉클 톰의 약을 짓기 위해 나는 중국인 거리를 찾았다. 원하던 약재를 산 후 나는 다리도 쉴 겸 목도 축일 겸 찻집에 들렀다. 이층 난간에 앉아 거리의 풍경을 바라보며 나는 차를 마셨다. 노인들이 길가에 좌판을 펼치고 폭죽과 색실을 팔고 있었다. 아이들이 그 사이를 긴 꼬리연을 흔들며 뛰어다녔다. 차를 마시다 나는 탁자에 놓인 낡은 이야기 책을 발견했다. 그것은 심기제(沈旣濟)의 소설 『침중기』였다. 나는 천천히 그 책을 읽어내려갔다.

이것은 당나라 현종(玄宗), 개원 연간(開元 年間)의 이야기이다.
여옹(呂翁)이라는 도사가 한단(邯鄲)의 한 객잔에서 쉬고 있었다.
때마침 객잔에 있던 노생(盧生)이라는 가난한 젊은이가 여옹에게
다가와 푸념을 늘어놓기 시작했다. 노생은 아무리 애를 써도 고생
을 못 면하는 것은 무슨 까닭이냐고 물었다. 이윽고 끝없이 펼쳐지
던 한탄도 시들해지고 노생은 갑자기 몰려드는 졸음에 쫓겨 여옹이
빌려준 베개를 베고 잠이 들었다. 도기로 만들어진 그 베개는 양끝
에 구멍이 뚫려져 있었다. 그가 잠든 동안, 신기하게도 그 구멍은
점점 커져갔다. 노생이 깨어나 그 안쪽으로 들어가 보니 그곳에는
대궐 같은 집이 있었다. 그 집은 당대의 명문가인 청하 최씨의 집이
었다. 기묘한 인연으로 노생은 그 집 딸과 혼인하게 되고 마침내 과
거에 급제하여 벼슬길에 나섰다. 순풍에 돛을 단 듯 노생은 출세를
계속하여 경조윤(京兆尹)을 거쳐 어사대부겸 이부시랑(御史大夫兼
吏部侍郞)에 오른다.

그러나 호사다마라고 재상의 원한을 산 노생은 단주자사(端州刺
史)로 좌천된다. 그곳에 머물기를 삼 년, 다시 소환된 노생은 호부
상서가 되고 곧이어 재상에 올랐다. 지위가 극에 달해 자못 득의하
고 있을 때, 그는 모반을 꾀했다는 터무니없는 모함을 받는다. 역적
으로 몰려 끌려가면서 그는 처자에게 말했다.

"내 고향 산동에 작기는 하지만 기름진 논이 있었다. 농사만 짓고
있었더라도 그것으로 추위와 주림을 면할 수 있었을 텐데 무엇이
아쉬워 녹(祿) 먹는 짓을 했던가? 그 때문에 이 꼴이 되었구나. 그
옛날 누더기 옷을 입고 한단 길을 걷던 일이 생각난다. 그때가 그리
우나 이제는 어찌할 도리가 없다."

겨우 사형을 면하게 된 그는 기주로 귀양을 갔다. 무심한 세월이 흐르고 또 흘렀다. 이윽고 노생의 무죄가 밝혀지자 황제는 그를 다시 불러들였다. 그간의 고생을 보상하려는 듯, 노생은 중서령(中書令)에 임명되고 연국공(燕國公)에 봉해졌다. 태평한 시절이 계속되었다. 그의 다섯 아들들은 모두 벼슬에 오르고 천하의 명가(名家)와 혼인하여 많은 자식들을 두었다. 늙고 쇠약해진 노생은 몇 차례나 사직을 청하였으나 황제는 그를 허락하지 않았다. 병이 나면 환관들이 문병을 오고 황제가 명의와 양약을 보냈다. 그러나 나이는 어쩔 수 없어, 그는 남들이 부러워하는 영화 속에서 그만 눈을 감는다.

그리고 크게 하품을 하며 깨어나자, 노생은 전처럼 한단의 객잔에 있는 자신을 발견했다. 곁에는 여전히 여옹이 앉아 있었다. 그가 잠들기 전, 객잔 주인이 찌고 있던 차조는 아직도 익지 않은 채였다. 모든 것은 그전과 다름없었다.

"아아, 꿈이었구나!"

여옹은 그런 노생에게 웃음을 보이며 말했다.

"인생이란 다 그런 거라네."

노생은 잠시 생각에 잠기다 이윽고 여옹에게 감사했다.

"이제 저는 영욕도 빈부도 삶도 죽음도 다 경험하였습니다. 이것은 선생님께서 제 욕심을 질책하신 것이라고 생각됩니다. 많은 것을 깨달았습니다."

여옹에게 공손히 절을 하고 노생은 한단의 길을 떠났다.

나는 책읽기를 마치고 중국인 거리를 바라보았다. 그리고 차 탁

자에서 일어나 낡은 나무 계단을 내려갔다. 카운터에서 계산을 끝
낸 나는 문득 알 수 없는 충동에 사로잡혔다. 나는 곱게 빗은 머리
를 뒤로 올린 여주인에게 물었다.

"혹시 이 근처에 여옹이라는 사람이 사나요?"

그러자 여주인이 대답했다.

"그건 저쪽 골목에 사는 시계공의 이름인데요."

나는 그 길로 그 시계공을 찾아갔다.

*

작은 상점의 벽면은 온갖 종류의 시계들로 가득 차 있었다. 조율
이나 한 듯, 한 박자로 째깍거리는 그 시계들을 뒤로한 여옹은 오
십대 중반으로 보이는 남자였다. 그는 외눈 안경을 끼고 회중시계
를 조립하고 있었다. 사람들 눈에 띄지 않는 무뚝뚝한 시계공으로
서의 그의 모습이 너무나 자연스러워, 나는 그가 천년의 풍상을 이
기고 살아온 사람이라는 사실이 선뜻 믿어지지 않았다. 그러나 나
는 용기를 내어 찾아온 이유를 말했다.

"영원에 대해 알고 싶어 찾아왔습니다."

그는 호기심에 찬 눈으로 나를 슬쩍 건너보더니 별일 아니다는
듯이 다시 시계 조립에 열중했다. 그러나 나는 물러서지 않았다.

"무슨 일이 있어도 저는 영원으로 난 길을 찾아야 해요. 그리고
전 당신이 그 길에 관해 무언가 알고 있다고 생각해요."

그는 하던 일을 멈추고 묵묵히 나를 바라보았다.

"오늘 전 찻집에서 우연히 책 한 권을 읽게 되었지요. 그것은 천 년 전 당나라에 살았던 노생이라는 사람의 이야기였습니다. 그는 짧은 꿈속에서 전인생을 살았답니다. 그는 한순간에 평생을 경험한 셈입니다. 그 기적 같은 일이 여옹이라는 사람에 의해 이루어졌지요. 그는 시간을 다룰 줄 아는 드문 사람이었던 겁니다. 전 그것이 그저 이야기가 아니라 실제로 있었던 일이라는 것을 알고 있어요. 삼 년 전 저는 노생과 비슷한 경험을 한 립이라는 사람을 만난 적이 있기 때문입니다. 한순간에 평생을 산 노생과 달리 그는 한순간에 이백 년이라는 긴 세월을 잃어버렸지요."

그는 입가에 흐릿한 미소를 지으며 말했다.

"그래서요?"

"어쩌면 시간이란 우리가 알고 있는 것과는 많이 다른 것인지도 모릅니다. 시계로 잴 수 있는 그래서 모든 사람이 공유할 수 있는 객관적인 시간만이 존재한다고 믿는 것은 우리의 착각일지도 모릅니다. 노생 같은 몇몇 사람들은 자신이 놓인 상황에 따라 시간의 흐름이 달라지는 것을 경험합니다. 그것은 다른 사람들이 결코 눈치챌 수 없는 그 사람 고유의 심리적 시간이지요. 그 시간은 우리가 흔히 알고 있는 객관적 시간과는 전혀 다릅니다. 재미있는 것은 이렇게 서로 다른 두 가지 시간들 사이의 갈등이 기묘한 시간의 왜곡을 일으킨다는 점입니다. 립의 긴 잠은 심리적 시간이 멈춘 사이 객관적 시간만 흐른 경우였고 노생의 긴 꿈은 객관적 시간이 멈춘 사이 심리적 시간만 흐른 경우지요. 만약 그렇듯 시간이 유동적인 것이라면 객관적 시간이 멈춘 순간 심리적 시간이 무한정 확장될 수도 있을 것이고 우리는 순간 속에 녹아 있는 영원이란 것을 만날 수도 있을 겁니다."

"재미있는 이야기군요. 그러나 당신이 왜 제게 그런 이야기를 하는지 모르겠군요." 여옹은 입가의 그 흐릿한 미소를 지우지 않은 채 말했다.

"찻집에서 그 책을 읽고 난 후, 시간을 조절할 수 있는 여옹 같은 사람을 만난다면 영원으로 가는 길도 찾을 수 있을 거라고 생각했지요. 그러나 그가 실존 인물이라고 해도, 아쉽게도 여옹과 저 사이에는 천년의 거리가 놓여져 있었습니다. 그를 만난다는 것은 사실상 불가능한 일이죠. 그러다 문득 찻값을 치르면서 저는 한 가지 사실을 깨달았습니다. 그는 남의 시간을 조절할 수 있었던 사람입니다. 그렇다면 자신의 시간도 조절할 수 있었겠지요. 시간은 그에게 아무런 장벽이 되지 않습니다. 그래서 저는 찻집 주인에게 물었지요. 이 근처에 여옹이라는 사람이 사느냐고. 그와 같은 능력의 사람이 나와 동시대에 산다면 분명히 그는 은둔자의 읍 어딘가에 자신의 삶의 터전을 마련했을 테니까요. 알다시피 여기는 제국이라는 거대한 문명에 등을 돌린 사람들로 이루어진 곳입니다. 그렇다면 여옹이란 사람도 바로 이곳에 살고 있겠지요."

"내가 책 속의 그 여옹이라고 생각하는 겁니까? 저는 그렇게 대단한 사람이 못 됩니다." 그는 완성된 회중시계를 만지작거리며 말했다.

"지금 당신은 거짓말을 하고 있어요. 때때로 저는 사람들의 심중을 읽을 수 있답니다. 당신 마음은 엉킨 실타래 같은 시간 속을 헤매고 있어요. 그러니 제발 절 도와주세요."

그는 한동안 망연히 허공만 바라보았다. 그리고 작업대에서 일어나 내게 자리를 권했다.

"어떻게 내 마음을 읽을 수 있었죠?"

"사람들은 모두가 조금씩은 라디오랍니다. 상대에게 다가가는 채널만 찾아낸다면 우리는 상대의 마음의 소리를 들을 수 있어요. 그 상대가 울부짖는 늑대라 해도 떠도는 유령이라고 해도 설령 내 앞에 있는 당신이라고 해도 말이지요."

"어쨌든 용케 나를 알아봤군요. 이 시대에 내가 당신 같은 사람을 만날 수 있는 곳도 여기밖에는 없을 테니까요."

나는 그 말에 웃어보였다. 그의 말대로 은둔자의 읍은 수많은 이유로 숨어 살아야 하는 사람들이 모인 곳이었다. 때문에 이곳에는 살아가는 사람들 수만큼이나 숨겨진 사연들이 있다.

여옹은 내게 차를 따라주었다. 따뜻한 차 속에는 짙은 국화향이 배어 있었다. 그 향은 이상하게도 나를 안심시켰다. 나는 이제야 비로소 늙은 수리공의 말문을 여는 데 성공했다는 것을 실감할 수 있었다. 나는 그렇게 또 한 발자국 영원을 향해 다가가고 있었던 것이다. 나는 전보다는 느긋한 마음으로 말했다.

"향이 좋아요."

"들국화 꽃잎과 감초를 차와 함께 달였지요. 꽃잎은 철이 지나 시들기 전에 미리 따두었던 겁니다. 그렇게 모든 존재들은 시간을 떠나서는 설명할 수 없는 것인지도 모릅니다." 천천히 찻잔을 내려놓으며 그가 말했다.

"우리가 지금 즐기고 있는 이 향은 멀지 않은 과거에 피었던 꽃들의 잔해들입니다. 그 꽃들도 과거의 어느 때에는 다만 꽃 필 가능성만을 간직한 씨앗에 불과했을 겁니다. 그리고 멀지 않은 미래에는 이 향도 사라지고 향에 대한 기억도 잊혀지겠지요. 세상에 시간만큼 무서운 것은 없습니다. 시간은 모든 것을 바꿉니다. 시간을 떠나 항상 불변하는 궁극적인 본질이란 것은 우리가 사는 세상에는 존재하지 않습니다. 그렇기 때문에 우리는 무엇인가를 이해하기 위해 사물의 본질을 묻는 대신 그것의 변화 과정을 물어야 할 겁니다." 그는 잠시 쉬었다 이야기를 이어나갔다.

"그러나 또한 우습게도 시간은 존재들의 의식 상태를 떠나서는 설명되지 않습니다. 시간의 흐름을 결정하는 것은 그것을 지각하는 사람의 의식의 질입니다. 지각자의 의식의 질에 따라 시간은 한없이 느려지기도 하고 한없이 빨라지기도 하죠."

"이해하기가 힘들군요. 좀더 쉽게 설명해주실 순 없나요?"

"시간의 흐름의 변화는 우리가 잠자는 동안에도 일어납니다. 잠은 우리를 평상시와 다른 의식 상태로 데려가주기 때문이지요. 깊은 잠은 우리로 하여금 시간을 의식하지 못하게 만들고 노생의 경우처럼 꿈은 흔히 시간의 팽창을 일으킵니다. 다시 말해 아주 짧은 시간 동안 활동적인 꿈을 꾼 사람을 깨워 꿈속에서 일어난 일을 말해보라고 하면 보통 노생처럼 긴 이야기가 나옵니다. 그 정도의 사건을 객관적인 시간 속에서 경험하려면 훨씬 더 긴 시간이 필요하지요. 그러나 의식의 질을 변화시키는 것은 잠만은 아닙니다. 명상이나 최면 상태에서도 시간의 팽창은 일어나고 마리화나, LSD 같은 약품도 시간을 변형시키지요."

"시간의 흐름이 의식의 질에 따라 결정된다면 영원이라는 것은 우리가 모르는 특정한 의식 상태를 뜻하는 것이겠군요."

"이론상 그렇습니다. 그러나 나는 아직 그 영원이란 곳에 발을 들여놓은 적이 없습니다. 나는 펼쳐진 시간 속에서 사물의 영고성쇠를 지켜볼 것을 명령받았지요. 그러기에 시간 속에서 사물의 변화를 지켜본다는 것은 내가 세상을 이해하는 방식인 동시에 나의 운명이기도 합니다. 그러나 펼쳐진 시간이 아니라 영원이라는, 모든 시간이 농축된 공간에 대해서는 저는 잘 모릅니다."

"그러나 전 영원으로 난 길을 찾아야 해요."

"영원으로 향한 문은 언제나 열려 있어요. 문제는 우리가 영원에 다다라도 그것을 인식하지 못하고 매순간 그곳에 다녀와도 그것을 기억하지 못한다는 데 있습니다. 영원을 인식하기 위해서는 평상시와 다른 고양된 정신이 필요합니다. 영원은 언제 어디서나 존재합니다. 다만 우리가 그것을 의식할 만큼 정화되어 있지 않다는 데 문제가 있지요. 결국 영원에 도달한다는 것은 형언할 수 없는 절대 속에 녹아버리는 일이 아니라 경험적인 활동을 초월한 정신의 보편성과 자유를 획득한다는 뜻일 겁니다."

"어떻게 하면 영원에 다다를 수 있죠?"

"가끔씩 나는 펼쳐진 시간 속을 걸으며 이런 생각을 해보곤 했습니다. 우리가 이렇게 시간 속을 걸으며 희비를 겪는 것은 그 경험 속에서 우리 자신을 정화시키고 보다 고양된 정신을 잉태하기 위함이 아닐까 하고. 그렇게 본다면 진정한 의미의 인간은 아직 태어나지 않은 셈입니다. 왜냐하면 우리의 가장 궁극적인 부분, 영원을 지각할 수 있는 고양된 정신이라는 것이 아직 태어나지 않았으니까요. 우리는 완성된 인간으로 존재하는 것이 아니라 완성되어가는 과정 속에 있습니다. 인간성이라는 것은 불변하는 고정된 무엇이 아니라 경험을 통해서 변화 발전해가는 잠정적인 것입니다. 완성되지 않은 존재란 그 사실이 우리를 불안하게 만들지만 동시에 완성에 대한 희망을 갖게 하지요. 아마도 시간이라는 것은 그 완성으로 가는 길에서 우리에게 결핍되었던 교훈을 끌어내기 위한 체험을 제공하기 위해 준비된 것일지도 모릅니다. 그렇다면 우리는 모두 그 궁극의 완성, 영원이라고 불려지는 한 목적지를 갖고 있는 셈이지요."

그의 말이 너무 막연해 한동안 나는 말을 잃었다. 그러자 그는 망연해하는 내 표정 속에서 모든 것을 이해한 듯 말을 이었다.

"그러나 고양된 정신에 대해서는 나보다 칼이라는 친구가 할말이 더 많을 겁니다."

*

나는 여옹이 소개한 그의 친구의 집 앞에 서 있었다. 그의 집은 탁선(託宣)의 거리에 있었다. 그 거리에 있는 다른 집들과 다를 바가 없는 그의 집을 구별해주는 유일한 것은 문 위에 새겨진 글귀였다.

'소명을 받아들이든 거부하든 신은 거기에 있다.'

현관의 벨을 당기자 하녀가 나왔다. 그녀에게 여옹이 준 명함을 건네자 그녀는 나를 거실로 인도했다. 거실에는 친절해 보이는 부인이 안락의자에 앉아 있었다. 부인 뒤로는 웃고 있는 아이들의 모습이 보였다. 그녀는 이마에 흘러내린 머리카락을 쓸어올리며 말했다.

"무슨 일이시지요?"

"칼이라는 분을 찾아왔습니다."

"바깥분은 지금 여기 없습니다. 그는 지금 삼나무숲에 있는 자신만의 성탑에 있답니다."

삼나무숲에 있는 성탑은 그의 비밀 장소였다. 그곳을 아는 사람은 세상에 그 하나밖에 없었다. 그는 일 년의 반쯤을 그곳에서 보낸다고 그의 부인은 말했다.

"탑은 그에게 있어서 성숙의 장소입니다. 그곳에 있는 동안만큼 그는 진정한 자신으로 있을 수 있지요. 그곳은 현재와 과거와 미래의 그를 잉태하는 자궁과도 같은 곳입니다. 오로지 그곳에서만 그의 사상이 자라나고 그의 저술이 이루어지지요. 때문에 그곳은 가족인 우리들에게도 알려지지 않은 미지의 장소랍니다."

그래서 나는 그 누구에게도 알려지지 않은 그 자신만의 은밀한 장소를 찾기 위해 신문사에 휴가를 신청했다. 그리고 성탑을 찾아 삼나무숲의 구석구석을 헤맸다. 삼나무숲만큼 내게 추억을 불러일으키는 곳도 드물었다. 기억의 집에서 은둔자의 읍으로 나갈 때면 언제나 삼나무숲을 가로지르는 지름길을 거쳐야만 했다. 어린 시절 나는 아저씨의 자전거 뒤에 매달려 수도 없이 그 길을 달렸다. 그러나 숲속을 헤맬수록 숲은 내가 알고 있던 것보다 훨씬 더 은밀했고 내가 이해하고 있던 것보다 더 많은 부분을 감추고 있었다. 드디어 나는 익숙하다고 믿었던 그 숲속에서 길을 잃고 말았다. 한동안 두서 없이 걷다 지쳐버린 나는 나무 밑에 그만 주저앉아버렸다. 힘차게 위로 뻗은 삼나무 끝에 조각난 하늘이 덩그렇게 달려 있었다. 해가 지기 전에 성탑을 발견하지 못한다면 나는 부엉이와 들쥐들과 함께 밤을 보내야 할 것이다. 그러나 나는 당황하지 않으려고 애썼다. 마음을 가라앉히기 위해 나는 깊은 호흡을 했다. 그리고 이 넓고넓은 숲속, 수많은 생명들의 웅성거림에 귀를 기울였다. 나는 수군대는 그 소리들 가운데 나를 성탑으로 인도해줄 것을 찾았다. 마침내 나는 그 소리를 발견했다. 그것은 마른 나무 둥치가 쪼개지는 소리였다. 숲의 깊고 내밀한 곳에서 들려오는 그 소리는 이곳에 내가 아닌 또 다른 사람이 있다는 사실을 알려주고 있었다. 누군가가 저녁에 지필 땔감을 얻기 위해 장작을 패고 있었던 것이다. 나는 그 소리를 따라 숲을 헤쳐나갔다. 이윽고 나무들 사이로 쪽빛 호수가 보이고 그 한쪽에 뾰쪽한 지붕을 가진 둥근 탑이 눈에 들어왔다. 그리고 짐작대로 작업용 앞치마를 걸친 한 사내가 마른 나뭇가지를 패고 있었다.

칼은 손수 벽난로와 화덕에 불을 지피고 호수에서 길어온 물로 저녁을 지었다. 우리는 흔들리는 등잔 불빛 아래서 소박한 식사를 했다. 나는 그에게 찾아온 이유를 간단히 말했다. 침묵 속에 식사를 마친 그는 벽난로 위에 커다란 가마솥을 걸고 물을 끓였다. 물이 끓기 시작하자 솥이 노래를 했다. 나는 식기가 치워진 탁자에 앉아 그 소리에 귀를 기울였다. 그것은 불안한 여러 목소리들의 수군거림 같았고, 격정에 사로잡힌 바다의 웅성거림 같았다. 나는 그 소리에 대해 잘 알고 있었다. 바람이 거세어지면 소리의 바다 밑에 잠자고 있던 수많은 목소리들이 떠오르고 해안은 자연의 모든 소리를 끌어안은 그 불협화음으로 술렁였다. 그것은 무섭도록 모순에 찬 혼돈의 소리였다. 언제나 그 소리는 나를 견딜 수 없게 만들었지만 이상하게도 지금은 공포나 저항감 없이 그 소리에 마음을 열 수 있었다.

"저것은 저승의 문으로부터 흘러나오는 소리야." 칼은 파이프에 담배를 재우며 말했다. "우리가 거부해버린 감정들과 생각들이 밑으로 흘러 무의식의 바다에 고이지. 그 버려진 목소리들의 늪이 바로 저승이야. 그곳은 달의 어두운 면처럼 평상시에는 결코 볼 수 없는 미지의 세계지. 그리고 지금 넌 나에게 그곳으로 가는 길을 묻고 있어." 하던 말을 멈추고 그는 담배를 깊게 빨아들였다.

"전 그저 영원으로 난 길을 찾으려는 것뿐이에요."

그러자 그는 파이프를 내려놓으며 웃었다.

"삶은 시간이란 변수를 떠나서는 설명되지 않아. 삶이란 곧 변화를 뜻하거든. 그러니 시간이 없다면 변화도 없고 삶 역시 사라지고 말지. 영원이라는 모든 가능성을 압축한 무시간성(無時間性), 공시태(共時態)로 본 역사 속에서는 자연히 시간이 가져오는 굴곡도 희비도 박락되어버리게 마련이야. 영원이라는 곳은 변화를 허락하지 않는 유일한 곳이지. 그 무시간성 속에서는 모든 것이 가능하지만 단 한 가지 삶만은 허락되지 않아. 영원은 결코 산 자들의 땅이 아니야. 그래도 그곳을 가겠다는 건가?"

그는 묵묵히 파이프를 빨았고 나는 대답할 말을 찾아 정리되지 않은 생각을 가다듬어야 했다.

"그곳이 저승, 불귀의 땅이라고 해도 전 가야만 해요. 그곳에서 저의 유일한 사랑이 저를 기다려요. 제가 알고 싶은 것은 어떻게 그곳에 갈 수 있는가 하는 것뿐입니다.”

“오직 사랑에 눈먼 너 같은 바보만이 그 무서운 소명에 응하지. 그러나 기뻐해라. 그 길은 바보 눈에만 보이니.”

나는 노여워하지도 기뻐하지도 않으며 그의 다음 말을 기다렸다.

“저승은 우리가 그곳을 의식할 수 없다는 점에서 무의식의 세계를 뜻해. 그곳은 우리가 이 세계를 파악하는 대상적(對象的) 인식 너머의 곳이지. 그곳은 네가 알고 있는 방식으로는 접근할 수 없어. 그곳으로 널 인도할 수 있는 것은 얄팍한 이성이 아니라, 오로지 네 마음속에 있는 내밀한 충동뿐이야. 그것은 더 큰 자기Self로부터 나오는 목소리지. 영원으로 가는 길은 결국 더 큰 자기와 만나는 길이고 곧 자기 자신이 되는 길이야. 그것은 늘 함께 있으면서도 의식하지 못했던 자신의 전체성을 발견하는 길이지. 그러나 그 내밀한 충동에 귀를 기울이기 위해서는 기존에 네가 알고 있었던 모든 것을, 네가 집착했던 모든 것을, 네가 욕망했던 모든 것을, 네가 동일시했던 모든 것을 버려야 해. 네 마음이 허공 같은 빈 그릇이 되었을 때, 이제껏 네가 네 자신이라고 믿었던 자아Ego의 경계는 무너지고 그 컴컴한 혼돈 속에서 너는 더 큰 자기의 목소리를 듣게 될 거야. 그 목소리는 네게 자신과 타인을 가르는 대상적 인식이 아닌 전체에 대한 통찰을 보여줄 거야. 전체 속에서 자신의 위치를 통찰할 수 있는 능력, 그것이 바로 직관의 힘이지.

그 직관이라는 거울의 호부(護符)가 없다면 너는 올올이 뱀으로 얽어진 죽음의 검은 얼굴, 전율스러운 번견(番犬)의 포효에 놀라 그 자리에서 돌이 되어버리고 말 거야. 만약 네가 그 지옥의 미로 속을 헤매게 된다면 결코 자신을 인도해줄 직관의 끈을 놓지 말거

라. 반복하지만 시간의 유계(幽界), 그 정지의 순간 속으로 들어간다는 것은 무의식 속으로 침몰한다는 것을 뜻해. 만약 네가 직관의 끈을 놓친다면 너는 어둠 속에 녹아들어가 네가 왜 그곳에 갔는지 네가 누구인지조차도 잊게 돼. 그러니 항상 명심하거라. 그 길은 저승으로 난 길이라는 사실을. 그것은 생명이 죽음 가운데 던져졌다 부활하는 길, 샤먼들이 혼령을 찾아 내려가는 길, 영혼 Psyche이 자신의 사랑 Eros을 찾아가는 길이지. 칼날같이 위험한 길, 그러나 살아 있는 한 결코 포기할 수도 없는 길. 그래서 매번 산 자들은 그 미로 속으로 들어가지. 오디세우스에게 이타카란 페넬로페가 있는 그곳이듯, 자신의 짝을 찾지 못한 영혼이 쉴 곳은 이 세상 어디에도 없어." 그리고 갑자기 그는 내게 물었다. "두려운가?"

그러나 나는 아무런 대답도 하지 못했다. 멀리서, 달빛이 비치는 창백한 호수 위를 지나는 한 떼의 유령들의 가느다란 휘파람 소리가 들려왔다. 순간 나는 알 수 없는 한기에 몸을 떨었다. 나는 두 팔로 몸을 껴안으며 생각했다. 죽음을 두려워하기에는 그것에 대해 아는 바가 너무 없다고. 그러나 기묘하게도 그 사실이 지금 나를 떨게 만든다고.

*

성탑에서 돌아온 뒤, 나는 평범한 일상으로 돌아왔다. 매일 아침 나는 신문사로 갔고 유난히 큰 사무실 창 아래서 오자들을 잡았다. 그러다 견딜 수 없이 외로워지면 엉클 톰을 찾아가 그의 노래를 들

었다. 그러나 나는 더 이상 그 누구에게도 영원에 대해 묻지 않았
다. 어쩌면 이제는 내가 그것을 찾아갈 차례가 아니라 그것이 나를
찾아올 차례라고 생각했는지도 모른다. 그렇게 지루할 정도로 평
화로운 시절이 흘러갔고 나는 기다림 속에 늙어갔다. 그러던 어느
볕 좋은 날, 아파트 옥상에 올라가 세탁한 시트를 널던 나는 뜻밖
의 방문을 받게 된다.

　난간에 몸을 기댄 채 나는 하늘거리는 시트 위로 펼쳐지는 하늘
을 바라보고 있었다. 그 순간 은빛으로 반짝이는 편도 모양의 원반
이 내 시야에 들어왔다. 그것은 언젠가 밤하늘에서 본 바로 그 혜
성이었다. 또한 세 명의 비밀 요원이 추적했던 바로 그 비행 물체
이기도 했다. 그것은 내 쪽으로 날아오더니 머리 위로 커다란 원을
그리며 맴을 돌았다. 나는 내가 본 것을 의심하며 눈을 감았다. 몇
번 심호흡을 한 후, 다시 눈을 떴을 때 세상은 한층 더 조용해져 있
었다. 구름은 더 이상 갈 길을 재촉하지 않았고 어느새 바람마저
잠들어 흔들리던 시트는 무겁게 아래로 늘어져 있었다. 모든 움직
임이 한순간에 멈추어버린 듯했다. 그러나 은빛으로 반짝이는 원
반만은 정지된 그 화면 속에서 끊임없이 움직이고 있었다. 드디어
원반은 그 어지러운 움직임을 멈추고 내가 있는 쪽으로 한 줄기 빛
을 내렸다. 그 빛은 내게 다가오면서 하나의 형체를 일구었다. 나
는 그 빛 속에서 어렴풋하게나마 발끝까지 끌리는 세 쌍의 날개를
가진 사람의 윤곽을 더듬어낼 수 있었다. 그러나 나는 그 형태를
살피기도 전에 이내 눈을 내리깔아야만 했다. 가시딸기나무를 휘
감은 불길처럼 그 형체를 감싸고 있는 불빛이 눈을 들지 못하게 했
기 때문이다. 나는 놀라움에 뛰는 가슴을 애써 진정시키며 빛 쪽으

로 다가갔다. 내가 그 앞에 서자 타는 불길 속에서 목소리가 들려왔다.

"아니메사 Animesah에서 온 아크사야마티 Aksayamati라고 합니다. 전갈을 가지고 왔으니 무릎을 꿇으세요."

그는 먼 우주의 태양이 뜨는 동방의 별에서 내게 전갈을 가져온 사자(使者)였다. 나는 아무런 이유도 묻지 않은 채, 순순히 그의 뜻에 따랐다. 그 긴 세월 동안 나는 찾아온 소명에 순종하는 법을 배우지 않았던가?

그는 내 머리 위에 손을 얹고 말했다.

"앞으로 열 달 후, 당신은 아이를 낳게 될 것입니다."

마흔이 훌쩍 넘어버린 내 나이가 부끄러워진 나는 되도록 나직한 목소리로 말했다.

"저는 남편 없는 과부랍니다. 그것도 나이 먹은 과부랍니다."

"그러나 당신은 열 달 후 아이를 낳게 될 겁니다." 그가 다시 말했다. 이윽고 나는 체념하듯 속삭였다.

"그 뜻이 이루어지이다."

그리하여 나는 귀를 통하여 말씀을 잉태하게 되었다.

멀고먼 우주에서 사자(使者)가 찾아온 후, 때때로 나는 거울 앞에 서서 그가 약속한 변화의 징조를 찾았다. 그러나 그 변화는 내 몸이 아닌 다른 곳에서 오려는 듯, 거울 속에 비추어지는 것은 언제나 변함없는 내 모습뿐이었다. 나는 거울 속의 나이 든 그녀에게 쓸쓸한 웃음을 보낼 수밖에 없었다.

"아무 일도 일어나지 않은 채, 시간만 흘렀어. 때로는 천사도 실

언을 하는 법이야. 이대로 내가 누군가의 어머니가 된다는 것은 불
가능해."

빗나간 예언과 허물어진 기대로 암담해진 나는 거울을 바라보며
자신을 달랬다. 그러자 거울이 흔들리기 시작했다. 그리고 갑자기
제멋대로 움직이기 시작한 거울 속의 내가 말을 걸어왔다.

"그렇지 않아. 변화의 내부에서는 변화를 볼 수 없어. 그래서 너
는 네 안에서 일어나고 있는 일들을 나처럼 볼 수 없었던 거야."

"넌 대체 누구지?" 나는 내 앞에 서 있는 또 다른 내게 물었다.

"넌 이미 나를 알고 있어. 네가 일어난 일의 의미를 물을 때마다,
네 자신이 한 일을 되돌아볼 때마다, 나는 너의 옆에서 대답해주던
바로 그 목소리야. 나는 줄곧 멀고먼 거리에서, 슬픔과 고통이 전
해지지 않는 오백 광년쯤 떨어진 그곳에서 너를 바라보고 있었어.
나는 너를 지켜보는 냉정한 관찰자야. 나는 너의 인생을 객관적으
로 바라보는 너의 분리된 의식이야. 네가 행동하는 동안 나는 너의
행위를 지켜보지. 너는 삶의 안쪽에 있고 나는 그 바깥쪽에 있어.
너는 내게 내가 참여할 수 없는 삶을 제공해주고 나는 너에게 삶
밖에서만 볼 수 있는 객관적인 시선을 제공하지. 그렇게 너는 인생
을 살고 나는 그 인생에 의미를 달아. 나는 이제껏 삶의 전면에 나
타난 적은 없었지만 언제나 너와 함께 있었어."

"지금까지 한 번도 나타나지 않았던 네가 갑자기 내 삶에 끼여드
는 것은 무슨 까닭이지?"

"이제는 삶을 일굴 때가 아니라 뒤돌아볼 때라고 생각했기 때문
이야. 지금은 네가 아닌 내가 나설 차례야. 이제는 삶의 의미를 생
각할 때가 되었어. 네가 누군지 그리고 그 동안 무슨 일이 있었는

지 알 때가 되었어. 만약 네가 진실과 마주할 용기가 있다면 내 손을 잡아. 그러나 기억해둬. 진실이라는 것은 애써 외면하고 싶을 만큼 흉측한 괴물이란 사실을."

나는 선택할 수 있는 다른 길이 없을까 잠시 망설였다. 그러나 지금까지 걸어온 길이 외길이었던 것처럼 내 앞에 펼쳐진 길 역시 외길이었다. 내게는 또 다른 선택의 여지가 없었다. 그 길이 후회와 자책으로 얼룩져 있을지라도 또 그렇게 앞으로 나아가는 수밖에는.

나는 그녀의 손이 이끄는 대로 거울 속으로 들어갔다. 그리고 그대로 그녀가 되어버렸다. 그렇게 나는 균열하는 시간의 무문(無門)을 열고 과거로 되돌아갔다. 그리고 난생처음 행위의 주체가 아니라 엄정한 관찰자로서 내 삶을 되돌아보기 시작했다. 시비를 떠나 희로애락에 물들지 않은 머나먼 거리에서 나는 이제까지 내게 일어났던 일들을 다시 경험했다.

소리의 바다로

*

　내가 열두 살 되던 그해 겨울은 유난히도 추웠다. 유년의 집에는 무엇이든지 얼려버리는 차가운 공기가 흐르고 있었다. 그 한기에 얼어붙은 엄마의 발설되지 못한 슬픔은 납덩어리로 변해 끝없이 밑으로 가라앉고 있었다. 겨울은 그녀에게서 사랑을 앗아가버렸다. 눈의 여왕은 거친 눈보라를 몰고 와 그녀의 유일한 사랑을 얼려버렸다. 그는 이제 그녀를 사랑하지 않았다. 더 이상 그녀에게 눈길조차 주지 않았다.

　그날도 나는 무거운 엄마의 발소리에 잠에서 깼다. 그 순간까지도 나는 내게 어제와 다른 하루가 준비되어 있으리라는 것을 눈치채지 못했다. 그저 내가 느낄 수 있었던 것은 엄마의 발소리가 그녀의 마음처럼 점점 더 무거워지고 있다는 정도였다. 엄마의 근육은 돌처럼 딱딱해지고 관절은 돌쩌귀처럼 삐그덕거렸다. 그것은 평정을 잃어버린 소리였다. 평정을 잃어버리는 순간 사물은 소리를 낸다. 흐르는 물처럼, 바람에 넋을 빼앗긴 나무처럼, 모든 소리는 동요하는 마음으로부터 나온다. 그런 소리는 울음에 가깝다.

그녀의 우울이 마음을 흩뜨려놓기 전에 나는 이어폰을 찾아 귀에 꽂았다. 엘리아 요하임이 노래를 하고 있었다. 나는 워크맨을 손에 쥔 채, 커다란 슬리퍼를 끌면서 계단을 내려갔다.

줄곧 집 밖에 머물던 아버지가 뜻밖에 식탁에 앉아 신문을 읽고 있었다. 엄마는 여전히 무표정한 얼굴로 빵을 굽고 있었다. 그들 주위에 맴도는 분위기는 언제나처럼 무겁고 칙칙했다. 엄마는 유리컵에 우유를 따르며 말했다.

"식사할 땐 이어폰을 벗어."

나는 눈을 동그랗게 뜨고 그녀를 바라봤다. 엄마는 모든 것을 알고 있었다. 그러면서도 지금 내게서 마지막 보호막을 거두어가려고 하는 것이다. 갑자기 내 안에 있는 심술스러운 무언가가 이 상황을 향해 돌을 던지고 싶어했다. 나는 이어폰을 벗고 내 나이에 걸맞은 미소를 지어보였다. 그리고 밝고 큰 목소리로 아버지를 향해 말했다.

"아버지 언제 돌아오셨어요?"

아버지는 신문을 접는 대신 커피잔을 끌어당겼다. 나는 그 틈을 놓치지 않고 엄마에게 말했다.

"오늘 아버지가 엄마에게 중요한 말을 할 것 같네요. 그러니 엄마도 작별 인사 정도는 준비해두는 편이 좋을 거예요."

순간 하얗게 질려버린 엄마가 나를 돌아다봤다. 그러자 아버지가 신문을 걷고 엄마를 쳐다봤다. 아버지의 얼굴은 분노로 빨개져 있었다. 마침내 그는 식탁을 치고 일어나 소리쳤다.

"난 도대체 이곳이 견딜 수 없어."

그 순간 딱딱하게 굳어가던 엄마의 몸에 금이 갔다. 그리고 그녀가 떨어뜨린 유리컵처럼 엄마의 몸은 산산이 조각나버렸다. 아버지와 나는 망연히 엄마의 마지막을 지켜보았다. 불과 몇 초 만에 엄마는 허물어져 깨진 사기 인형처럼 파편으로 변해버렸다. 아버지와 나는 한동안 마법에라도 걸린 듯이 그 자리에서 움직일 수가 없었다. 이윽고 마법이 풀리자 아버지는 두 손을 마주잡은 채, 미친 듯 복도와 거실 그리고 계단 사이를 걸어다녔다. 나는 파편들을 다시 맞춰보려 했지만 그것들은 좀처럼 예전의 모습으로 돌아오려 하지 않았다. 그러나 나는 울지 않았다. 벤 손가락에서는 눈물 대신 핏방울이 떨어졌다.

그 후 삼 일째 되던 밤, 나는 이층 창가에서 뒤뜰에 서 있는 아버지의 모습을 엿볼 수 있었다. 어둠 속에서 그는 엄마의 파편이 담긴 비닐 주머니를 묻고 있었다. 그것은 달도 뜨지 않은 캄캄한 밤이었다. 꽃도 조문객도 없이 깨어진 엄마는 땅속에 묻혀 꾹꾹 눌려지고 있었다. 갑자기 집 안이 흔들리더니 어디선가 엄마의 무겁고 위태로운 발소리가 들려왔다. 그 소리는 무겁게 내 가슴을 밟고 올라섰다. 언제나 내게는 귀마개가 필요했다. 나는 이어폰을 찾아 귀에 꽂았다. 엘리아가 노래를 한다.

이해할 수 없는 것은 이해하지 못한 채,
알 수 없는 것은 알 수 없는 채로 남겨둬.
무언가 감당할 수 없는 일을 하려고 할 때,
사람은 불행해지지.
필요한 것은 단지 거리야.
이제 모든 걸
오백 광년쯤 떨어져서 바라봐.
너무나 멀고먼 그곳에서 말이야.

다음날 아침 내가 아래층으로 내려갔을 때, 아버지는 누군가와 전화를 하고 있었다. 요 며칠 사이 그의 모습은 많이 달라져 있었다. 그의 머리는 헝클어지고 얼굴은 수척해졌다. 턱은 까칠했고 갈아입지 않은 셔츠는 구겨질 대로 구겨져 있었다. 전화를 끊자 그는 담배를 물고 불을 붙였다.

"할 이야기가 있다." 그는 무척 머뭇거리며 말을 시작했다. "너의 엄마가 그렇게 되기를 바랐다고는 생각하지 마라. 나 역시 이런 식의 끝은 원하진 않았어."

담배를 든 그의 손이 가늘게 떨리고 있었다. 나는 그러다 그가 울음을 터뜨릴까봐 겁이 났다.

"전 괜찮아요."

나는 되도록 담담하게 대답했다. 나는 잘 알고 있었다. 그 역시 여기까지 오고 싶었던 것은 아니라는 사실을. 아버지에게 있어서 엄마와 나는 지나치게 벅찬 존재였다.

"잔인하게 들릴지 모르지만 이제 우리는 앞일을 생각해야 해." 그는 그즈음에서 잠시 말을 끊고 내 기색을 살폈다. "말 안 해도 알겠지?"

　그는 더 이상 설명도 하지 않고 모든 이해를 내게 떠맡겼다. 불행히도 나는 여느 때처럼 그의 마음을 잘 읽을 수 있었다. 그는 이제 자신과 같은 정상적인 사람들 틈으로 돌아가고 싶었던 것이다. 자신의 마음을 숨길 수 있는, 어느 정도 거리를 유지할 수 있는 사람들 틈으로. 그는 한순간에 자신의 마음을 읽어버리는 아내가 부담스러웠다. 그는 자신만이 언제나 벌거벗겨져버리는 이 집이 두려웠다. 그러나 그렇다고 해도 그것은 엄마 잘못은 아니었다. 그 때문에 누구보다 상처입은 것은 바로 엄마 자신이었으니까. 원하지 않았음에도 엄마는 그가 자신에게서 멀어져가고 있음을 매일같이 확인해야만 했다.

　"알겠어요." 나는 천천히 고개를 끄덕였다. "떠날게요. 그러나 여기서는 안 돼요. 그것만은, 엄마의 침실을 다른 여자가 쓰는 것만은 안 돼요."

　아버지는 길게 담배 연기를 내뿜었다. 그리고 시선을 떨군 채, 참담히 말을 이었다.

　"그런 일은 없을 거다."

*

　다음날 새벽 나는 가방과 우산을 챙겨 집에서 나왔다. 그리고 아직 밝지 않은 거리를 걸어 남쪽으로 가는 기차를 탔다. 나는 덜컹

거리는 기차 안에서 차창 밖으로 달아나는 나무들을 바라봤다. 나
는 낯익은 얼굴들과 익숙한 풍경들로부터 점점 더 멀어지고 있었
다. 그러나 조금도 그 사실이 아쉽거나 슬프지 않았다. 멀리멀리
그렇게 멀리 떨어져 바라본다면, 엘리아의 노래처럼 모든 것을 오
백 광년쯤 떨어져서 바라본다면 산산이 조각난 엄마도, 나를 사랑
하지 않은 아버지도 그다지 큰일이 아닐 것이다. 언제나 중요한 것
은 거리였다. 충분한 거리만 유지할 수 있다면 상처받는 일 없이
살아갈 수 있다. 불행하게도 엄마는 지나치게 아버지에게 다가갔
던 것이다. 그것이 얼마나 위험한 일인지 잊고 말이다.

점점 차창 밖 나뭇잎이 커지고 짙은 초록색을 띠어갔다. 무겁게
하늘을 덮던 회색 구름도 걷히고 드러난 푸른 하늘 아래 따가운 햇
살이 부서지고 있었다. 기차는 남쪽으로 달리고 있었다. 나는 거칠
고 음산했던 겨울로부터 벗어나 막 피어난 봄으로 달리고 있었다.
열려진 차창으로 밀려오는 바람 끝에 소금기가 맺히더니 어느새
눈앞에 바다가 펼쳐졌다. 이 바다의 끝, 외로운 언덕 위에 엄마가
태어난 집이 있다. 불행히도 나와 엄마, 엄마의 엄마와 그 엄마의
엄마들은 모두 이상한 귀를 가지고 태어났다. 그녀들은 미처 말하
지 않은 생각들을 읽어내고 떠돌아다니는 유령의 이야기나 동물의
말들을 이해할 수 있었다. 그녀들은 잃어버린 물건을 찾아주거나
죽은 친척의 이야기를 전해주는 일들을 하며 살아왔다. 그러나 무
슨 일을 하건 사람들은 그녀들을 좋아하지 않았다. 사람들은 자신
이 가지지 못한 그녀들의 능력을 무서워했고 결코 밝혀지기를 원
하지 않는 자신들의 비밀이 드러날까봐 두려워했다. 사람들의 미

움을 견디다 못한 나의 할머니는 어린 딸을 데리고 이 바다의 끝, 외로운 언덕으로 이사를 했다. 할머니가 이곳을 선택한 것은 이곳이 세상과 거리를 유지할 수 있는 아주 외진 곳이라는 점 때문이었다.

그러나 무슨 이유에선지 이 바다를 떠난 엄마는 좀처럼 이곳의 이야기를 꺼내지 않았다. 그녀가 해준 고향에 관한 이야기는 한 그루 나무에 대한 것이 전부였다. 내가 아홉 살이 되던 해 어느 날 무심코 엄마가 말했다.

"내가 살던 집 뒤뜰에는 칼파타루라는 나무가 있었지. 그것은 소원을 이루어주는 나무란다."

"엄마도 그 나무에게 소원을 빌었나요?"

그녀의 말에 내가 호기심을 내비치자, 깜짝 놀란 엄마는 그런 것은 중요하지 않아, 하며 이내 입을 다물더니 내가 읽을 수 없게 그녀의 마음까지 꼭꼭 잠가버렸다.

다행히도 나는 그 나무에 대한 나머지 이야기를 들을 수 있었다. 그것은 그 무렵 나를 찾아오던 귀뚜라미 덕분이었다. 밤이 되면 언제나 그 귀뚜라미는 내 창으로 날아왔다. 그리고 밤새도록 창틀에 앉아 내게 속삭였다.

"나는 다섯 개의 바다와 여섯 개의 대륙을 여행했지요. 만리장성 안에서 무한을 꿈꾸던 덧없는 인간의 욕망도 보았고, 달빛에 젖은 타지마할에서 죽음을 초월한 사랑의 노래도 들었고, 앙코르와트에서 잊혀진 역사란 것도 보았지요. 그러나 난 아직 당신 같은 사람은 보지 못했답니다. 당신같이 아름다운 빛은 보지 못했답니다. 그러니 내게 문을 열어주세요. 나를 당신 안에서 살게 해주세요. 함께 식사를 하고 함께 잠자리에 들어요. 내게 당신을 나누어주세요.”

보통 때라면 나는 그에게 아무런 대꾸도 하지 않았을 것이다. 그러나 나는 그가 많은 비밀들을 알고 있다는 것을 잘 알고 있었고 무척이나 그 나무에 대한 뒷이야기가 궁금했다.

“좋아, 네가 칼파타루에 대해 이야기해준다면.”

나는 닫힌 유리창에 대고 속삭였다. 그러자 그는 더듬이를 바짝 세우더니 재빨리 이야기를 엮어나갔다.

“이것은 오월의 산들바람에게 들은 이야깁니다. 산들바람이 전해주는 말에 따르면 천국의 나무는 바다를 마주한 언덕 위에 서 있다고 해요. 그 나무의 뿌리는 지구의 내밀한 핵에 이르고 꼭대기는 천국에 닿아 있지요. 그리고 수많은 가지는 온 세상을 끌어안고 있어요.”

“그 나무가 소원을 들어준다며?”

“네, 그건 소원을 들어주는 나무이기도 해요. 오월의 산들바람은 이런 이야기를 전하고 있지요. 먼 옛날, 지친 한 나그네가 잠시 동안 나무 밑에서 쉬기로 작정을 했답니다. 나무 그늘에 앉아 있자니 문득 그에게 이런 생각이 떠올랐어요. 넓고 푸근푸근한 침대가 있었으면 얼마나 좋을까? 불행히도 그는 자신이 칼파타루 밑에 있다는 것을 몰랐던 거죠. 그가 그렇게 중얼거리자 친절한 나무는 곧 그의 소원을 들어주었어요. 순간 그의 옆에 멋진 침대가 나타났지요. 물론 그는 눈앞에 일어난 일에 깜짝 놀랐답니다. 그러나 곧 자신의 행운을 받아들이기로 마음먹었지요. 그 멋진 침대 위에 누워 있자니 머릿속에 또 다른 생각이 떠올랐어요. 젊고 예쁜 아가씨가 내 발을 주물러준다면 얼마나 좋을까? 그러자 어디에선가 예쁜 아가씨가 나타나 그의 발을 주무르는 것이 아니겠어요? 그는 아주 흐뭇해졌어요. 그러자 이젠 배가 고파졌지요. 그래서 중얼거렸어요. 아 맛있는 음식을 먹을 수 있다면 얼마나 좋을까? 그러자 아니나다를까 그의 앞에 맛있는 음식이 잔뜩 나타났답니다. 배불리 먹고 난 뒤, 그는 매우 흡족한 기분으로 오늘 일어났던 일들을 곰곰이 생각해보았지요. 그때 그에게 이런 생각이 스치고 지나갔어요. 만일 이 행복한 순간에 호랑이가 달려든다면? 그는 곧 불길한 말을 꺼낸 것을 후회했지만 이번에도 지나치게 친절한 칼파타루는 그의 소원을 이루어주고 말았답니다. 그래서 그는 죽고 맙니다."

"그게 다야?"

"오월의 산들바람 이야기는 일단 그렇게 끝나요. 하지만 바람이란 것들은 워낙 가볍고 변덕스러워서 그들의 말을 전부 믿을 순 없지요. 지나가는 새들이 무심코 흘린 말들을 떠벌리고 다니기도 하니까요. 더군다나 사막의 현자들이 전하는 이야기는 산들바람의 말과는 좀 달라요."

"어떻게?"

"현자들의 말에 따르면 칼파타루는 어디서나 흔히 볼 수 있는 평범한 나무라고 해요. 그 모습이 너무 평범해서 대부분의 사람들은 그것이 세상 첫날부터 있어왔던 소원성취수(所願成就樹)라는 것을 몰라본대요. 또 그 나무가 들어주는 소원 역시 산들바람의 이야기와는 달리 오로지 하나뿐이라고 해요. 그렇기 때문에 우리는 조심해야만 하지요. 우연히 만난 나무가 뜻밖에 칼파타루일 수 있고 우리가 무심코 빈 소원을 들어줄 수도 있으니까요. 현자들은 부질없는 욕망의 성취가 곧 재앙이라고 말한답니다. 그래서 그들은 무엇인가를 바랄 때면 정말 그것이 자신에게 꼭 필요한 것인지 묻고 또 물으라고 충고하지요. 이루어진 소망 때문에 우는 일이 없기 위해서 말이죠.”

“그래서?”

“그게 내가 아는 전부예요.” 그리고 귀뚜라미는 들뜬 목소리로 덧붙였다. “그러니 이제 문을 열어주세요.”

그러나 나는 무슨 바보 같은 이야기람, 하는 생각에 유리창의 덧문마저 닫아버렸다. 귀뚜라미는 그날 밤새도록 내 창가에서 울어댔다. 그러나 나는 그의 울음에 마음쓰지 않았다. 내 머릿속에 가득한 것은 오직 한 가지 생각뿐이었다. 왜 엄마는 그 바보 같은 나무 따위를 기억하고 있는 걸까?

*

늦은 오후가 돼서야 기차는 마지막 역인 은둔자의 읍에 도착했다. 객차에 남겨진 유일한 승객이었던 나는 길어진 그림자를 밟으며 기차에서 내렸다. 읍을 향해 첫발을 내딛는 순간 나를 흠칫하게 만들었던 것은 이곳의 공기 중에 깔려 있는 정적, 가라앉은 적막감이었다. 읍에 있는 모든 것들은 다른 곳에서보다 느리게 움직이고 있는 것 같았다. 그것은 읍 자체를 안정감 있게 만들었지만 동시에 지루하게 만들었다.

비좁은 역사의 늙은 개찰원은 좀처럼 내리지 않는 승객을 기다리다 구석에서 졸고 있었다. 역에서 나온 나는 한 떼의 비둘기를 몰면서 한적한 광장을 가로질렀다. 비둘기들은 부드러운 포물선을 그리며 파란 하늘 위로 날아올랐다. 그 파란 하늘 아래 납작한 지붕을 이고 있는 회칠한 건물들이 들어왔다. 나는 보도를 따라 걸어갔다. 빨간 차양이 내려진 찻집의 작은 창문 앞에서 제라늄이 바람에 흔들리고 있었다. 자전거를 탄 내 또래의 사내아이들이 요란한 경적을 울리며 거리를 달렸다. 그러자 길모퉁이의 가판대에서 신문과 잡지를 파는 노인이 그들을 향해 손을 흔들어주었다. 손님들이 올 때마다 빵가게 문 앞에 매달린 풍경(風鏡)은 경쾌히 흔들렸고 길 건너 잡화상의 점원들은 길가에 세워진 노란 트럭에서 분주히 설탕과 비누를 나르고 있었다.

더없이 정감 있는 읍내, 더없이 선량해 보이는 사람들. 그러나 동시에 그것은 더없이 거북한 광경이기도 했다. 그 모든 광경에는 현실감이 부족했기 때문이다. 그런 풍경은 동화책 속에서나 가능한 것이었다. 모든 이들이 갈망하는 무지개 너머 파랑새들이 날아다니는 곳, 내밀한 꿈이 눈앞에서 실현되는 곳, 모든 갈등이 레몬 사탕처럼 녹아버리는 곳. 그러나 사람들이 사는 세상에 그런 곳이 있을 리가 없지 않은가? 어느덧 나는 상가를 벗어나, 가로수 양옆으로 말끔히 단장된 집들이 늘어선 골목으로 접어들고 있었다. 사람들의 손길이 미치는 곳에는 재난과 파괴가 따른다. 겨울의 눈보라는 숲에 사는 생명을 굶주리게 하지만 스스로 그렇게 하고 싶어하는 것은 아니다. 새들은 벌레를 잡거나 덤불을 망쳐놓지만 그것은 벌레와 나무에게 고통을 주고 싶어서 하는 짓은 아니다. 그들은 단지 먹이를 얻고 둥지를 짓고 싶었을 뿐이다. 그러나 인간은 의도적으로 상처를 입히고 고통을 준다. 인간은 증오와 악의와 복수심에서 행동하는 유일한 존재다. 그들은 서로를 먹이 삼아 괴롭히고 억압하고 파괴한다. 선량해 보이는 인간의 웃음 뒤엔 잔인한 본성이 숨겨져 있다. 이 평화로운 읍과 잘 꾸며진 거리 뒤에 또 어떤 배신과 음모가 감춰져 있는지 모를 일이 아닌가?

어느덧 듬성듬성 보이던 집들도 뜸해지고 펼쳐진 빈터 저 너머에 하늘을 찌르는 삼나무들로 창창한 숲이 나타났다. 나는 그 나무 그늘 앞에 멈추어 섰다. 인적이 드문 음산한 곳에 들어선다는 것이 왠지 꺼림칙했다. 이 어둠 속에 무엇이 있을지는 아무도 모른다. 사나운 짐승들, 교묘한 함정들 그리고 사악한 요괴들이 지나가는 사람을 삼키려고 기다리고 있는지도 모른다. 바보 같은 생각인지 모르지만, 나는 사물의 정체를 은폐하는 그래서 어떤 확신도 할 수 없게 만드는 어둠이 두려웠다. 드러난 위험보다 더 무서운 것은 잠재된 위험이었다. 아무도 그것에 대해선 준비할 수 없기 때문이다. 그러나 나는 몰려오는 불안을 애써 누르며 마음을 다잡았다. 어떤 최악의 것이 저 숲속에 있다고 해도 그것은 사람보다는 나을 것이다. 사람들에게 상처를 주는 것은 결국 사람들이었다. 그러니까 사람들로부터 멀어진다는 것은 그만큼 안전하다는 뜻이다. 나는 몇 번이고 그렇게 되뇌며 하늘을 가린 컴컴한 나무 그늘 속을 걸어갔다.

밝은 곳에서 어두운 곳으로 들어가자 잠시 동안 아무것도 볼 수가 없었다. 그러나 보이지 않기에 더 예민해진 청각으로 나는 알 수 있었다. 숲에 사는 수많은 생명들이 그늘 속의 나를 지켜보고 있다는 것을. 그들은 자신의 영역에 나타난 낯선 침입자를 판단하기 위해 주의 깊게 나를 관찰하고 있었다. 나는 그들의 보이지 않는 시선에 벗겨지고 있었다. 그때 바로 내 뒤에서 기척 소리가 났다. 나는 뒤를 돌아다보는 대신 발걸음을 재촉했다. 별일 아니야. 그 소린 덤불에 뿔이 걸린 사슴일 거야. 아니면 굴속에서 얼굴을 내민 호기심 많은 들쥐겠지. 그게 아니라면 나무 위로 오르는 다람쥐나 가지 위로 내려앉은 부엉이일 거야. 그러나 그 기척 소리는 점점 더 바싹 내 뒤를 쫓아왔다. 나는 더욱더 빨리 걷기 시작했다. 이 숲은 그리 오래가지 않을 거야. 이제 곧 나는 숲을 벗어나게 될 거야. 그러나 그 기척 소리는 급해진 내 걸음걸이에 맞추어 빨라지고 있었다. 나는 침착하려고 애썼다. 어둠 속에서는 모든 것이 위협적으로 느껴진다. 어둠 속에서라면 새앙쥐의 부스럭거리는 소리도 사자의 울부짖음처럼 들린다. 그러니 공연히 겁먹을 필요는 없다. 나는 벌어지고 있는 일들을 차근차근 생각해보려고 했다.

숲속에 사는 모두가 내게 호의적인 것은 아닐지 모른다. 그러나 이 숲에 늑대나 곰이 산다고 해도 이유 없이 낯선 사람을 해치지는 않을 것이다. 허락도 없이 자신들의 구역에 들어온 것을 불쾌하게 여길지는 모르지만 내가 다정하고 상냥하게 사정 이야기를 한다면 그들도 순순히 이해해줄 것이다. 나는 어둠 속에서 무엇이 튀어나오든 일단 정중하게 인사부터 하기로 마음먹었다.

'안녕하세요. 산책하기에 참 좋은 날씨죠?'

그럼, 처음에 낯선 침입자에게 적의를 보였던 그들도 긴장을 풀 것이다. 어쩌면 그들은 이렇게 물어올지도 모른다.

'처음 보는 아이인데 여긴 웬일이지?'

그럼 나는 예쁘게 웃으며 대답할 것이다.

'숲을 지나 바닷가에 있는 할머니 집에 가려는 중이에요.'

'왜 할머니가 아프시기라도 하니?'

아마 그들은 이렇게 물어올 것이다. 그럼 나는 그때를 놓치지 않고 조금 슬픈 표정을 지어보일 테다. 이럴 때는 우는 척을 하는 것도 효과적이다.

'아니오. 그런 것이 아니라 엄마가 돌아가셔서 할머니와 살기로 했거든요.'

그럼 그들은 잠시 말을 잃고 공연한 것을 물어봤다고 후회할 것이다.

'그나저나 미안하구먼 그런 줄도 모르고 제멋대로 오해해서.'

그들이 사과하면 나는 아무렇지도 않다는 듯 웃어보일 거다.

'전 괜찮아요.'

그럼 그들은 나를 착하고 예의바른 아이라고 생각할 것이고 자진해서 지름길을 가르쳐줄지도 모른다. 그러니 공연히 겁을 먹거나 걱정할 필요는 없다. 어둠이 점점 더 눈에 익자 어렴풋하게나마 숲의 윤곽이 드러나기 시작했다. 하늘을 찌르는 높다란 삼나무, 바람이 일 때마다 앓는 나뭇잎들, 정적을 가르며 날아오르는 검은 새, 덤불을 들썩이는 알 수 없는 움직임. 그제서야 나는 나를 쫓는 것이 늑대나 곰이 아니라 저주받은 내 운명이었다는 사실을 막연하게나마 짐작할 수 있었다. 돌이켜보면 내 삶은 기대대로 움직여준 적이 없었다. 내 운명은 얕은 꾀에 순순히 넘어가는 어리숙한 늑대나 곰 따위가 아니었다. 그것은 끊임없이 나를 위협하며 줄곧 나를 한 방향으로 몰고 갔다. 내 삶에 드리워진 그 무서운 그늘을 몰아내지 않는 한 나는 결코 안전할 수 없을 것이다. 나는 돌연 뛰기 시작했다. 이 컴컴한 숲에서 그것에게 삼켜질 수는 없는 일이었다. 나는 뛰고 또 뛰었다. 나뭇가지에 몸이 긁히고 돌부리에 발이 차였지만 나는 뛰고 또 뛰었다. 걷잡을 수 없이 숨이 차올랐지만 나는 뛰고 또 뛰었다. 나를 쫓는 그 그늘에게 삼켜질 수는 없는 일이었다.

이윽고 나무들 사이로 밝은 빛이 보이더니 어느새 숲이 끝나고 따뜻해 보이는 오렌지색 모래밭이 나타났다. 그 정갈한 모래밭 끝에서 하늘과 맞닿는 수평선까지 시퍼렇게 멍든 바다가 출렁이고 있었다. 그것은 내가 본 어떤 풍경보다도 장엄했다. 바다는 내게 말하고 있었다. 세상이 얼마나 넓은지, 그리고 내가 얼마나 작은지. 저 거대한 세상과 겨루기에는 나의 힘은 너무도 미약했다. 모래밭에 엎어져 거친 숨을 다스리던 나는 갑자기 목구멍 저 너머에서 울음기가 차오르는 것을 느낄 수 있었다. 나는 무엇 때문에 이곳까지 오게 된 것일까? 앞으로 나는 또 어떻게 될 것인가? 나는 걷잡을 수 없이 우울해졌다. 눈이 흐려지는 것을 막기 위해 나는 두 눈을 꼭 감았다.

왜 이리도 열두 살 난 내 인생은 개 같을까?

망연히 바다만 바라보던 나는 해가 기울기 시작할 무렵이 되어서야 해변에서 일어섰다. 나는 우산 끝을 끌면서 천천히 해안선을 따라 걸어내려갔다. 젖은 모래 위로 내 발자국과 나란히 길고긴 선들이 이어졌다. 지는 노을에 눈이 따가워진 나는 들고 있던 우산을 폈다. 부서지는 파도 위로 어지러이 갈매기들이 날고 있었다. 생각해보면 엄마가 이 외로운 바닷가에서 갈매기들과 어울리기보다 살아 있는 사람들과 함께하기를 바랐다는 것은 별로 이상한 일이 아

니다. 열아홉 살 되던 해 엄마의 소원은 그곳을 찾아온 아버지를
만나면서 이루어졌다. 그녀는 꿈꾸듯 이 바다로부터 도망쳐나왔
다. 그리고 십오 년 뒤, 이루어진 그 소원 때문에 나는 한 번도 만
나본 적 없는 할머니를 찾아 이렇게 먼 길을 와야 했던 것이다.

언제나 중요한 것은 거리다. 낯익은 얼굴로부터, 익숙한 풍경으
로부터, 지나간 추억으로부터 그렇게 멀리멀리 도망치다 보면 언
젠가는 내 시선도 내 몸을 떠나, 타인의 눈초리로 나를 볼 수 있게
될 것이다. 그렇게 충분한 거리에서 바라본다면, 노란 우산을 돌리
며 해변을 걷고 있는 빨간 장화의 그 아이도 왠지 우스꽝스러워 보
일 것이다. 열두 살 난 그 아이의 인생에서 그늘 따위는 찾아볼 수
없을 것이다. 언제나 중요한 것은 거리다. 결코, 그 사실을 잊어서
는 안 된다. 불쌍한 엄마처럼, 다음날 창가에서 깨어진 심장을 안
고 죽어 있던 그 바보 같은 귀뚜라미처럼 말이다.

*

언덕에 오르자 바람을 타고 안개가 흘러와 발 밑에 깔리기 시작
했다. 그러나 그것은 어디서나 볼 수 있는 그런 흔한 안개가 아니
었다. 그 안개는 옷자락이나 머리카락을 적시는 대신에 마음을 축
축이 적시고 있었기 때문이다. 문득 나는 이 해안이 세상에서 가장
낮은 곳이라는 사실을 깨달았다. 그런 까닭에 빗물에 씻기고 강물
에 녹은 소리들이 파도에 실려 끊임없이 이 해안으로 밀려오는 것
이다. 해안으로 밀려온 그 소리들은 공기 중에 스며들고 어느덧 안

개가 되어 언덕을 타고 흘러다닌다. 누군가 이 안개를 들이마신다
면 그는 호흡을 타고 들어와 가슴을 부풀리는 작은 소리들을 들을
수 있을 것이다. 그것들은 혈관을 타고 돌며 잊혀졌던 감각들을 일
깨운다. 그러면 그는 자신이 소리의 바다에 와 있다는 사실을 새삼
스럽게 깨닫게 되는 것이다. 변덕스러운 눈물처럼 안개가 걷히고
드디어 소리에 시달려 낡아버린 기억의 집이 눈앞에 들어왔다.

그것은 무척이나 오래된 목조 건물이었다. 군데군데 칠이 벗겨
져 있었고 마당에는 잡초가 무성했다. 한동안 그 누구도 밟아본 일
이 없는 듯 계단에는 초록색의 이끼가 돋아 있었다. 현관 옆에 쌓
인 우편물들은 소리 없이 주인의 부재를 알려주고 있었다. 하늘은
차츰 선홍색으로 물들더니 이내 핏빛으로 어두워져갔다. 왠지 하
늘빛처럼 암담해진 나는 한동안 망설이다 문을 두드리는 것도 포
기하고 문고리를 비틀었다.

*

열린 문 틈으로 내가 본 것은 수많은 소리들이 한데 엉켜 술렁이
는 초록색 그늘이었다. 물오른 나무 냄새가 그윽한 그 어둠 속으로
한 발 다가서자 등뒤의 문이 저절로 닫혔다. 그 순간 누군가 불이
라도 켠 듯, 갑자기 시야가 밝아졌다. 때마침 덩굴에 매달린 소란
스러운 원숭이떼들이 앞을 지나갔다. 놀랍게도 어느새 나는 푸른
나뭇잎들이 하늘을 가린 열대 우림 속에 와 있었던 것이다. 그때
자주색 실뭉치가 나무들 사이를 굴러 내 발 밑에 와 닿았다. 허리

를 굽혀 실뭉치를 집자 빛이 새어나오는 쪽에서 누군가 내게 말을 걸어왔다.

"아가, 그것을 이리 가져오지 않겠니?"

조금 겁이 났지만 나는 그 소리에 이끌려 앞으로 나아갈 수밖에 없었다. 커다란 나뭇잎들을 젖히며 나는 천천히 빛이 새어나오는 쪽으로 다가갔다. 이윽고 나는 그 빛의 정체를 알 수 있었다. 그것은 작은 테이블 위에 놓인 램프였다. 그 램프 위에는 새빨간 머리와 심해의 초록빛 날개를 가진 앵무새가 앉아 있었다. 나와 눈이 마주치자 앵무새는 깜짝 놀란 듯 날아올라 그 옆 자줏빛 카우치에 앉아 있는 할머니의 어깨 위로 내려앉았다. 그녀는 뜨개질하던 손을 멈추고 부드러운 눈으로 나를 바라보았다.

"좀더 가까이 오지 않으련."

나는 다가가 그녀에게 자줏빛 실뭉치를 내밀었다. 실뭉치를 건넨 순간 나는 다시 움츠리지 않을 수 없었다. 손끝에 닿았던 그 서늘한 촉감은 그녀가 이미 이 세상 사람이 아니라는 것을 말해주고 있었다.

"겁내지 마라. 나는 너의 할머니란다."

어느새 할머니의 눈에는 눈물이 고이기 시작했다. 그러자 내 가방은 메고 있기가 거북할 정도로 무거워졌다. 나는 하는 수 없이 가방을 바닥에 내려놓았다. 가방 속에 있던 조각난 엄마가 할머니의 눈물을 보자 마음이 무거워졌나보다.

할머니는 하얀 리넨 손수건으로 눈가를 누르며 말했다.

"아주 오랫동안 너희들이 돌아오기를 기다렸단다. 이런 식으로는 아니었지만."

그 말이 진실이라는 것을 나는 알 수 있었다. 그녀가 얼마나 가슴 아파하는지도 잘 알 수 있었다. 그러나 나는 눈물 많은 유령을 위로하러 이 먼 곳까지 온 것은 아니었다.

"아버지가 이제부터 할머니가 절 돌보아줄 거라고 했어요."

어른들은 얼마나 무책임한가? 이 세상 그 누구도 나를 돌보려 하지 않는다. 나는 잠시 말을 끊고 한동안 장화 끝만 내려다보았다.

"이제 전 어떡하죠? 제게는 돌아갈 집이 없어요."

"이제부터 이곳이 네 집이란다." 할머니는 차분하지만 단호한 목소리로 말했다.

"아무도 없는 이 빈집에서 전 무엇을 하죠?"

"그저 너에게 준비된 것을 받아들이기만 하면 돼, 아가."

그러나 나는 그 말을 이해할 수 없었다. 곤란한 때면 어른들은 알 수 없는 말만 늘어놓는다.

"언제나 내 앞에는 좋지 않은 일만 준비되어 있어요."

"아아 불쌍한 아가. 네가 그렇게 생각하는 것도 당연해. 그러나 운명이란 마치 하나의 실뭉치 같아서 색깔과 질감이 이미 결정되어버렸다고 해도 그 실뭉치로 무엇을 짤 수 있을지는 결국 네 의지에 달려 있단다." 카우치에서 일어난 할머니는 말했다.

"이해할 수 없어요."

"삶이란 이해해야 할 것이 아니라 가슴으로 끌어안아야 할 어린 아이 같은 거야."

그렇게 할머니는 나를 꼬옥 안아주었다. 초록빛 날개 깃털을 가진 앵무새가 알 수 없는 소리를 지껄이며 머리 위를 맴돌았다. 그 바보 같은 새와 제멋대로 자란 나무들과 이상한 말만 늘어놓는 할

머니에게 나는 조롱당하는 기분이었다. 나는 무척이나 어지럽고
혼란스러웠다. 그러나 이상하게도 할머니의 품은 유령답지 않게
부드럽고 따뜻했다. 그래서 나는 울 수만 있다면 그녀의 품안에서
조금 울어보는 것도 괜찮겠다고, 잠시 동안 아주 잠시 동안 생각해
보았다.

*

　다음날 내가 자줏빛 카우치에서 깨어났을 때는 이미 잎새 큰 나
무들과 파란 꽁지의 앵무새 그리고 하얀 머리의 할머니는 밝은 햇
살에 녹아 깨끗이 사라진 뒤였다. 그 대신 내가 볼 수 있었던 것은
회칠한 천장, 낡은 쪽마루, 열린 창틀 사이에서 하늘거리는 색 바
랜 커튼뿐이었다. 한동안 나는 아무 일도 하지 않고 그저 카우치에
누워 있었다. 알 수 없는 곳에 동그랗게 내버려진 나는 정말이지
무엇을 어떻게 시작해야 할지 몰랐다. 이해할 수 없는 것은 이해하
지 못한 채, 알 수 없는 것은 알 수 없는 채로 남겨두라는 엘리아의
충고대로 나는 이어폰을 꽂은 채 하염없이 시간 속에 늘어지고 있
었다. 엘리아는 권태를 노래한다.

　일요일 오후,
　밟혀 지내던 개미들이 반란을 일으켜
　내 시간을 갉아먹기 시작했지.
　구멍난 내 시간, 이 빠진 내 시간

그런 줄도 모르고
야구 중계를 보던 나는
개미들이 파놓은 구멍 속에 빠지고 말았네.
여기는 개미지옥, 공포스러운 하얀 백지,
주체할 수 없는 시간의 여백.
누군가 여기서 날 꺼내줘. 어서 날 낚아줘.
그러나 사람들은 나의 외침을
아는 듯 모르는 듯
부재 중이란 메시지만을 남기고
휴가를 떠난다네.
제발 날 잊지 말아줘.
시간 속에 갇힌 외로운 나를 기억해줘.
그러나 결국 우린
날마다 팽창하는 우주 속에서 살고 있는걸,
언제나 우리 사이엔 새로운 거리가 생기고,
모든 것은 손끝에서 멀어져가지.
이것이 시간의 공백 속에서
내가 들은 유일한 충고.
새꺄, 조용히 입다물고 마침표나 찍어!

발목을 까딱거리면서 나는 마지막 후렴구를 따라 불렀다. 그러고 보면 엄마는 엘리아를 무척 싫어했다. 내가 그의 노래를 듣거나 따라 부르는 것을 보면 노골적으로 못마땅해했다. 엄마 말에 따르면 그의 노래는 내 또래 여자 아이들이 듣기에는 지나치게 거칠다

는 것이었다. 하긴, 학교에 있던 대부분의 멍청한 계집애들은 엘리
아가 누군지도 몰랐다. 그들이 열광했던 것은 머리를 온통 초록색
과 오렌지색으로 염색한 댄스 그룹이었다. 그애들은 『모모』라든가
『스위티』 같은 잡지들을 들고 다니며 그룹의 리더가 일곱번째 귀
를 뚫었다는 둥, 이번 CF에는 킬트Kilt를 입고 나온다는 둥, 끊임없
이 헛소리들만 늘어놓았다. 그리고 자신들의 어이없는 소동에 관
심을 보이지 않는 나를 싫어했다. 나도 뭐 엘리아를 모르는 그 애
들을 좋아할 수 없었지만……

엘리아 요하임, 그는 61년 이슬라바마드에서 태어났다. 그의 성
은 독일인이었던 그의 외할아버지로부터 물려받은 것이다. 예수회
선교사였던 그는 인도로 가게 된다. 그는 일주일에 한 번씩 고해
신부로 여학교를 방문했다. 그리고 그곳에서 매끄러운 까만 피부
와 긴 속눈썹을 가진 여학생과 사랑에 빠졌다. 그러나 둘의 비밀스
러운 사랑은 오래가지 못했다. 그녀의 임신이 발각되자 그는 본국
으로 강제 송환당한다. 그리고 그녀의 아버지는 그녀를 집에서 내
쫓았다. 쫓겨난 그녀는 시타라는 여자 아이를 낳는다. 몇 차례 내
란을 거친 후 파키스탄은 인도로부터 독립했고 그 혼란한 와중에
시타는 어머니를 잃어버린다. 그 후 그녀는 구걸을 하면서 살아갔
다. 그리고 십육 세 되던 해, 그녀는 동정녀 마리아처럼 아버지를
모르는 아이를 낳았다. 그가 바로 훗날의 엘리아다.
그러나 누구도 아름다운 도시 이슬라바마드의 빈민촌에서 이 위
대한 인물이 태어났다는 사실에 관심을 보이지 않았다. 그의 어머
니 시타마저도 그의 존재에 무관심했다. 그도 그럴 것이 그녀의 삶

은 너무나 고단했다. 매춘과 좀도둑질이 그들 모자의 생계 수단이
었다. 그래선지 그녀는 아들의 성공도 보지 못한 채 서른두 살의
젊은 나이로 눈을 감고 만다. 그러나 운명은 결코 그를 잊지 않았
다. 열일곱 살 되던 해 그는 엄청난 사건을 겪게 된다. 어느 날 그
는 밤하늘에서 한 줄기 빛을 목격했다. 그리고 그 빛에 이끌려 자
신의 눈동자처럼 검게 반짝이는 비행선 안으로 빨려들어갔다. 그
곳에서 그를 맞이해준 것은 지구로부터 십억 광년 떨어진 수카바
티 Sukhavati라는 별에서 온 외계인들이었다. 그는 그 암청색의 생
명들로부터 거리의 철학을 배운다. 그 비행선에서 보낸 시간은 순
간이었지만 그에게는 곧 영원이었다. 다시 지상에 돌아왔을 때 그
는 이미 옛날의 그가 아니었다. 그는 곧 자신의 이름을 엘리아라고
바꾸었다. 그의 심장과 머리는 구약에 나오는 그 선지자처럼 영감
과 계시로 가득 차 있었기 때문이다. 그 후 오 년 동안 그는 미친
듯 세계의 곳곳을 돌아다녔다. 그러던 중 시드니에서 만난 한 부두
노동자에게 기타와 하모니카를 배웠다. 그리고 스물두 살 되던 해
그는 유명한 음반 제작자 모세에게 발탁되어 『검은 배』라는 첫 앨
범을 내게 된다. 지금 내가 듣고 있는 「권태」는 그 앨범 B면의 두
번째 곡이다.

　엘리아가 노래를 부르는 동안, 마루 위에 가구들의 그림자가 내
려와 앉았다. 그 권태로운 노래 속에서도 시간은 변화를 일구어냈
던 것이다. 배가 고파진 나는 카우치에서 일어나 천천히 부엌으로
갔다. 그러나 부엌에서 나를 반겨준 것은 따뜻한 음식이 아니라,
거미줄이 쳐진 찬장과 먼지 쌓인 식탁뿐이었다. 그러나 나는 포기

하지 않고 차근차근 찬장과 냉장고를 뒤져나갔다. 내가 발견한 것은 지폐와 동전이 가득 담긴 유리병, 세 자루의 양초, 돌같이 굳은 빵, 말라 비틀어진 치즈 한 덩이 그리고 참치 통조림 두 개였다. 그나마 다행인 것은 통조림의 유효 날짜가 지나지 않았다는 점이었다. 우선 나는 물수건으로 식탁을 닦았다. 닦아놓고 보니 그것은 정교한 장식들이 조각된 호두나무 탁자였다. 그 다음 나는 찬장에서 접시와 스푼을 꺼내 물에 담갔다. 물에 닿자 스푼들은 제 빛깔을 찾아 은빛으로 반짝였고 먼지에 가려져 보이지 않던 꽃잎들이 접시 위에서 피어났다. 마치 나는 마법에 걸린 성에 온 기분이었다. 나는 아주 착한 마녀고 바로 지금 오랫동안 이 집에 걸려 있던 끔찍한 저주를 풀어주고 있는 것이다. 그런 생각을 하자 왠지 마음이 흐뭇해졌다. 접시 위에 딴 통조림을 쏟으며 내일은 꼭 장을 보고 청소도 해야겠다고 다짐했다. 찬장과 냉장고에 음식을 가득 채우고 구석구석 먼지만 털어낸다면 이곳은 생각보다 훨씬 살기 좋은 집이 될 것이다. 어쩌면 나는 누구나 부러워하는 그림처럼 아름다운 집의 주인이 될지도 모른다. 바로 그때 누군가가 내 유쾌한 상상을 깨고 끼여들었다.

"그거 내게도 나눠줄 수 없겠니?"

그것은 황금빛 털에 검은 줄무늬를 가진 아비시니아 고양이였다. 그녀는 탁자 위에 올라서서 기다란 꼬리를 우아하게 올리고 있었다. 그러나 나는 그녀의 갑작스러운 방문에 놀라, 대답도 못 하고 두 눈만 껌벅였다.

"난 지금 너에게 참치를 나누어줄 수 있겠느냐고 물었어."

"좋아." 그제야 정신을 차린 나는 참치를 덜어 그녀에게 내밀었다.

“고마워.” 그러나 별로 고마워하지 않는 투로 그녀가 말했다.

“넌 누구지?”

“난 앨리스야. 마녀의 고양이지.” 그녀는 접시에서 눈을 돌리지 않고 말했다.

앨리스? 그것은 고양이치고는 좀 이상한 이름이었다.

“언젠가 앨리스란 여자 아이가 나오는 책을 읽은 적 있어. 그 책에서도 너 같은 고양이가 나오지.”

“그 책이라면 나도 읽었어.” 그녀는 자신이 교양 있는 고양이라는 사실을 자랑이라도 하려는 듯, 느리고 거만한 말투로 말했다. “아마 그게 『체셔 고양이의 모험』이라는 책이었지.”

“아니, 틀렸어. 그건 『이상한 나라의 앨리스』야.”

그러자 앨리스는 발끈 성을 내며 털을 바짝 세웠다.

“나는 지금까지 오백 년이나 살아왔지만 한 번도 틀린 이야기 따윈 하지 않았어.”

말을 마치자 그녀는 뒤도 돌아보지 않고 탁자 위에서 뛰어내려 뒷문으로 사라졌다.

“가지 마, 아직 다 먹지도 못했잖아?”

나는 앨리스를 쫓아 서둘러 뒷문으로 나갔다. 그 순간 세찬 눈보라가 나를 휘감았다. 그러나 그것은 차가운 눈송이가 아니라 쉴새 없이 떨어지는 꽃잎, 꽃잎들이었다. 내가 본 것은 눈부신 빛, 떨어지는 꽃잎들로 물든 연분홍빛 세상이었다. 드디어 나는 말로만 듣던 칼파타루를 보게 되었다. 내 앞에 서 있는 그는 어디서나 볼 수 있는 한 그루의 벚나무에 지나지 않았다. 숨쉬기조차 힘든 그 짙은 향기에 넋을 빼앗겨 한동안 나는 그렇게 나무 아래 서 있었다. 바다에서 불어오는 미풍에 몸을 흔들며 나무가 말했다.

"무엇을 원하니?"

그러나 나는 대답 대신 가만히 고개를 저었다. 이미 나는 열두 살이나 되었고 나 하나쯤은 스스로 돌볼 줄 알았다.

*

다음날 아직 밝지 않은 새벽, 나는 창고에서 발견한 손수레를 끌고 집을 나섰다. 어제 저녁 내내 그렇게 새침을 떨던 앨리스도 읍내에 간다고 하자 순순히 내 뒤를 따라왔다. 우리는 해변을 지나 삼나무숲으로 난 오솔길을 걸어 읍으로 갔다. 읍에 도착해서 우선 빵가게로 가, 갓 구운 롤빵과 잼 그리고 샌드위치를 샀다. 그리고 광장 분수대 밑에 앉아 앨리스와 사이좋게 샌드위치를 나눠 먹었다. 간단히 식사를 끝내고 서둘러 잡화점으로 갔다. 그리고 앨리스가 먹을 정어리 통조림과 내가 먹을 소시지를 샀다. 달걀과 우유, 설탕과 밀가루, 풍선껌과 초콜릿. 우리는 눈에 들어오는 모든 것을 손수레에 담았다. 물론 비누와 왁스를 사는 것도 잊지 않았다. 장 보기가 끝나자 어느새 태양은 우리 머리 꼭대기에 와 있었다. 어물 거릴 시간이 없었다. 우리는 짐이 가득 실린 손수레를 끌고 온 길을 되돌아갔다.

집에 도착하자마자 나는 곧바로 집 청소에 들어갔다. 부엌 바닥을 빡빡 닦아내고 거실 카펫을 털었다. 욕실 타일을 비누칠해 닦고 뜯어낸 커튼을 몽땅 세탁기에 돌렸다. 세탁한 것들은 모두 탁탁 펴

서 볕 좋은 마당에 널었다. 이제 남은 것은 내가 쓸 침실뿐. 창문을 열어 환기를 시키고 청소기로 밀고 가구에 왁스칠을 했다. 마지막으로 침대 시트를 갈다가 나는 모서리에 끼인 작은 사진을 발견했다.

그 사진 속에서 아직 어린 엄마는 젊은 할머니와 함께 칼파타루 나무 아래 서 있었다. 엄마는 양갈래로 촘촘히 땋은 머리를 하고 있었고 내가 결코 볼 수 없었던 예쁜 보조개를 만들며 웃고 있었다. 가버린 그 시간 속에, 잊혀진 그 시간 속에 엄마는 이곳에서 행복한 삶을 누렸던 것이다. 침실을 정리하고 나오면서 나는 엄마의 삶의 밝은 한때를 보았다는 사실에 위로를 받았다. 어쩐지 엄마가 행복했던 이곳에서라면 나도 행복해질 수 있을 거라는 예감마저 들었다. 어쨌거나 이 집은 살기에 그리 나쁜 집은 아니었다. 낡았지만 아늑했고 무엇보다도 아름다운 전망을 가지고 있었다. 거실 창문을 열면 언제나 거기에는 잉크빛 바다와 물에 잠긴 둥근 섬들이 있었고 하늘을 나는 갈매기들과 흰 등대가 보였다. 창가로 의자를 끌어온 나는 펼쳐진 풍경을 바라보며 우유를 마셨다.

"어때 이만하면 멋진 집이지 않아?" 나는 일곱 개의 성을 가진 임금님도 부럽지 않은 기분이었다.

그러자 접시 위의 우유를 홀짝거리던 앨리스가 말했다. "그러나 그렇게 들뜨긴 너무 일러. 여긴 너만의 집이 아닌걸."

"무슨 뜻이지?"

그러자 앨리스는 앞다리를 뻗어 기지개를 펴면서 말했다.

"여기에는 너말고 또 한 사람이 있어."

"할머니라면 이미 만났어." 내가 말했다.

"그는 진짜 살아 있는 사람이야."

그렇게 말하면서 앨리스는 고개로 층계 쪽을 가리켰다. 나는 이제까지 그 계단 끝에 또 다른 방이 있다는 사실을 잊고 있었다.

"그렇지만 여기에는 나말고 아무도 없는걸."

"궁금하다면 이층 다락방에 올라가봐. 그 방 주인이 알면 별로 좋아하진 않겠지만."

그 순간 멀리서 천둥 소리가 들려왔다. 그리고 열린 창문으로 빗방울이 들이치기 시작했다.

"어서 창문을 닫아."

앨리스가 얼빠진 사람처럼 서 있는 내게 핀잔을 주었다. 어느새 들이치기 시작한 빗방울들이 카펫을 적시고 있었다. 나는 서둘러 창문을 닫았다. 세찬 바람이 닫힌 창문을 두드렸다.

타당, 타당, 타당, 타당, 거친 말발굽처럼.

*

그날 밤 구태여 이층에 올라갈 필요는 없었다. 나는 이미 앨리스가 가끔 어이없는 거짓말을 하며 억지를 부린다는 것을 알고 있었다. 삼 일 동안 우편 배달부 하나 찾아오지 않는 이곳에, 십 년쯤 쌓인 먼지로 뒤덮인 이곳에 사람이 살고 있을 리가 없었다. 그러나 가슴속의 호기심은 자꾸만 다락방으로 올라가보라고 나를 충동질했다. 나는 앨리스를 품에 안고 조심스럽게 계단을 올라갔다. 또 한차례 천둥 소리가 들려왔다. 바람이 점점 더 거칠어지고 있었다.

아마도 폭풍이 오려는 것 같았다. 드디어 계단이 끝나고 내 눈앞에 덩굴 무늬가 그려진 문이 나타났다. 나는 삐그덕거리는 문을 밀며 들어가 불을 켰다.

유난히 천장이 높은 그 방은 쌓인 잡동사니들로 어지러웠다. 알 수 없는 문자들로 씌어진 책들, 그 사이에 있는 철제 침대, 낡은 지구본, 이상한 모양의 항아리, 항아리를 가득 채운 두루마리들, 벽에 걸린 괴상한 가면, 색실로 장식된 창과 나무 방패, 그러나 가장 눈길을 끌었던 것은 선반 위에 늘어선 작은 유리병들이었다. 나는 그것들이 무엇이며 어디에 쓰이는 것인지 짐작조차 할 수 없었다. 분명한 것은 이 물건들은 할머니의 것이 아니라는 점이었다. 이 집에는 내가 모르는 비밀이 있었다. 다시 천둥이 머리 위에서 으르렁거리더니 유리창이 번갯빛으로 하얗게 질려갔다. 그 빛에 놀란 앨리스가 내 품안에서 뛰쳐나갔다. 균형을 잃은 나는 그만 선반에 엎어지고 말았다. 그 순간 유리병 하나가 바닥에 떨어져 깨졌다. 이윽고 바닥으로부터 뭉게뭉게 연기가 올라오더니 점차 길고 검은 머리카락을 늘어뜨린 창백한 얼굴들로 변해갔다. 일곱 개의 잘려진 머리들은 내 주위를 돌며 길고긴 머리카락으로 나를 휘감았다. 그리고 그들 중 하나가 내 목을 조르기 시작했다. 그녀는 얇은 입술을 열어 작고 촘촘한 이빨들을 드러내며 말했다.

"넌 아직 어리군." 그녀는 내 귀를 물어뜯으려는 듯 바싹 다가와 속삭였다. "하긴 나도 한때는 너처럼 빨간 볼에 찰랑이는 머릿결을 가지고 있었지. 지금은 목이 잘린 시체에 불과하지만."

나는 그 자리에서 도망가고 싶었다. 그러나 길고 검은 머리카락에 묶여 움직일 수가 없었다. 나는 앨리스를 불러보았지만 나의 못

미더운 친구는 어느샌가 사라져 보이지 않았다.

"불러봐야 소용없어. 네가 어떻게 이곳에 오게 됐는진 몰라도 우리 만난 이상 내 이야기를 들어줘야겠어." 밤보다 더 검푸른 그 얼굴이 핏발이 선 목소리로 말했다.

"우리가 이렇게 된 것은 다 푸른 수염 때문이야. 푸른 수염에 대해 들어봤어? 그것은 푸른색, 좀더 정확히 말하자면 호수에 언 얼음이나 밤에 본 동굴 속의 그림자 같은 쪽빛이지. 사실 그는 잔인한 사냥꾼이야. 그의 눈에 띄어서 망가지지 않은 건 하나도 없어. 재수없게 난 그의 사냥감이 되었지만. 그때가 아마 열여덟 되던 해 가을이었지. 집을 나온 지도 두 해가 되어가고 있었어. 나는 지독하게 가난했고 그만큼이나 피곤했어. 새벽 내내 오지 않는 손님을 기다리며 주유소를 지키고 있노라면 앞으로도 달라질 것이 없을 거라는 공포감이 몰려왔지. 나는 천천히 미쳐가거나 아니면 죽어가고 있었는지도 몰라. 그때 푸른 수염이 나타났어. 매끈하게 빠진 은회색 차를 몰고서. 그는 차창을 열고 말했지. '가득'이라고. 나는 그가 원하는 대로 기름을 채워주었어. 그러면 그는 고액권 지폐를 내밀었지. 그리고 내가 거스름돈을 건네주기 전에 가버렸어. 그 후로 잊혀질 때쯤이면 한 번씩 그는 나를 찾아왔어. 그리고 지폐만 남기고 사라졌지. 처음에 좀 무섭기도 했어, 깊게 주름진 이마와 그 쪽빛 수염이. 하지만 그때만 해도 난 세상이 어떤 곳인 줄 몰랐어."

그래서 그녀는 휴일에 함께 식사하자는 그의 제안에 승낙했다. 그는 매끈하게 빠진 은회색 차에 그녀를 싣고 그 도시에서 가장 화려한 거리로 데려갔다. 그는 그녀에게 새 옷과 구두를 사주었다.

그리고 그녀를 그 도시에서 가장 비싼 레스토랑으로 데리고 갔다. 그래서 그녀는 그가 좋은 사람일지도 모른다고 마음대로 생각해버렸다.

"그때 알았어야 했어, 세상엔 공짜가 없다는 것을. 거저 주어지는 것은 하나도 없어. 모든 것에는 대가가 따르게 마련이야. 세상은 집 나온 열여덟 살 계집애에겐 결코 친절한 곳이 아니야. 그러나 어리석게도 난 그 분에 넘치는 행운을 의심하지 않았어. 푸른 수염이 청혼을 해왔을 때, 나는 이제야 정당한 내 몫을 갖게 됐다고 좋아했지. 둘만의 결혼식이 끝나고 그는 나를 자신의 집으로 데리고 갔어. 강이 내려다보이는 언덕에 세워진 우아한 갈색 석조 건물로 말이야. 대체 무슨 일이 일어난 줄 알아? 난 부자와 결혼한 거야. 방세 낼 돈이 없어, 친구 집을 전전하던 그 아이가 넓은 정원과 스물두 개의 침실이 딸린 저택의 안주인이 된 거라고. 그건 굉장한 일이었어. 한동안 날 아무 생각도 못 하게 만들 정도로. 정말이지 구름 위를 걷는 기분이었지. 그러던 어느 날 그가 말했어."

그녀의 목소리는 점점 날카로워지고 있었다. 더불어 목에 감긴 머리카락도 점점 더 조여졌다. 나는 감긴 머리카락을 풀려고 애썼다. 이제 날 풀어줘요, 제발. 그러나 나의 애원은 눌린 인후 속을 맴돌 뿐, 소리가 되어 나오지 못했다. 머리카락은 점점 더 조여오고 이제는 숨쉬기조차 힘이 들었다. 그러나 그런 내 사정을 아는 듯 모르는 듯, 푸른 수염의 신부는 끝없이 이야기를 풀어놓고 있었다.

"갑자기 일이 생겨 집을 떠나야 한다고. 그리고 그는 내게 덩굴 무늬가 새겨진 열쇠를 맡겼지. 자신이 없는 동안 그 열쇠를 잘 보관하라고 하면서. 그리고 무서운 얼굴로 말했어. 결코 그 열쇠를

사용해서는 안 돼, 세상에는 비밀로 남겨져야 할 것들이 있어, 라
고. 그는 떠났어. 그가 떠나자 물이 나간 개펄처럼 집은 썰렁해지
고 난 난생처음 그 큰 집에 혼자 남게 되었지. 맨 처음부터 그 열
쇠에 관심을 가졌던 것은 아니야. 그래그래, 처음엔 그 열쇠 따윈
아무래도 좋았어. 그러나 난 혼자 남겨졌던 거야. 그것도 아무런
할 일 없이. 그의 마지막 말이 귓전을 맴돌고 시간이 갈수록 나는
점점 더 초조해져갔어. 그리고 마침내 무언가 하지 않으면 미쳐버
릴 것 같은 지경이 되었지. 난 겁도 없이 그 열쇠의 짝을 찾기 시작
했어."

　그녀는 집 안에 있는 모든 방과 금고들을 뒤져나갔다. 그러나 아
무리 찾아봐도 그 열쇠의 짝은 나타나지 않았다. 그녀는 마지막으
로 지하실로 내려갔다. 그리고 복도 맨 끝에서 덩굴 무늬가 그려진
철문을 발견했다. 그녀는 잠겨진 문에 열쇠를 넣고 돌렸다. 육중한
소리를 내며 철문이 열렸다. 더불어 숨겨진 비밀이 드러났다.

　"방안은 너무 어두워 난 아무것도 볼 수 없었어. 난 벽을 더듬어
스위치를 찾았어. 이윽고 불이 들어왔지. 동시에 난 비명을 지르고
말았어. 그 방 천장 위엔 여섯 개의 목이 걸려 있었어. 바닥은 떨어
진 핏방울로 흥건했지. 그들은 바로 남편의 전(前) 아내들이었어.
모든 것을 알게 된 나는 그곳에서 도망치려고 했어. 그러나 그때는
이미 늦었어. 이미 내 뒤엔 푸른 수염이 서 있었으니까."

　이야기가 끝나자 그녀는 내 마지막 숨을 누르기 시작했다. 나는
코끝에 스치는 그녀의 냄새를 맡을 수 있었다. 그것은 짙은 백합
향기 같았고 또는 벤 손가락 끝에 맺힌 피 냄새 같았다. 내 정신은
그 향기에 취해 점점 아득해져갔다. 나는 이대로 숨이 멎어버릴지

도 모른다고 생각을 했다. 이대로 사라져버릴지도, 이대로 죽어버
릴지도 모른다고. 그러나 그것도 별로 나쁜 일은 아닐 거라고. 그
순간 사나운 천둥 소리가 그들과 나 사이에 끼여들었다. 세찬 비바
람이 유리창에 부딪혀 성난 말발굽 소리를 냈다.

타당, 타당, 타당, 타당, 타당.

그러자 다른 얼굴들이 갑자기 흥분하기 시작했다.

"저건 그의 발소리야. 그가 돌아오고 있어, 푸른 수염이."

황급히 그녀들은 감고 있던 내 몸을 풀고 출구를 찾아 이러저리
헤맸다. 그리고 유리창 틈 사이로 사라져버렸다. 온몸에 맥이 풀린
나는 그만 그 자리에 쓰러졌다. 다시 한 번 번갯빛에 유리창이 하
얗게 질려갔다. 그렇게 폭풍우는 바닷속에 잠자고 있던 소리들을
끌어내고 있었다. 애써 외면했던 고통, 삼켰던 울음, 숨겨진 죄, 은
밀한 비밀들이 이제는 폭풍우에 휘말려 바다의 표면으로 떠오르고
있었다. 그러나 나는 그 실타래처럼 엉킨 수많은 소리들 중에서 계
단을 올라오는 발소리를 또렷이 구별해낼 수 있었다. 그것은 엄마
의 발소리처럼 무겁고 둔탁했다. 점점 커져가고 있는 그 소리는 이
방을 향해 다가오고 있었다. 나는 있는 힘껏 귀를 막았다.

"난 괜찮아, 난 괜찮아."

이윽고 덩굴이 그려진 방문이 열리고 떨어진 번갯불 사이로 희
미한 사람의 형체가 드러났다. 그 어렴풋한 모습 속에서도 나는 그
의 푸른색 수염을, 호수에 언 얼음이나 동굴 속의 그림자 같은 그
쪽빛을 볼 수 있었다. 겁에 질린 나는 미친 듯이 비명을 질렀다.

"칼파타루, 여긴 너무 무서워. 내겐 돌봐줄 사람이 필요해."

*

깨어나 보니, 내 방 침대였다. 언제 폭풍이 있었냐는 듯 날씨는 화창하고 바다는 잔잔했다. 이 평화로운 아침 풍경 속에서 누가 지난밤의 폭풍우를 상상해낼 수 있을까? 나는 침대 위에서 내려와 거울을 바라보았다. 내 목에는 푸른색의 멍 자국이 선명했다. 그것은 지난밤 푸른 수염의 신부가 낸 상처였다. 그렇다면 그것이 악몽이 아니었다는 말인가? 정말 이상한 일이라고 생각하며 나는 거실로 나갔다. 청명하고 조용한 아침, 집 안은 아직 잠속에서 깨어나지 않고 있었다. 나는 카우치 위에 엎드려 있는 앨리스에게 다가갔다.

"지금 일어났어?" 앨리스는 졸음에 겨운 듯, 아주 느릿느릿한 목소리로 말했다.

"도대체 어떻게 된 일이지?"

"어젯밤 넌 이층 다락방에서 기절했어."

"정말? 그럼 그 푸른 수염의 신부도 진짜였니?"

"때마침 문수씨가 돌아오지 않았다면 정말 큰일났을 거야. 요즘 애들은 겁도 없단 말이야."

"문수씨라니? 그게 누구지?"

"그 방 주인이지 누구겠니? 주인 허락도 없이 남의 방에 들어가다니, 요즘 애들은 정말 뻔뻔해."

"앨리스, 무슨 말인지 잘 모르겠어. 차근차근 설명해줘."

"그는 네가 오기 전부터 이곳에 살았어. 하긴, 집에 있을 때보다 여행 중일 때가 더 많긴 했지만.”

“그가 아내들을 죽인 바로 그 사람이니?”

그러자 앨리스는 어이가 없다는 듯이 발끈 성을 내며 말했다.

“지금까지 오백 년이나 살아왔지만 그런 바보 같은 소리는 처음 듣는다. 그는 꽤 괜찮은 남자라고. 그런 남자가 무엇 때문에 그 음산한 여자들을 꼬시겠니?”

“그럼 그 방에 있던 푸른 수염의 신부들은 대체 뭐지?”

“바보, 귀찮으니까, 더 이상 내게 묻지 말고 직접 문수씨에게 물어보렴.” 앨리스는 시큰둥하게 말하고는 돌아누워버렸다.

앨리스의 말대로라면 이 집에는 나말고 또 한 사람이 살고 있다. 그때 누군가가 계단을 내려왔다. 그러자 이제껏 잠자는 척하고 있던 앨리스가 벌떡 일어나 계단으로 뛰어올라갔다. 그리고 반갑다는 듯 어제 본 그 남자의 발등을 비벼댔다. 그는 웃으면서 앨리스를 번쩍 안아올렸다. 그 순간 그와 나의 눈이 마주쳤다. 그는 한동안 그 자리에 서서 아무 말 없이 눈만 껌벅였다. 그리고 이렇다 할 반응도 없이 내려와 곧바로 냉장고 문을 열었다. 그는 먹을 것을 찾는 것 같았다. 그러나 그는 오래지 않아 냉장고 문을 닫으며 이렇게 말했다.

“먹을 것이 하나도 없군.”

그에게는 냉장고에 가득 찬 통조림이 보이지 않았나보다. 그는 창고에서 싹이 난 감자와 홍당무와 양파를 가져오더니 내게 말했다.

“감자 깎을 줄 아니?”

그래서 나는 그와 함께 식탁에 마주앉아 싹이 난 감자를 깎았다. 그리고 사이사이 나는 내 앞에 앉아 있는 이 정체 모를 남자를 살

폈다. 밝은 곳에서 보자 그의 수염은 파란색이기보다는 그저 평범한 잿빛에 불과했다. 그는 잿빛 턱수염과 고수머리를 가진 덩치가 큰 사내였다. 그는 아주 큰 손과 발을 가졌으며 굵은 손목에 나침반이 달린 시계를 차고 있었다. 그의 얼굴은 햇볕에 그을려 검은 편이었다. 앨리스의 말대로 그는 여행에서 방금 돌아온 사람처럼 보였다. 나는 그가 어디서 왔는지, 무엇을 하는 사람인지 너무나 궁금해졌다. 그래서 바짝 귀를 세우고 그의 마음을 엿보려고 했다. 그러자 그가 큰 소리로 말했다.

"남의 마음을 함부로 엿보다니, 그건 실례야."

"제가 어떻게 남의 마음을 엿볼 수 있겠어요?" 나는 몹시 당황했지만 시치미를 뗐다.

"할머니는 네가 거짓말을 한다고는 하지 않았는데."

"할머니를 아세요?" 그는 다시 한 번 나를 놀라게 했다.

그는 말없이 고개만 끄덕였다. 할머니는 그에게 대체 무슨 말을 했을까? 그러나 확실한 것은 내가 아무것도 모르는 이 중년의 남자가 전부터 나를 잘 알고 있었다는 사실이다. 나는 공연히 거짓말한 것이 부끄러워졌다.

"할머니가 저에 대해 무슨 말을 했나요?" 고개를 들지 않은 채, 내가 물었다.

그러자 그가 주의를 주었다.

"칼을 쓸 땐 말을 많이 하지 않는 편이 좋아."

그래서 나는 더 이상 아무 말도 하지 못했다. 대신 조용히 주어진 상황을 받아들이기로 마음먹었다. 멀리서 파도 소리와 갈매기의 울음 소리가 들려왔다. 나는 소리의 바다에 있었던 것이다. 세상에서 가장 낮은 곳, 수많은 소리가 흘러드는 곳, 내 것 아닌 감정과 생각이 한데 어우러져 파도 치는 곳. 나는 내 앞에 앉아 있는 이 사람이 이 집과 함께 할머니가 내게 남긴 또 다른 유산이라는 사실을 막연하게나마 짐작할 수 있었다.

얼마 후, 부엌에 버터 녹는 냄새가 번지고 나는 감자와 당근이 잔뜩 들어간 카레라이스를 먹을 수 있었다. 나는 당근을 아주 싫어했지만 왠지 이번만은 먹을 만했다. 어쨌든 그것은 내가 이 집에 온 후 처음 먹어보는 갓 만든 따뜻한 음식이었다.

*

식사를 마친 후, 문수 아저씨와 나는 함께 설거지를 했다. 그러다 이야기가 지난밤 내가 그를 푸른 수염인 줄 알고 놀랐다는 데 이르자 그는 갑자기 요란스러운 웃음을 터트렸다.

"날 푸른 수염으로 알았단 말이지. 난 왜 네가 날 보자 비명을 지르며 쓰러졌는지 이상하게 생각했어."

"그만 웃어요. 난 꼭 죽는 줄만 알았다구요." 나는 공연한 이야기를 꺼내 비웃음을 사게 된 것을 후회했다.

"하긴. 내일은 일어나자마자 면도를 해야겠군."

거품 묻은 손으로 턱을 만지며 그가 말했다. 우리는 한동안 말없이 미끈거리는 접시를 닦았다. 접시를 헹구고 타월로 닦아서 차곡차곡 찬장에 집어넣었다.

"경고하는 건데 함부로 유리병을 만지지 마라. 유리병 속에는 내

가 수집한 소리들이 담겨 있거든." 갑자기 아저씨가 웃음기를 지우
고 말했다.

"대체 아저씨는 무슨 일을 하죠?"

"나는 소리를 찾아다녀."

"소리를 찾는다니요?"

"네가 할머니의 손녀라면 모든 존재는 그에 걸맞은 소리를 지니
고 있다는 것쯤은 알고 있겠지? 나는 각지를 떠돌면서 태초의 소
리를 찾고 있어. 그렇게 소리를 찾아다니다 보면 별별 소리들을 다
만나게 되지. 그 중에는 반가운 놈도 있지만 네가 보았던 물의 요
정처럼 위험한 녀석도 있어."

"내가 봤던 것이 물의 요정이었나요?"

"그래, 그녀들은 사랑에 버림받고 세상에서 쫓겨난 처녀들의 혼령
이야. 그들은 물가를 배회하면서 남자들을 유혹하거나 자신들처럼
상처입은 처녀들을 물 속으로 끌어들이지. 그들은 아주 위험해."

"자신이 피해자이면서 왜 그들은 사람을 해치나요?"

"모든 가해자는 동시에 피해자란다. 상처를 견디는 방법에는 두
가지가 있어. 하나는 상처를 준 세상을 용서하는 것이고 또 하나는
그 세상에 복수하는 것이지. 그들은 용서하는 법을 배우지 못했던
거야."

"복수라뇨?"

"버림받았기에 버리고 상처받았기에 상처를 입힌다는 거지. 그것
은 슬프고도 무서운 악순환이야. 우리는 그 악순환에 말려들지 않
게 항상 조심해야 돼. 그러나 말이 쉽지 그건 결코 쉬운 일이 아니
지. 만약 제대로 된 복수라는 것이 있다면 아마 그건 상처를 입었

72

음에도 망가지지 않고 살아가는 것일 거야."

"만약에, 만약에 말이에요." 나는 마지막 접시를 조심스럽게 헹구며 물었다. "자신을 사랑하지 않은 남자 때문에 깨져버린 여자가 있다면 그녀도 나쁜 소리가 되어 사람들을 해칠까요?"

"아마 그렇게 되기 쉽겠지."

그는 내가 건넨 마지막 접시를 타월로 닦아 찬장에 집어넣고 문을 닫았다. 그리고 돌아서서는 내게 겁을 주려는 듯, 짐짓 음산한 목소리로 말했다.

"아마도 물을 따라 흐르다가 너처럼 어린 소녀를 만나게 되면 길고긴 머리카락으로 목을 죄겠지. 자신의 슬픈 하소연 따위나 늘어놓으면서."

"그래선 안 돼요."

나는 그를 향해 날카롭게 외쳤다. 나는 전혀 그의 장난을 받아줄 기분이 아니었던 것이다.

*

아침나절 내내 나는 언덕과 숲을 돌아다니며 꽃을 꺾었다. 되도록이면 나는 세상에서 가장 아름답고 풍성한 꽃다발을 만들기 위해 노력했다. 집으로 돌아온 후, 나는 깨끗이 세수를 하고 가지고 있는 옷 중에서 가장 예쁜 것을 꺼내 입었다. 정성껏 빗질하고 머리에 분홍색 리본을 달았다. 준비가 끝나자 뒤뜰에서 아저씨가 불렀다. 나는 탁자 위에 있는 항아리를 들고 밖으로 나갔다. 꽃이 다

진 칼파타루 나무 아래서 깨끗이 면도하고 넥타이를 맨 아저씨가
기다리고 있었다. 그는 삽으로 구덩이를 팠다. 나는 그 구덩이에
엄마의 파편이 담긴 항아리를 내려놓았다. 그리고 그 위에 꽃을 뿌
렸다. 그러자 아저씨는 가지고 나온 기도서를 읽기 시작했다.

아, 열 가지 방향에 있는 승리자들과 그의 아들들이여.
아, 평화의 신들과 분노의 신들이며 완전한 선을 갖춘 모든 승
리자들이여.
아, 영적 스승들과 천신들과 충실한 어머니 신들이여.
큰 사랑과 자비의 마음을 내어 이 기도를 들으소서.
존경하는 영적 스승들과 어머니 신들에게 절하오니,
당신들의 더없는 사랑으로 우리를 진리의 길로 인도하소서.

분노하는 마음이 너무 깊어 윤회계를 방황할 때
거울 같은 대지혜로부터 나오는 눈부신 빛의 길을 따라
바즈라사트바께서는 우리를 인도하소서.
어머니 신 마마키께서 우리 뒤를 지켜주소서.
사후 세계의 좁고 무서운 여행길에서 우리를 구하소서.
우리로 하여금 완전한 붓다의 경지에 이르게 하소서.

자만심이 너무 깊어 윤회계를 방황할 때
평등 지혜로부터 나오는 눈부신 빛의 길을 따라
라트나삼바바께서는 우리를 인도하소서.
붓다의 눈을 한 어머니 신께서 우리 뒤를 지켜주소서.

사후 세계의 좁고 무서운 여행길에서 우리를 구하소서.
우리로 하여금 완전한 붓다의 경지에 이르게 하소서.

집착하는 마음이 너무 강해 윤회계를 방황할 때
분별하는 대지혜로부터 나오는 눈부신 빛의 길을 따라
아미타바께서는 우리를 인도하소서.
흰옷을 입은 어머니 신께서 우리 뒤를 지켜주소서.
사후 세계의 좁고 무서운 여행길에서 우리를 구하소서.
우리로 하여금 완전한 붓다의 경지에 이르게 하소서.

질투하는 마음이 너무 깊어 윤회계를 방황할 때
모든 것을 성취하는 대지혜로부터 나오는 빛의 길을 따라
아모가싯디께서는 우리를 인도하소서.
신앙심 깊은 어머니 신 타라께서 우리 뒤를 지켜주소서.
사후 세계의 좁고 무서운 여행길에서 우리를 구하소서.
우리로 하여금 완전한 붓다의 경지에 이르게 하소서.

무지의 어둠이 너무 깊어 윤회계를 방황할 때
진리 세계의 지혜로부터 나오는 눈부신 빛의 길을 따라
바이로차나께서는 우리를 인도하소서.
무한한 우주 공간의 어머니 신께서 우리 뒤를 지켜주소서.
사후 세계의 좁고 무서운 여행길에서 우리를 구하소서.
우리로 하여금 완전한 붓다의 경지에 이르게 하소서.

아저씨가 읽고 있는 그 기도문처럼 나는 엄마의 삶이 이것으로 끝나는 것이 아니기를 바랐다. 엄마의 죽음이 모든 것의 끝을 의미하는 것이 아니라 새 삶의 시작이 되기를 진정으로 바랐다. 나는 정말이지 엄마가 그렇게 간 것이 자신의 삶을 처음부터 다시 시작하고 싶었기 때문이라고 믿고 싶었다. 깨어진 엄마는 자신의 삶에서 결핍되었던 부분을 찾아 자신의 새 삶을 온전하게 해줄 평화를 찾아 떠났다고 믿고 싶었다.

"제발이지 엄마, 사람을 해치는 나쁜 소리 따위 되지 말고 더 이상 방황하지도 말고 좋은 데 가세요." 나는 두 손을 꼭 쥔 채 기원했다.

"칼파타루, 진의 기도를 들어주렴." 그러자 아저씨는 들고 있던 기도서를 덮으며 나무에게 소원을 빌었다. 그의 행동은 나를 당황하게 만들었다.

"칼파타루에게 빌 수 있는 소원은 하나뿐이란 걸 모르세요?"

"흠, 그랬나. 그러나 이것으로도 좋지 않을까?"

공기 중에 날아다니던 꽃가루가 눈에 들어왔는지 갑자기 시야가 흐려졌다.

"아저씨는 내가 만난 사람 중에서 가장 이상한 사람이에요."

"그런데 말이야, 그 이상한 사람에겐 낡았지만 쓸 만한 자전거가 한 대 있거든," 그는 천천히 넥타이를 풀면서 말했다. "지금부터 그걸 타고 읍내로 나갈 작정인데, 어때 같이 가겠니?"

나는 손등으로 눈물을 닦으면서 대답했다.

"거기다가 멍청하기까지 해요."

*

　해변에 앉은 갈매기들을 놀래면서 나를 태운 아저씨의 자전거는 바람을 가르며 앞으로 나아가고 있었다. 우리가 지나온 해변에는 길고긴 곡선이 그려지고 있었다.

　"엄마와 저는 남들이 듣지 못하는 소리를 들을 수 있어요. 정말이지 마음만 먹는다면 전 사람들의 마음을 몽땅 엿들을 수 있어요."

　"그런 짓은 옳지 않아. 사람은 누구나 자신의 생각 사이를 은밀히 배회할 권리가 있어."

　"알고 있어요. 소리란 평정을 잃어버린 마음에서 나오는 것이고 사람들은 그런 자신의 마음을 들키기 싫어하죠. 그 때문에 우리 집안 여자들은 미움을 받아왔어요. 그래요, 소리를 듣는다는 것은 정말이지 끔찍한 일이에요. 그런데 아저씨는 왜 그런 소리를 찾으러 다니는 거죠?"

　"대부분의 소리는 네 말대로야. 그러나 그런 것들조차 두려워할 필요는 없다고 봐. 그저 삶이란 참 고단한 거구나, 생각하면 그만이지. 그리고 내가 찾는 소리는 네가 생각하는 것과는 좀 달라."

　"그럼 평정을 잃지 않은 소리도 있다는 말인가요?"

　"그럼 있지. 한 손바닥으로 치는 손뼉 소리가."

　"아저씨는 언제나 이상한 말만 해요."

　"그것은 모든 사물의 깊은 곳에 감추어진 태초의 목소리야. 모든 사람은 자신의 마음 깊은 곳에 그 소리를 간직하고 있어. 하긴 요새 사람들은 그 소리가 있다는 것조차 잊어버리고 살긴 하지만."

"정말요?"

"시간이 분화되기 전, 태초의 그 순간에는 말이다. 우주는 아직 빛과 어둠이, 하늘과 바다가, 과거와 미래가 서로 뒤엉킨 하나의 알에 지나지 않았어. 어느 날 그 알이 쪼개지자 위의 절반은 하늘이 되고 아래 절반은 땅이 되었지. 쪼개진 알에서 태어난 최초의 인간 반고(盤古)는 말이다 하루에도 십 척씩 자라났어. 그에 맞추어 하늘도 십 척씩 높아지고 땅도 십 척씩 두꺼워졌지. 일만 팔천 년 동안 매일같이 자라나던 반고는 그러던 어느 날 죽고 말아. 반고가 죽고 나자 그의 시체는 여러 조각으로 갈라졌지. 그의 머리는 해와 달이 되었고 피는 강과 바다가 되었어. 머리카락은 숲이 되고, 땀은 비가 되고, 숨은 바람이 되었지. 그리고 마지막으로 그의 몸에 붙어 있던 벼룩은 인간이 되었어."

"인간이 겨우 벼룩이었다니."

"우주는 인간에 의해 창조된 것도 아니고 인간을 위해 만들어진 것도 아니야. 사실상 이 우주 안에서 인간이라는 것은 아무것도 아닌지도 모르지. 그러나 바로 그 인간만이 반고의 목소리를 끌어낼 수 있어."

"반고의 목소리?"

"그래 최초의 인간이자 우주 그 자체였던 반고의 목소리. 모든 사물은 그로부터 나왔기 때문에 사물들의 밑바닥에는 반고의 목소리가 잠들어 있어. 만약 누군가가 자기 안에서 그의 목소리를 깨울 수만 있다면 그는 우주 안에 있는 모든 것과 공명할 수 있게 돼. 같은 진동수의 소리굽쇠들이 서로에게 공명하듯 말이야. 그 소리만 찾아낸다면 우리는 더 이상 외롭지 않아도 될 거야."

아저씨의 자전거는 울울창창한 삼나무숲을 지나고 있었다. 자전거 뒤에 매달린 내겐 아저씨의 얼굴이 보이지 않았지만 나는 왠지 그가 조금 불쌍해졌다. 그런 전설 따위를 믿고 태초의 소리를 찾아다니다니.

"그래서 그 소리를 찾았나요?"

"아니, 아직은." 그는 소리 높여 대답했다. 어느새 삼나무숲이 끝나고 읍으로 이어진 내리막길이 나타났다. 나는 그에 지지 않을 만큼 큰 소리로 다시 물었다.

"그 소리를 찾을 수 있을까요?"

"오른발이 땅에 닿기 전에 왼발을 뗄 수 있다면."

그는 자전거에서 두 발을 뗀 채, 다시 농담을 했다. 이번에는 나도 그 어이없는 농담에 그만 웃고 말았다.

*

읍내에 도착한 아저씨는 몇 권의 책과 식료품을 산 후, 나를 카페 삼월 토끼네 집으로 데리고 갔다. 나는 빨간색 차양 밑에 앉아 아저씨가 사준 아이스크림을 먹었다. 초여름 밝은 빛이 부서져 담쟁이덩굴에 짙은 초록색 그림자를 만들고 있었다. 그것은 느긋하고 편안한 오후였다. 맥주를 마시는 사이사이 아저씨는 처음 할머니를 만났던 때의 일들을 이야기해주었다. 적당한 포만감에서 오는 나른한 졸음기에 젖은 채, 나는 아저씨의 이야기를 들었다.

아저씨가 소리의 바다에 처음 발을 디딘 것은 칠 년 전의 일이었다. 소리를 찾아다니던 중, 아저씨는 알 수 없는 충동에 이끌려 소리의 바다로 오게 되었다. 그리고 그 바다에서 유령이 아닌 진짜 살아 있는 할머니를 만났다. 그러나 그가 그곳까지 오게 된 것은 단순한 우연이 아니었다. 그것이 일종의 소명이었다는 것을 아저씨는 훨씬 뒤에야 깨달았다고 한다.

"그녀는 라디오였어. 그 말만큼이나 너의 할머니를 정확하게 표현해주는 말도 없지."

마치, 수신기에 다이얼을 맞추어놓기만 하면 모든 방향으로부터 오는 수많은 전자기파 중에서 원하는 채널을 골라낼 수 있는 라디오처럼 할머니는 모든 생명이 발산하는 파동들 중에서 방황하는 아저씨의 주파수를 찾아냈던 것이다. 그리고 그녀는 자신이 있는 소리의 바다로 그를 불러냈다.

"직관이란, 마음이 맑을 때 자연스럽게 흘러나오는 영혼의 인도자죠." 할머니는 그에게 재스민 차를 따라주면서 말했다. "누구나 한 번쯤은 자신의 예감이 현실로 드러나거나, 자신의 생각이 저절로 다른 사람에게 전해졌던 경험을 가지고 있을 거예요. 아마 사람들은 그것을 우연이라고 부를지 모르지만 그것은 단순한 우연이 아니랍니다. 혼란스러운 상태만 진정된다면 인간의 마음은 자신이 가지고 있던 원래의 기능을 수행합니다. 마음은 무선 통신기 radio communicator처럼 자신의 생각을 보내고 타인의 생각을 받아들이지요. 또 그 과정 속에서 서로의 잘못된 생각을 교정하기도 하고요."

아저씨가 믿어지지 않는 그녀의 이야기를 의심하고 있었을 때 할머니는 마지막 못을 박았다.

“태초의 소리를 찾는다는 것은 불가능한 일만은 아니에요. 당신
을 소리의 세계로 인도해줄 사람만 발견한다면요.”

내밀한 욕망을 들켜버린 그는 그녀가 내민 미끼를 물고 만다.

“그게 당신인가요?”

할머니는 찻잔을 내려놓으면서 천천히 고개를 저었다.

“내게는 아직 얼굴도 못 본 손녀가 하나 있어요. 멀지 않은 날에,
당신은 그 애를 만나게 될 겁니다. 만약 당신이 그 애를 보호하고
수많은 소리들 중에서 불필요한 것들을 배제하는 법을 가르칠 수
만 있다면 당신은 그 애를 통해서 당신이 찾는 소리를 들을 수 있
을 거예요.”

죽음이 멀지 않은 할머니는 그렇게 기억의 집과 나의 장래를 아
저씨에게 맡겼다. 이상한 것은 내가 기억의 집으로 돌아오리라는
것을 할머니가 미리 알고 있었다는 점이다. 어쨌거나 그녀의 예감
대로 나는 기억의 집으로 돌아왔고 아저씨를 만났다. 그러나 그날
저녁 꾸벅꾸벅 졸면서 침대에 들어갈 때까지도 할머니가 왜 부모
도 친척도 아닌 그에게 보호자 역할을 맡겼는지 이해할 수 없었다.
적어도 그 문제의 편지가 도착하기 전까지는 말이다.

*

단풍잎이 빨갛게 질려가는 가을 오후, 한 통의 편지가 스위스에
서 날아왔다. 그것은 아버지에게서 온 편지였다. 그 안에는 적지
않은 금액의 수표와 한 장의 사진이 들어 있었다. 사진 속에서 아

버지는 갈색 피부가 아름다운 여자와 함께 아기를 안고 있었다. 사진 뒷면에는 그에 대한 설명이 간단히 적혀 있었다.

'네 동생이란다. 축하해주렴.'

머나먼 제국의 휴양지에서 아버지는 초콜릿 빛깔의 아내와 아들과 함께 새 생활을 시작했던 것이다. 혹시 나로 인해서 자신의 행복이 깨어질까봐 두려웠던 아버지는 다시 한 번 나에게 확인시키려고 했다. 제발 자신을 방해하지 말아달라고, 애초부터 여기에는 네가 끼일 자리가 없었다고.

수표와 사진을 찢어버리고 나는 침실로 뛰어들어가 문을 잠갔다. 이 세상에 누구도 내가 열두 살 된 어린아이라는 것을 기억하지 못한다. 찢겨진 사진을 보고 상황을 짐작한 아저씨가 방문을 두드렸다.

"진, 뭐라고 설명해야 될지 모르지만 넌 무척 소중한 아이란다."

상심한 나를 달래기 위해, 아저씨가 어색한 첫 말을 꺼냈다.

"모든 사념은 우주 안에서 진동하지. 그 수많은 생각과 감정들은 이 세상 어느 곳이나 침투해. 그러나 흐린 마음을 가진 대부분의 사람들은 자신의 내부에 침투하는 그 소리들을 깨닫지 못한 채 살아간단다. 소리의 세계는 아주 소수의 사람들에게만 열려 있어. 오직 너 같은 사람에게만."

그는 문밖에 있었고 나는 베개 속에 머리를 파묻은 채 소리 죽여 울고 있었다. 눈물이란 것은 이상한 것이어서 한번 흐르기 시작하면 걷잡을 수 없게 된다.

"넌 마음만 먹는다면 모든 생각을 읽을 수 있어. 그렇게 넌 자신도 모르는 사이에 생각이란 것이 한 개인에게 속한 것이 아니라 우

리 모두에게 속한 것이라는 사실을 증명하고 있어. 그렇게 넌 인간
은 공간상 한 점에 국한된 육체가 아니라 본질적으로 어디에나 편
재하는 영혼이라는 사실을 말해주고 있는 거야."

"그런 것은 내겐 하나도 중요하지 않아요." 문밖에 서 있는 그를
향해 내가 소리쳤다.

"그럼 무엇이 중요하지?" 문밖에서 그가 말했다.

나는 티슈를 뽑아 코를 풀고 뺨에 붙은 머리카락을 귀 밑으로 넘
겼다. 그리고 닫힌 문을 열면서 말했다.

"아저씨는 내가 필요한가요?"

나는 태어나서 그때까지 한 번도 해본 적 없는 일을 했던 셈이다.
잠시 동안 어색한 침묵이 흐르고 마침내 아저씨가 입을 열었다.

"물론이지. 이제 저녁을 먹으러 가자."

그것은 응석이라는 것이었다.

*

그렇게 해서 아저씨는 나의 유일한 가족이 되었다. 그리고 동시
에 나의 유일한 선생님이기도 했다. 그는 내게 에티오피아의 수도
가 아디스아바바라는 것과 고래는 어류가 아니라 포유류라는 것을
가르쳐주었다. 그리고 인력은 질량에 비례하고 거리의 제곱에 반
비례한다는 것과 직각 삼각형의 빗변의 제곱은 나머지 두 변의 제
곱의 합과 같다는 것도 가르쳐주었다. 그러나 그가 가장 신경 써서
가르쳤던 것은 소리에 관한 것들이었다. 그것은 내가 제대로 된 라

디오로 성장하기 위한 그의 배려였다.

　아주 어렸을 적부터, 세상을 향해 내 목소리를 내기 전부터, 나는 내 안에서 솟구치는 여러 개의 서로 다른 목소리들을 들을 수 있었다. 그 목소리들은 나와는 전혀 다른 성(性)과 연령과 과거를 지니고 있었다. 그것들은 분명히 내 안에 있었지만 나의 것은 아니었다. 그 목소리들은 항상 나를 따라다녔지만 그러나 나는 그것들이 내 인생에서 어떤 의미를 가지는지 알 수 없었다. 아니 알려고도 하지 않았다. 나는 남들이 들을 수 없는 소리를 듣는 내 능력을 증오했다. 내 불행은 모두 거기서 시작되었다. 내 유년 시절은 아버지와 엄마의 소리 없는 말들로 무거웠다.
　'네가 태어나지 않았더라면 좋았을걸.'
　'네가 없었다면 내 인생은 지금보다 나아졌을 거야.'
　발설되지 않은 말들이 서로의 가슴을 좀먹고 마침내 엄마는 자신의 삶의 무게를 지탱하지 못하고 부서지고 말았다. 그리고 몇 달 후 스위스로 도망간 아버지는 마지막으로 딸에게 부탁했다.
　'제발 방해하지 말아다오.'
　그들에게 있어서 나는 재앙이었다. 인정하기 싫지만 그것은 사실이었다. 발설되지 않은 말들을 들을 수 있는 내 능력은 하루에도 몇 번씩 내가 불필요한 존재라는 사실을 확인시켜주었다. 그 사실이 너무 고통스러워 나는 세상에 귀를 막은 채, 이어폰에서 흘러나오는 엘리아의 노래나 들으며 살려고 했다. 그는 내게 살아남는 법을 가르쳤다. 그는 언제나 이렇게 속삭였다.
　'이제는 그 누구에게도 가까이 다가가지 마. 네가 다가갈수록 사람들은 너에게서 멀어지게 마련이야. 사람들로부터 거리를 유지하는 것만이 상처입지 않고 살아가는 유일한 방법이지. 이제 다시는 그 누구도 믿지 마.'

내가 만일 소리의 바다로 오지 않았더라면 그래서 아저씨를 만나지 않았더라면 엘리아는 나의 유일한 길동무가 되었을 것이다. 그러나 어떻게 된 일인지 아저씨가 그와 나 사이에 끼여들었다. 아저씨는 엘리아가 거짓말쟁이라고 했다.

"사람은 사람들과 떨어져서는 살아갈 수 없어. 알게 모르게 사람들은 서로에게 의지하게 마련이야." 아저씨는 엘리아를 두둔하는 나의 변명을 단호하게 자르며 덧붙였다. "인드라 네트에 대해서 들어본 적이 있니?"

나는 말없이 고개를 저었다. 그러자 그는 세계에서 가장 큰, 그래서 세계 그 자체가 될 수밖에 없는 그물에 대해 이야기하기 시작했다.

"인드라 네트는 전우주에 펼쳐져 있는 그물이란다. 그 그물의 수평선은 공간을 꿰뚫고 수직선은 시간을 꿰뚫지. 그 수평선과 수직선이 교차하는 점이 바로 인간인데 이 인드라 네트 안에서 모든 인간은 하나의 라디오, 무선 통신기 구실을 해. 인간이라는 라디오는 네트워크 안의 다른 라디오들의 메시지를 받을 수 있을 뿐더러, 자신이 받은 메시지를 다시 송신할 수도 있어. 때문에 네트워크 안에 속한 개인의 행동은 다른 존재들에게 막대한 영향을 미치지. 이렇게 떼려야 뗄 수 없는 강력한 의존 관계 속에선 한 개인의 잘못은 그 네트워크에 속한 모든 존재들의 잘못일 수밖에 없어. 그렇기 때문에 한 사람의 불행은 그 자신의 책임인 동시에 그 시스템에 속한 우리 모두의 책임이기도 해."

"너무 어려워요." 나는 당혹스러운 표정을 지었다.

"사람들은 생각이나 감정이 언제나 자신에게서 비롯된 자신만의 것이라고 생각하지. 하지만 그건 틀린 생각이야. 자신의 생각이나 감정이란 것은 대부분은 다른 사람들의 생각이나 감정이 자기 안에서 증폭된 것들에 지나지 않아. 우리가 가지고 있는 생각이나 감정은 자신만의 것이 아니야. 그것은 누군가의 머리에서 우리에게로 보내진 것이지. 잔인한 전쟁이나 살육도 우리들 내부에 있는 증오와 분노가 특정한 사람들을 통해 발산되고 있는 거라고 봐야 해. 우리는 스스로 생각하고 행동한다고 믿고 있지만 사실 다른 사람들에 의해 생각되어지는 존재에 가까워."

"그렇다면 우리가 할 수 있는 일은 아무것도 없다는 뜻인가요?" 내가 물었다.

"그러나 다행히도 우리에게는 자유 의지란 것이 있단다. 우리는 수많은 방송들, 떠다니는 생각 중에서 자신이 원하는 채널을 선택할 수 있는 능력이 있어. 또한 우리는 우리가 받은 생각들 중에서 좋은 것만 골라 전송할 수도 있지. 우리가 얼마나 훌륭한 라디오인가 하는 것은 채널을 조절하는 바로 그 능력에 달려 있어. 이를테면 우리의 의지에 달려 있단 말이지. 우리가 받고 전해줄 메시지를 올바로 선택하지 못한다면 세상은 엉망이 되고 말 거야. 우리가 다루는 그 메시지들이 바로 세계를 구축하는 재료니까."

"이해하기 힘들어요." 나는 다시 난처한 표정을 지었다.

"진, 우리 모두는 서로의 생각을 송수신하는 라디오야. 수많은 라디오들로 이루어진 이 네트워크가 존립하기 위해서는 개체들 사이의 원활한 의사 소통이 필요해. 만약 내부에서 더 이상의 의사 소통이 일어나지 않는다면 이 시스템은 붕괴되고 말아. 그것은 우리가 몸담고 있는 유일한 현실의 붕괴를 뜻해. 그러나 애석하게도 모든 사람이 다른 구성원들의 소리에 예민한 것은 아니야. 너처럼 의사 소통을 할 수 있는 사람은 극소수에 불과해. 그렇기 때문에 소리를 듣는다는 능력은 명예인 동시에 형벌이기도 해. 네트워크의 일부면서도 그 사실을 자각하지 못하는 사람들은 다른 사람들의 불행이 실제로 자신의 불행이라는 것을 이해하지 못해. 그래서 그들은 다른 사람들에게 깊은 상처를 남기고도 아무런 죄책감도 느끼지 못하지.”

나는 내심 타인의 고통에 둔감할 수 있는 그 사람들이 부러웠다. 어떤 죄책감도 느끼지 않고 살아갈 수 있다면 얼마나 편리할까? 아저씨는 내 표정에서 그런 내 생각을 읽었는지, 길게 한숨을 내쉬며 말을 이었다.

“그렇다고 부러워할 것은 없어, 진. 다른 개체들과 소통하지 못하는 개체는 단절감과 상실감에 시달리게 마련이야. 견디다 못한 그들은 마침내 혼자라는 분노와 거칠 것 없는 욕망으로 암세포처럼 자신을 증식해나가지. 그렇게 그들은 인간이 고립된 존재라는 편견을 타인에게 전파해. 마치 너의 엘리아처럼 말이다.”

아저씨는 파괴적이고 어리석은 그 편견들이 바로 우리가 싸워야 할 적이라고 말했다. 엘리아의 경우처럼 그 편견들은 자신의 정체를 숨기고 여러 가지 모습으로 다가온다. 그러나 그것들이 우리에게 가르치는 유일한 메시지는 우리가 서로에게서 분리된 무관한 존재라는 것이다. 그래서 너는 나에게 아무런 의미가 못 되고 나 역시 너에게 아무런 의미가 못 된다는 것이다.

"그런 편견을 만나면 죽을 힘을 다해 베어버리거라. 그렇지 않으면 너는 편견에 압도되어 생명을 조금씩 잃게 돼. 존재하지 않는 편이 나은 사람은 세상에 없어. 그가 무슨 잘못을 했건, 무슨 실수를 했건, 누구나 존재할 가치는 있어. 우리는 누구보다 더 가치 있기 때문에 존재하는 것이 아니라 존재하고 있다는 그 이유만으로 가치 있는 거야."

그렇게 아저씨는 폭주하는 소리들 중에서 위험한 편견을 골라내는 법을 가르쳐주었다. 나는 그의 밑에서 수많은 소리들을 필요에 따라 연결하고 끊어주는 재빠른 전화 교환수의 기술을 배웠다. 나는 매순간 소리를 분류하고 그것의 가치를 매기고 그것을 받아들일지 아니면 등뒤로 던져버릴지를 판단해야 했다. 그것은 검의 명인처럼 한순간에 상대가 적인지 아닌지 판단하는 섬세한 분별력과 적이라고 판단된 순간 단칼에 베어버리는 과감한 용기를 필요로 하는 작업이었다.

그러나 그 시절 나는 분별에 대해 가르치려는 아저씨의 뜻을 이해하지 못했다. 그 가르침이 내 삶에 어떤 영향을 미치게 될는지도 몰랐다. 아저씨의 의도를 헤아릴 수 있게 되기까지는 아주 길고긴 시간이 필요했다. 그 길고긴 시간이 지난 후에야 비로소 나는 유년 시절 나를 괴롭혔던 그 막연한 죄책감의 정체를 알게 되었다.

어리석게도 나는 내 귀에 들려오는 모든 신음 소리가 나를 향한 비난이라고 오해하고 있었다. 그래서 쏟아지는 그 엄청난 질책에 기가 죽었고 일어난 모든 불행에 죄의식을 느꼈다. 나는 아버지의 외도도 어머니의 파국도 내 탓이라고 생각했다. 그러나 그것은 어처구니없는 망상에 지나지 않았다. 나는 단순히 라디오에 불과했다. 내게는 세상의 모든 불행을 이끌어낼 힘도 그 모두를 책임질 능력도 없었다. 나는 내 자신의 삶조차 통제할 수 없는 그저 열두 살 난 어린아이에 불과했다. 그것은 전우주의 고통을 걸머지기엔 너무나 벅찬 나이였다. 나는 내가 질 수 있는 몫만 책임지면 되는 것이다. 만약 네트워크를 관리하는 신이 있다고 해도 내게 그 이상의 것을 요구하지는 못하리라. 그러나 그때 나는 책임의 한계를 정하지 못해 죄의식에 짓눌려 질식할 지경이었다. 아저씨는 그런 내게 숨길을 터주려고 했던 것이다.

그러나 그때 나는 그런 아저씨의 마음을 헤아릴 생각은 하지 않고 그가 내게 가진 애정만을 시험하려고 했다. 나는 그의 눈을 빤히 들여다보며 물었다.

"그렇다면, 아저씨. 제가 불행해진다면 그건 아저씨 책임이기도 하겠네요?"

"그렇단다."

예상했던 대답에 흐뭇해진 나는 내처 물었다.

"그럼, 아저씨가 불행해진다면 그건 제 책임이겠네요?"

머쓱해진 아저씨가 고개를 끄떡였다. 그러자 나는 그의 목을 꼭 끌어안으며 말했다.

"결코 그런 일이 생기게 하지 않겠어요."

그리고 기억의 집에 겨울이 왔다. 바닷물은 추위에 더 새파래지고 스산한 회색빛 하늘에서 눈송이들이 떨어졌다. 해는 점점 짧아지고 밤은 점점 더 길어졌다. 서둘러 차디찬 바닷속으로 져버리는 태양을 바라보며 나는 아저씨에게 말했다.

"이렇게 해가 짧아지다간 다시는 아침을 못 볼 것 같아요."

나는 언제나 겨울을 싫어했다.

"그렇지 않아. 곧 동지가 올 거다."

아저씨 말대로 그것은 부질없는 걱정이었다. 얼마 후 나는 아저씨가 나누어주는 포도주를 마시며 일 년 중 가장 긴 밤을 기념했다. 이 혼란스러운 밤만 지나면 새로운 해가 태어나고 짧아지기만 하던 낮이 다시 길어진다. 이런 동짓날에는 이승과 저승을 가르던 벽이 사라진다고 아저씨는 말했다. 그렇기 때문에 이날 하루만은 죽은 자가 지상으로 돌아올 수 있다고 했다.

"유령들이 우리를 찾아올까요?"

내가 물었지만 아저씨는 그저 웃기만 했다. 그러나 그날 밤 우리를 찾아온 것은 저승에서 온 유령이 아니라 우주 어디선가 날아온 긴 꼬리를 가진 혜성이었다. 그 혜성은 우리의 머리 위를 지나 눈 덮인 삼나무숲 속에 무언가를 떨어뜨렸다.

아저씨와 나는 숲속으로 난 눈길을 걸으며, 간밤에 혜성이 떨어뜨리고 간 것을 찾았다. 나무들이 새까맣게 탄, 눈 녹은 자리에서 아저씨는 초록색 유성의 잔해를 발견했다.

"아저씨, 이것은 다른 행성에서 지구로 보내진 편지예요. 이 속에는 메시지가 담겨 있어요." 나는 그 초록색 돌을 두 손에 꼭 쥔 채 말했다.

"그걸 읽을 수 있겠니?" 아저씨가 물었다.

나는 고개를 끄덕였다.

"수신자는 지구의 아발로키테스바라 Avalokitesvara이고 발신자는 아니메사 행성의 아크사야마티로 되어 있어요. 그리고 이렇게 묻고 있네요. 어떻게 자아를 극복할 수 있을까요? 그게 전부예요. 좀 이상한 편지라고 생각하지 않아요?"

"흐음, 그렇구나."

그러나 아저씨는 내 질문에 건성으로 대답하고 있었다. 이렇다 할 말도 없이 집으로 돌아오는 길 내내 그는 생각에 잠겨 있었다. 그 후 며칠 동안 아저씨는 계속 책 속에 파묻혀 있었다. 내가 아저씨와 마주앉아 제대로 된 이야기를 나눌 수 있게 된 것은 그해 마지막 날이나 되어서였다. 나는 아저씨가 책 속에서 해방된 것을 기뻐하며 즐거운 마음으로 식사 준비를 도왔다. 우리는 그해 마지막 식사로 로스트 치킨을 준비했다. 아저씨는 깨끗이 씻은 닭에 소금과 흰 후춧가루를 뿌렸다. 그리고 닭의 목과 날개, 다리 양쪽을 실로 묶었다. 그 동안 나는 당근과 샐러리를 다듬고 양파를 썰었다. 양파를 썰 때면 언제나 눈물이 났지만 그러나 생닭을 만지는 것보다는 훨씬 나았다. 아저씨는 용기에 썰어놓은 야채를 깔고 닭을 올린 뒤 버터를 발랐다. 그리고 예열한 오븐에 넣었다. 나는 접시에 곁들일 감자를 닦으며 물었다.

"아저씨, 그래서 무엇을 알아냈나요? 아발로키데스바라는 대체 누군가요?"

"그녀는 아픈 마음에서 나오는 사람들의 괴롭고 슬픈 소리를 들어주는 성인(聖人)이란다." 오븐을 살피면서 아저씨가 말했다.

"이제 감자를 익혀도 되겠어."

"그럼, 아크사야마티는요?" 나는 감자를 건네며 물었다.

"그는 눈을 깜박이지 않는 나라 Animesah, 다시 말해 태양이 뜨는 동방의 별이라는 곳에 사는 사람이야. 그는 그 편지로 지구에 있는 성인에게 한 가지 질문을 하고 있어." 오븐 옆에 서서 아저씨가 말했다.

"어떻게 자아를 극복할 수 있을까요, 하고 말이지요?" 나는 천천히 테이블을 세팅해나갔다.

"그래, 진리의 칼에는 양쪽 날이 있어. 한쪽의 이름은 분별이고 다른 한쪽은 연민이지. 지혜와 사랑의 양날 칼이 아니면 그 누구도 자아의 묵은 속박에서 자유로울 수 없어."

"분별이라는 것은 저도 조금 알아요. 아저씨에게서 배웠으니까. 언젠가 그 나머지도 가르쳐주실 거죠?" 잘 정돈된 식탁을 보고 흐뭇해진 내가 물었다.

그러자 그는 내 눈을 똑바로 바라보며 조금은 쓸쓸한 표정으로 답했다.

"그건 내가 네게 가르칠 수 있는 것이 아니란다."

나는 아저씨가 무엇인가를 감추고 있다는 느낌을 받았다. 그러나 구태여 그것을 캐내어 즐거운 저녁을 망치고 싶지는 않았다. 이윽고 아저씨가 오븐에서 잘 구워진 치킨과 감자를 꺼냈다. 그가 치

킨을 썰어 접시에 담는 동안 나는 식탁에 촛불을 켰다. 아름다운
밤이었다.

*

　멀고먼 별에서 우리에게 잘못 전달된 편지를 받은 후, 나는 누군
가에게 편지를 보내고 싶다는 생각을 하게 되었다. 아저씨의 말대
로 내가 진짜 라디오라면 나도 할머니처럼 이곳으로 사람들을 부
를 수 있을 것이다. 그래서 시험 삼아 나는 잠자리에 들기 전에 두
손을 모으고 기도하는 마음으로 메시지를 띄웠다.
　"여기는 소리의 바다, 여기는 소리의 바다, 기억의 집입니다. 이
메시지가 들린다면 우리집으로 놀러 오세요. 저는 소리의 바다에
있는 기억의 집에 산답니다. 이곳에는 소리를 찾는 아저씨와 앨리
스라는 황금색 고양이가 있습니다. 아름다운 전망과 소원을 들어
주는 나무도 있습니다. 또 맛있는 차와 과자도 있습니다. 문득 외
로워지거나, 이야기 상대가 필요할 때면 이곳으로 놀러 오세요. 메
시지를 들을 수 있는 분이라면 누구나 환영합니다. 여기는 소리의
바다, 여기는 소리의 바다, 기억의 집입니다."
　그렇게 소리의 바다의 겨울은 갔고 나는 조금 더 자라났다.

손님들

*

 라일락 향기가 퍼져가는 오후, 내 무릎 위로 올라온 앨리스가 말했다.

"풍향이 바뀌었어. 이제 곧 내 주인, 달과 늑대와 거미와 여자들의 어머니인 마녀가 올 거야."

 나는 열다섯 살이나 되었고 전보다 훨씬 현명해졌기 때문에 그녀의 실없는 장난을 적당히 무시할 수 있었다. 그러나 그 순간 그녀의 말대로 달콤한 오후의 정적을 깨고 나의 첫 손님이 문 앞에 닥쳤다.

"내 고양이가 이 집에 있다는 걸 알고 찾아왔어요."

 문 앞에 서 있는 그녀는 단정한 자주색 슈트를 입고 작은 꽃이 달린 모자를 쓰고 있었다. 그녀의 머리카락은 은빛이었지만 그녀의 뺨은 장밋빛이었다. 그녀는 좀처럼 나이를 짐작하기 힘든 용모를 가지고 있었다. 성큼 문안으로 들어온 그녀는 양손에 들고 있던 슈트케이스를 내려놓았다. 그리고 장갑을 벗으며 앨리스를 불렀다. 그러자 마술처럼 앨리스가 온순해져서 그녀의 발목을 비벼대는 것이었다. 그녀는 발 밑의 앨리스를 안아올리더니 다정한 목소리로 훈계했다.

"다시 멋대로 돌아다니면 그땐 찾으러 오지도 않을 거야."

그것이 마마와 나의 첫 대면이었다.

그녀가 마녀인지 아닌지는 잘 모르겠지만 적어도 그녀가 공중에 쏘아올린 내 메시지를 들은 첫번째 사람이란 것과 앨리스의 주인이라는 것만은 틀림없는 것 같았다. 그녀는 사 년 전 카이로 공항에서 앨리스를 잃어버렸다고 했다. 아저씨가 처음 앨리스를 발견한 것도, 이집트에서 돌아온 직후였다. 어찌 된 영문인지 낯선 고양이 한 마리가 배낭 속에 잠들어 있었다고 아저씨는 그때 일을 회상했다. 마녀의 설명에 따르면, 우리 속에 갇히기 싫었던 앨리스가 아저씨의 배낭 속으로 기어들어갔다는 것이다.

"왜 하필 아저씨의 배낭이었죠?" 내가 묻자 마녀가 대답했다.

"누가 아니? 아마 앨리스가 너의 아저씨를 보고 반했나보지. 앨리스는 잘생긴 남자들에겐 약하거든. 그래서 집을 나간 적이 한두 번이 아니야. 그 때문에 난 바람난 고양이를 찾으러 온 세계를 돌아다녀야 하고 말이지. 뭔가 불공평해."

그녀의 말에 아저씨의 얼굴이 기묘하게 일그러졌고 앨리스는 앞발을 핥으면서 딴청을 부렸다. 나는 아저씨가 앨리스의 사랑이었다는 사실이 우스워 키득거렸다.

"그런데 요즘 마녀는 비행기를 타고 다니나요?" 내 웃음 소리가 듣기 싫었던지 아저씨가 화제를 돌렸다.

그러자 그녀는 어깨를 으쓱해보이더니 대답했다.

"젊은이, 그게 그렇게 이상해 보이나? 빗자루로 장거리 여행을 하는 것은 무척 피곤한 일이야. 날씨가 나쁠 때면 비에 젖을 수도 있고 번개에 그을릴 수도 있어." 그리고 내 쪽을 바라보며 말했다. "어쨌거나 진, 불러줘서 고마워. 만약 허공을 떠도는 아가씨의 목소리를 듣지 못했다면 나는 이 녀석을 영영 찾지 못했을 거야."

"제 목소리를 들었나요?" 나는 기뻐서 소리쳤다.

"으응. 빗자루 대신 비행기를 타고 다녀도 마녀는 마녀니까. 지난 겨울에 우연히 아가씨의 메시지를 들었어. 그러나 소리의 바다가 어딘지 몰라 집을 찾는 데 시간이 걸렸지."

"아저씨, 내 메시지를 들었대요!"

"축하한다, 진. 이제 진짜 라디오가 되었구나." 아저씨가 말했다.

그때부터 진이라는 내 이름 앞에 한 단어가 덧붙여졌다. 나는 세상의 모든 소리를 들을 수 있고 또 세상을 향해 내 목소리를 낼 수 있는 당당한 라디오였으니까. 나의 보이지 않는 더듬이는 안테나였다. 라디오 진, 그것이 바로 내 이름이었다.

*

그렇게 해서 달과 늑대와 거미와 여자들의 어머니인 마녀는 기억의 집에 머무르게 되었다. 그녀는 무척 유쾌한 사람이었고 나는 그런 그녀를 좋아했다. 그녀는 내게 요리와 다림질, 단춧구멍 만드는 법과 차 끓이는 법을 가르쳤다. 사실 나는 요리나 바느질에는 전혀 흥미가 없었다. 내가 거들떠보지 않는 그 모든 허드렛일은 아저씨의 몫이었다. 때문에 아저씨는 나보다 두 배나 크고 털이 듬성듬성 난 거친 손으로 바늘귀에 실을 꿰고 야채를 썰어야 했다. 그때 내가 하는 일이란 고작 아저씨의 서투른 솜씨를 우아하게 나무라는 정도였다. 그러나 그녀가 오자 모든 일이 달라졌다. 나는 하루 종일 그녀와 함께 바느질을 하거나 식사 준비를 해야 했다. 나는 좋은 학생이 못 되었지만 그녀는 확실히 좋은 선생님이었다. 그녀는 자신이 하는 일에 신명을 불어넣는 사람이었다. 그녀와 함께라면 아무리 흔하고 시시한 일도 놀랍고 신기한 일이 되어버렸다. 그녀의 손길이 닿는 모든 일은 기적처럼 느껴졌다. 그녀는 내가 알고 있던 그 어떤 사람과도 달랐다. 그녀는 진지했지만 무겁지 않았고 때론 지나치게 열성적이어서 조금은 우스꽝스러운 그런 사람이었다. 그녀는 스스로를 모든 존재의 어머니로 자처하고 있었다. 그래서 그녀는 만나는 사람들에게 자신을 마마라고 부를 것을 강요했다.

적어도 내게 있어서 그것은 그리 어려운 문제가 아니었다. 나는 순순히 그녀를 마마라고 불렀다. 그러나 아저씨에게 있어서 그것은 그리 쉽지 않은 문제였다. 마마는 그런 아저씨의 입장을 조금도 생각해주지 않고 특유의 어머니다운 태도로 그를 어린아이처럼 다루었다. 아저씨는 집 안에 들어오기 전에 구두를 털라는 주의를 받아야 했고 언제나 너저분한 자신의 방을 정리하라는 핀잔을 들어야 했다. 뿐만이 아니라 마마는 엄숙히 아저씨에게 매일 셔츠를 갈아입을 것을 명령했고 평일에 포도주를 마시는 것마저 금지했다. 어쩐지 마마는 그에게 영 불편한 존재인 듯싶었다. 얼마 안 가서 아저씨는 그녀의 잔소리를 피해 슬금슬금 도망다니는 신세가 되어 버렸다. 나는 아저씨를 꼼짝못하게 만드는 그 놀라운 마마의 힘에 번번이 감탄했다. 내가 경탄의 눈길로 마마를 쳐다볼 때면 옆에 있던 앨리스는 거들먹거리며 한마디했다.

"당연하잖아? 내 주인인데."

　한 달도 못 가서 기억의 집은 완전히 마마를 중심으로 돌아갔다. 이윽고 마마에게 완전히 손을 든 아저씨가 저녁 식사 도중에 빛의 사원에 가겠다고 선언을 했다.

"지금 빛의 사원이라고 하셨나요?" 나는 맛깔스러운 만두를 먹다 말고 반문했다. 마마는 그날 저녁 우리를 위해 완탕을 내놓았다. 오래 전 마마는 중국에서 요리와 점치는 법을 배웠다고 한다.

"그래." 가볍게 아저씨가 대답했다.

"설마 데비와 로지가 쓴 그 책 이야기를 믿으시는 건 아니겠죠?" 나는 너무도 태연한 아저씨의 태도가 거슬렸다.

"언제가 한번은 가보려고 했던 곳이야. 마침 널 돌보아줄 사람도 있고 하니 안심하고 떠날 수도 있고." 식탁 맞은편에 앉아 있는 마마를 바라보며 아저씨가 말했다.

"빛의 사원이라니? 그럴 바에는 차라리 에메랄드 성으로 오즈의 마법사를 찾아간다고 하시죠?" 그의 불성실한 태도에 기분이 나빠진 내가 빈정댔다. 그때 이제까지 듣기만 했던 마마가 끼여들었다.

"대체 무슨 이야기지? 나도 좀 알자꾸나."

　　갑자기 입맛을 잃어버린 나는 사기로 만들어진 숟가락을 내려놓으며 말했다.

　　"이 이야기의 발단은 지금으로부터 팔십 년 전, 돈 많고 할 일 없는 두 명의 영국인 청년이 티베트를 여행하면서 시작돼요."

　　"그래서?" 마마가 호기심을 내비쳤다.

　　"그들은 그곳에서 고용한 안내인을 통해 히말라야 어디엔가 숨어 있다는 전설의 사원에 대해 듣게 되지요. 그 순간 그들은 엉뚱한 발상을 하게 돼요. 만약 그들이 그 전설의 사원을 발견하게 된다면 그것은 엄청난 고고학적 사건이 될 것이고 자신들은 제이의 슐리만이 될 수 있을 거라는 거죠. 그 후부터 데비와 로지는 갑자기 인디아나 존스 흉내를 내기 시작해요."

　　"진, 그렇게 이상한 쪽으로 이야기를 몰고 가지 마라. 결국 그들은 빛의 사원을 발견해냈잖아?" 아저씨가 내 이야기 도중에 끼여들었다.

　　"아아 순진한 아저씨. 어쩜 그들의 허황된 이야기를 그리 쉽게 믿으시나요?" 나는 난색을 표명했다.

　　"그럼 그 청년들이 사원을 찾지 못했다는 거니?" 궁금해진 마마가 물었다.

　　"그런 셈이에요. 그러나 몇 년을 그렇게 허송세월한 그들은 쉽게 모든 것을 포기하고 영국으로 돌아갈 순 없었어요. 그래서 그들은 빈 주머니도 채울 겸 이름도 얻을 겸 그럴듯한 모험담 한 편을 꾸며내지요."

　　"너무 비딱하구나, 진." 나의 비아냥거림에 불편해진 아저씨가 말했다.

"하지만 아저씨 세상에 그런 엉터리 이야기가 어디 있어요? 그 책에서 그들이 밝히는 것이라야 고작 '빛의 사원을 발견했다 그러나 그 위치는 말할 수 없다'라는 거잖아요. 그 대신 그 사원에서 들었다는 길고긴 가르침만 늘어놓고 있죠. 결국 그들은 전해지는 전설에 신비감만 더해놓았을 뿐이라고요."

"세상에는 모호한 진실이라는 것도 있어. 딱 부러지게 증명되지 않았다고 해서 거짓이 되는 것은 아니야." 아저씨가 말했다.

나는 천천히 그러나 단호하게 고개를 저으며 말했다.

"아니오, 아저씨. 전 그런 거짓말쟁이들은 혼이 나야 한다고 생각해요. 그들은 거짓말로 사람들을 혼란시키고 빛의 사원을 찾아보겠다는 지금의 아저씨 같은 엉뚱한 피해자들을 만들어내니까요."

"잊고 있구나, 진. 나는 소리를 찾는 사람이야. 그들의 이야기가 거짓이라도, 태초의 소리가 있을 법한 곳이라면 어디든 가야 해."

"하지만 아저씨, 그런 이야기를 믿고 길을 떠난다는 것은 자신이 바보라는 것을 떠들고 다니는 것과 똑같아요." 나는 지지 않고 대꾸했다. 그러자 마마가 끼여들었다.

"물론, 나 역시 네 아저씨가 그런 오지를, 그것도 혼자서 여행한다는 것은 반대야. 고산병에 걸릴 수도 있고 낙상할 수도 있으니까. 하여간 그것은 너무 위험해. 그렇지만 진, 난 지금의 너의 태도는 옳지 않다고 봐."

"설마 마마까지도 그 바보 같은 이야기를 믿으시는 건 아니겠죠?"

"진, 그건 믿고 안 믿고의 문제가 아니야. 빛의 사원이 존재하지 않을 수 있는 것처럼 그것이 존재할 수도 있다는 거지."

"마마 상식적으로 생각해보세요. 그런 사원이 실제로 있었다면 외지인들이 찾아내기 전에 이미 그곳 주민들에 의해 발견되었을 거예요."

"좋아. 그럼 진, 그 상식이란 잣대로 너를 재면 어떨까? 너처럼 허공에서 소리를 잡아내는 아이가 있다고 믿는 사람이 대체 몇 명이나 될까? 그렇다면 너도 세상에 존재하지 않는 셈이겠구나?" 마마가 말했다.

"물론 그렇지는 않지만." 곤란해진 내가 얼버무렸다.

"세상 모든 사람이 너 같은 아이가 존재하지 않는다고 해도 넌 이미 존재해. 말하자면 넌 다른 사람들이 허구라고 믿고 있는 진실 속에서 살고 있는 셈이야. 누군가에겐 허구 같은 이야기가 어떤 사람에게는 진실일 수도 있어. 왜 진실이 오직 하나뿐이라고 생각하는 거지? 왜 자신이 알지 못하는 세상이 있다는 것을 인정하려 하지 않는 거야? 때론 진실은 허구보다 더 기묘할 수도 있어."

마마의 말이 옳았다. 진실은 여러 개의 얼굴을 가지고 있다. 모든 사람들은 나름의 경험과 기억의 잣대로 세상을 잰다. 그리고 전혀 다른 세계를 지각한다. 각기 다른 그 세계들은 나름대로 진실한 것이다. 그러나 마마가 미처 깨닫지 못한 것이 있었다. 처음 만난 이래로 나는 아저씨 곁에서 떨어진 적이 없었다. 나는 그 낯선 이별이 싫었던 것이다.

아저씨의 결심이 단단한 것을 확인한 나는 더 이상 그를 만류할 수 없었다. 할 수 없이 나는 마마와 함께 떠나는 그를 배웅해주어야만 했다. 아저씨에 뺨에 작별 키스를 하면서 나는 속삭였다.

"빛의 사원이란 건 다 핑계지요? 사실은 마마의 잔소리가 무서웠던 거예요. 도망가다니 비겁해요, 아저씨."

그러자 그가 한숨을 내어쉬며 대꾸했다.

"꼭 그렇지만은 않아. 그러나 유모를 두기엔 내가 지나치게 나이를 먹었다는 것도 사실이야."

아저씨의 풀죽은 모습이 너무 딱하고도 우스워 나는 더 이상 빈정거리지 않고 기분좋게 그를 보내주기로 마음먹었다.

"그러나 빨리 돌아오셔야 해요."

"약속하지."

그러자 그 사이 아저씨에게 너무 정이 들어버린 마마가 훌쩍거리기 시작했다. 그녀는 연신 손수건으로 눈가를 누르며 말했다.

"몸조심해야 돼. 자네가 보고 싶어질 거야."

그러자 마마의 눈물에 머쓱해진 아저씨가 서둘러 배낭을 메고 길을 떠났다. 마마는 그런 그의 뒷모습에 대고 오랫동안 하얀 리넨 손수건을 흔들어주었다. 그것은 슬프다기에는 너무나 우스운, 파란 하늘에 흔들리는 나뭇잎처럼 경쾌한 이별이었다.

*

"마마, 마마는 진짜 마녀인가요?"

아저씨가 떠난 지 며칠 뒤의 일이다. 바느질하다 무심코 건넨 한마디가 마마의 자존심을 건드린 모양이다. 그녀는 들고 있던 수틀을 내려놓으며 나를 뚫어지게 쳐다봤다.

"라디오 진, 지금 뭐라고 했지?"

나는 너무도 정색을 하는 마마의 태도에 놀라 주섬주섬 말을 주워섬겼다.

"뭐 의심하는 것이 아니라, 아직 한 번도 마마가 빗자루를 타거나 마법을 부리는 것을 본 적이 없어서요. 앨리스도 보통 마녀의 고양이처럼 검은색이 아니잖아요?"

그러자 그녀는 단호하게 잘라 말했다.

"그런 것들은 진짜 마녀에겐 조금도 중요하지 않아."

"그럼 무엇이 중요하죠?"

그러나 그녀는 내 질문에 대답하는 대신 이렇게 말했다.

"자, 그럼 오랜만에 수프를 끓여볼까?"

부엌으로 간 마마는 먼저 프라이팬을 달구었다. 그리고 재빨리 채 썬 양파를 볶아냈다. 그 다음 커다란 냄비에 간 쇠고기, 채 썬 당근, 샐러리, 계란 흰자를 넣고 힘차게 젓기 시작했다. 거품이 일기 시작하자 볶은 양파와 토마토를 섞었다. 그리고 육수를 붓고 냄비에 불을 켰다. 그 다음 정향, 통후추, 월계수 잎, 파슬리와 샐러리를 넣었다.

"콩소메를 만드려는 건가요?" 옆에서 지켜보던 내가 물었다.

"아니 아니야." 계란 흰자가 익자 불을 줄이면서 마마가 말했다.

"자 지금부터가 중요해. 진 너는 천천히 계속해서 수프를 저어야 해. 그렇지 않으면 모든 것이 엉망이 되고 말아."

그렇게 말하고는 마마는 조그마한 자주색 주머니들 속에서 비밀스러운 향신료들을 꺼냈다.

"거미줄에 맺힌 이슬 방울 조금, 잘려진 도마뱀 꼬리 반 개, 부엉이의 눈알 두 개, 인어의 비늘 세 장, 부서진 용의 이빨 약간, 묘지 위에서 자라는 맨드레이크 한 뿌리, 밤안개 약간, 악마의 눈물 세 방울, 호수에 잠긴 달 그림자 한 개."

"무엇을 하려는 거죠?"

"계속 젓기나 해, 진. 아니면 수프가 눌게 돼. 난 그저 삶을 제대로 돌아가게 하려는 거야. 해진 운명을 수선하려는 것뿐이라고. 아기가 태어나게 돕고, 아이들의 꿈속에서 악몽을 몰아내주고, 여자아이를 여자로 만들어주고, 그들에게 남편감 고르는 법을 가르치고, 바람난 남편을 집에 돌아오게 해주고, 홀로 늙어가는 법을 가르치고, 편안히 죽음을 맞이하도록 도와주고, 갈 곳을 잃고 떠도는 영혼들을 달래주지. 나는 고단한 인생 위에 약간의 향신료를 치려는 거야. 그것이 마녀의 본분이지, 삶에 지친 영혼들이 제 맛과 향기를 잃지 않게 돕는 일이."

"영혼이란 것이 진짜 있나요?"

"오오 라디오 진, 그것이 없다면 세상이 이렇게 아프지도 않았을 거야. 저 바다로 흘러드는 것이 무엇이라고 생각하니?"

나는 바다로 흘러드는 수많은 소리들을 생각했다.

"그것은 고통스런 영혼들의 울음 소리야. 라디오 진, 우리의 존재는 세 겹으로 이루어져 있단다. 우리의 영Spirit은 원래 신의 일부였어. 그러다 지상으로 유배되어 혼Soul과 육체Body 속에 갇히게 되었지. 육체 속에 갇힌 그 신성한 영들은 그렇게 해서 태어나고 병들고 늙고 죽는 고통을 경험하게 돼. 또 조악한 혼에 휘말려 질투, 두려움, 슬픔, 원망, 분노와 외로움에 시달리게 되지. 그러나 영은 이 세계에 속한 것이 아니기 때문에 다시 자신의 원래 고향인

신에게로 돌아가고 싶어해. 죽음은 무거운 육체의 짐을 벗게 하지만 찌든 혼을 깨끗이 세탁한다는 것은 그리 쉬운 일이 아니야. 그러나 모든 영은 자신의 짝인 타락한 혼을 찾아 정화시키기 전까지는 결코 자신의 고향에 돌아갈 수 없단다. 그래서 영은 사로잡힌 혼을 구하기 위해 거친 욕망이라는 용과 싸워야만 해."

이야기를 해나가는 동안 그녀의 눈은 반짝이기 시작했고 그녀의 두 뺨은 장밋빛으로 물들어갔다. 그녀는 자신이 하고 있는 이야기에 도취된 것처럼 보였다. 신열에 들뜬 그녀가 가볍게 나를 포옹하며 이마에 키스를 했다.

"아아, 라디오 진. 드디어 그 신성한 영이 정결한 혼과 만나게 될 때, 비로소 우리는 시간과 공간의 감옥에서 벗어나 신에게 다다를 수 있게 돼. 그곳이 바로 우리가 돌아가야 할 고향이란다. 그곳이 바로 우리 삶의 궁극적인 목표란다."

나는 그녀가 전하고자 하는 말의 반도 이해하지 못했지만 그녀를 흔들고 있는 힘의 물결을 느낄 수 있었다. 그 물결은 내게로 전해지고 나는 벼락맞은 대추나무처럼 알 수 없는 힘에 떨어야 했다. 그 순간 내 귓가에 뜻 모를 음절들이 들려왔다.

"아아아 오오오 제조파자자이에오자자 에에에 이이이 자이에오 조아코에 오오오 우우우 테오에자오자에즈 에에에 제에자오자 코자에케우데 툭수아아레트쿠."

마마가 주문을 외자 끓고 있던 수프가 푸른 연기로 변했다. 마마는 창문을 열어 그 연기를 밖으로 내보냈다. 그렇게 기억의 집이, 소리의 바다가, 온 세계가 마마가 만든 푸른 밤안개에 잠겼다. 그 부드럽고 축축하고 따뜻한 푸른 안개는 고통받는 모든 존재들을 가볍게 감싸안았다. 그것이 마마가 세상이라는 어린아이를 어르는 방식이었다. 그래서 마마가 수프를 끓이는 밤이면 세상의 모든 것들은 아무 근심 없는 아이들처럼 편안히 잠속으로 들어가는 것이다.

*

나는 꿈을 꾸었다. 꿈속에서 나는 거대한 도서관 안에 있었다. 지평선의 저 끝으로 이어지는 서가에서 나는 한 권의 책을 꺼냈다. 그것은 아주 낡았다는 점만 제외하고는 모든 면에서 평범한 책이었다. 그러나 그 서가에 꽂힌 셀 수 없이 많은 책들 중에서 유독 그 책만이 나의 눈길을 끌었다. 아무도 가르쳐주지 않았지만 나는 그 책이 나를 위해 준비된 것이라는 사실을 알 수 있었다. 그 책은 우주 첫날부터 그곳에서 나를 기다리고 있었다. 나는 조심스럽게 책을 집어 쌓인 먼지를 털어냈다. 책표지에는 금박으로 '라디오' 라는 제목이 씌어져 있었다. 책장을 넘기자 나는 그것이 누군가에 의해서 씌어진 나의 이야기라는 것을 깨달을 수 있었다. 이야기는 먼 미래, 나이 든 내가 과거의 자신을 되돌아보는 것으로부터 시작되었다. 미래의 나는 오백 광년쯤 떨어진 먼 곳에서 희로애락에 물들지 않은 청정한 마음으로 내 유년 시절을 돌아보고 있었다. 엄마가 깨어지는 그 망연한 순간이 등장하고 곧이어 소리의 바다로 향하는 내 모습이 보이고 잇달아 폭풍우가 치던 날 밤 아저씨를 만나는 장면이 나왔다. 이윽고 이야기는 내가 거대한 도서관 서가를 꿈꾸는 장면에 이르렀다. 책 속의 나는 꿈의 서가에서 자신의 인생이 씌어진 책을 읽고 있었다.

내가 미처 태어나기도 전에, 내가 알지 못하는 누군가에 의해 나의 과거와 미래는 이렇게 정해져 있었던 것이다. 나는 누군지도 모르는 작가가 써내려간 이야기를 따라 태어나고 그의 손끝에서 자라나고 그리고 언젠가 그가 매정하게 맺을 종말 속으로 사라질 것이다. 나는 책 속에 갇혀 있다. 나는 한 작가가 만든 세계라는 감옥 속에 갇혀 있다. 당황한 나는 책을 떨어뜨렸다. 그리고 겨누어진 총구에 놀란 사슴처럼 서가를 뛰기 시작했다. 너무나 무섭고 두려운 나머지 나는 가만히 있을 수가 없었다. 나는 끝없이 펼쳐지는 서가를 달리고 또 달렸다. 미지의 작가가 나를 가둔 그 보이지 않는 감옥에서 빠져나오기 위해 나는 버둥거렸다. 그러나 나는 일사불란하게 종말로 치닫고 있는 그 이야기를 멈출 수 없었다. 내 눈앞에 드러나는 것은 빠져나올 출구가 아니라 끝없이 펼쳐지는 서가뿐이었다. 나는 보이지 않는 작가에게 호소했다. 나를 이 지옥의 페이지 속에서, 저주받은 장면에서 빼내어달라고. 그러나 나의 신음도, 나의 눈물도 그의 마음을 움직이지는 못했다. 끝없이 펼쳐지는 그 서가에서 내가 들을 수 있었던 것은 따뜻한 구원의 목소리가 아니라 조롱기 어린 비웃음이었다.

"도망칠 수 있다고 생각하지 마라. 누구의 발걸음보다 운명은 한 발자국 앞서게 마련이니."

그 음산한 목소리는 어둠 속에서 길게 메아리졌다. 그 목소리가 사라진 후에도 나는 그 소리가 지닌 섬뜩함에 몸을 떨어야만 했다. 나는 그곳에서 벗어나고 싶었다. 나는 그곳에서 도망치고 싶었다.

그러나 내가 벗어나려 할수록, 도망치려 할수록 보이지 않는 끈이 나를 강하게 조여왔다. 나는 내 인생의 주인이 아니었다. 나는 단지 누군가의 꼭두각시에 불과했다. 나의 삶은 미지의 불순한 의지에 의해 조종당하고 있었다. 그 악의에 찬 의지 앞에선 내 모든 탈출의 몸부림은 그저 부질없는 반항에 지나지 않았다.

가위에 눌려 뒤척이다 깨어나니 눈앞에 마마가 보였다. 내 신음 소리에 놀란 그녀가 내 방을 찾은 모양이었다. 나는 와락 그녀의 품에 달려들어 울음을 터트렸다.
"꿈을 꾸었나보구나, 가엾은 진."
"아주 무서운 꿈이었어요. 아주 무서운."
아직도 몸에 남은 공포와 마마의 품이 주는 안도감이 뒤섞여 한동안 나는 어린애처럼 울었다. 마마는 등을 쓸어주며 부드럽게 나를 달랬다.
"이제는 괜찮아, 내가 있으니. 내가 무서운 꿈을 쫓아줄 테니."
나는 그녀를 놓지 않은 채, 울음 섞인 목소리로 꿈에서 본 것들을 주섬주섬 털어놓았다.
"가엾은 진, 네가 드디어 운명의 책과 마주친 모양이구나."
"운명의 책이라니오?" 마마의 다정한 손길에 마음이 누그러진 내가 되물었다.
"라디오 진, 신은 우주라는 커다란 무대를 세우고 그 위에서 진행될 연극의 각본을 쓰셨어. 삶이라는 각본을 쓰는 것은 우리가 아니란다. 우린 다만 씌어진 각본에 맞추어 살아가는 배우일 뿐이지."
"정말 운명이란 것이 있나요?"

"글쎄, 운명이라는 표현보다는 한계라는 쪽이 보다 정확할 거야. 우리는 아무것도 결정되어 있지 않은 백지 상태로 태어나지는 않아. 태어나기 전부터, 우리에게는 살아야 할 공간과 시간이 정해지고 자신을 양육할 부모가 배정되고 성(性)이 결정되지. 너 역시 소리를 듣는 능력을 갖고 태어나길 원했던 것은 아니잖아? 그리고 결정적으로 우리는 언젠가 죽어. 결국 이러이러한 조건 속에서 이러이러한 길을 걷게 될 것이라는 가능성, 그게 바로 운명이야. 결국 운명이란 것은 앞으로 우리가 걷게 될 길에 대한 잠정적인 약도라고 할 수 있어. 그러나 바로 그 약도가 없다면 우리는 가야 할 길과 가지 말아야 할 길을 구별할 수 없게 되지."

"그 운명이라는 것을 이길 순 없나요?"

"불행히도 그런 것은 없어. 만약 그런 방법이 있다면 그것은 운명이 널 굴복시키기 전에 자발적으로 그 부름에 따르는 것이겠지."

"그렇다면 우리를 운명이라는 것으로 묶은 그 작가는 아주 고약한 존재겠군요."

마마는 내 이마를 쓸어주면서 낮게 웃었다.

"그렇지 않아, 진. 어린아이 같은 네 심성으로 그분의 뜻을 이해하기는 힘들겠지만 세월이 흘러가고 너의 지각이 자라남에 따라 조금씩 그분이 쓴 운명이란 것이 너를 옥죄는 족쇄가 아니라 은총이라는 것을 깨닫게 될 거야. 물론 자신의 욕망과 일치하지 않는 타자의 의지를 받아들인다는 것은 쉬운 일이 아니야. 그것은 우리에게 작은 나를 포기하고 더 큰 나에게 헌신할 것을 요구하니까. 그러나 운명이라는 그 고통스러운 족쇄를 통해서만 우리는 신과 묶여져 있는 자신을 발견하고 자신의 삶에서 관철되고 있는 신의 뜻을 발견할 수 있게 된단다. 운명이란 결코 우리 의지에 반하는, 항거해야 마땅한 불순한 세력이 아니야. 그것은 네 안의 신성을 발견할 수 있는 기회를 뜻해. 운명이란 것은 스스로 보듬고 완성시켜야 할 각자에게 할당된 우주적인 계획의 일부란다. 그래서 먼 옛날 나사렛의 목수는 내 뜻대로 마시고 당신 뜻대로 이루시라고 기도했고 아시스의 성인(聖人)은 자신을 그 거대한 계획을 완성시키는 도구로 써달라고 기원했던 거지."

"이해하기가 힘들어요."

"때가 되면 자연스럽게 알게 될 거야." 그녀는 두 팔로 나를 감싸 안으며 말했다. "언젠가 너도 신이 운명을 통해서 네게 무엇을 말하려고 하는지 이해하게 될 거야."

"그게 언제쯤일까요?"

"그건 너도 모르고 나도 모르지. 아마도 긴 세월이 흐른 뒤겠지. 운명이 너를 통해서 무엇을 드러내려고 하는지를 아는 것은 쉬운 일이 아니니까. 자신의 가능성과 한계를 가늠하는 데는 경험이 필요하게 마련이야. 그러나 불안해하거나 두려워할 필요는 없어. 신은 너보다 너를 더 잘 헤아리고 있으니까. 그분은 네가 할 수 있는 것 이상을 요구하지도 않아. 그의 선의를 믿고 네 자신을 맡기렴. 그게 운명에 휩쓸리지 않고 운명을 버텨나가는 지혜란다."

"아세요? 마마가 하는 말은 모두 이상하다는 것을. 마마의 이야기를 듣고 있노라면 달나라에 온 것 같아요. 정말 마마는 어떤 사람이죠?" 기분이 나아진 나는 응석 삼아 그녀에게 물었다.

그러자 마마는 내 말뜻을 못 알아들은 듯, 딴청을 부렸다.

"그나저나 진, 오늘 저녁 문을 열어두거라. 누군가가 우릴 찾아올 것 같으니."

*

　그날 저녁 굿은비를 맞으며 기억의 집에 한 사내가 찾아왔다. 아무 말 없이 문 앞에 서 있던 그 넋 나간 사내에게 마마는 따뜻한 식사와 잠자리를 내주었다. 그는 악몽을 꾸는 듯 밤마다 비명을 질러댔고 깨어 있을 때는 미친 듯 소리의 바다를 거닐었다. 그의 눈에는 마마와 나는 보이지 않는 것 같았다. 기억의 집에 온 후 며칠이 지나도록 그는 우리에게 말 한마디 건네지 않았다. 그는 끼니때마다 식사를 대접하고 깨끗한 잠자리를 제공해주는 우리에게 형식적인 감사의 인사조차 하지 않았다. 그러나 그에게서 스며나오는 피와 썩은 고름 냄새가 그가 우리에게 하지 않은 이야기를 대신해주고 있었다. 나는 그가 무서웠다. 그는 잠잘 때면 항상 가위에 눌렸고 깨어 있을 때조차 살육과 파멸의 꿈을 꾸고 있었다. 그에게서 나오는 음산한 기운이 기억의 집을 어둡게 만들었다. 그리고 내 마음까지 헤집고 들어와 그의 황량한 마음의 풍경을 눈앞에 그려놓는 것이었다.

　뜻밖에도 그는 사백 년 전의 사람이었다. 1525년 아장에서 살롱으로 가던 도중 그는 길을 잃고 이곳 소리의 바다로 흘러오게 되었다. 그의 이름은 미셸이었고 프로방스의 염소좌 하늘 아래서 태어났다. 그는 어린 시절을 유대계 프랑스인이었던 할아버지 집에서

보냈다. 할아버지는 그에게 배움의 길을 열어준 첫번째 사람이었
다. 그는 할아버지 밑에서 라틴어 기초와 히브리어 그리고 점성학
을 배웠다. 나이가 차자 그는 아비뇽으로 가 철학을 배웠다. 그 다
음 몽펠리에 대학에서 의학을 공부했다. 그 당시 의사 양성 기관으
로 유명하던 그 대학에서 그는 학사 학위를 받았다. 그리고 1524년
의사 면허를 취득했다. 그러나 그의 학업은 갑작스럽게 중단된다.
그것은 몽펠리에에 이어 나르본에 퍼진 죽음의 사자 때문이었다.
페스트에 걸린 사람들은 학구열에 불타는 의학도가 아닌 유능한
의사로서 그를 필요로 했던 것이다. 그는 고통받는 사람들의 좋은
의사였다. 그는 효과적인 치료를 위해 대학에서 배운 전통적인 치
료법을 거부했다. 그 때문에 훗날 그는 종교 재판에 휘말린다.

　페스트는 수많은 마을들을 폐허로 만들었고 그에게 삶에 대한
성찰을 일깨웠다. 그는 잿더미가 된 마을과 시체들 속에서 인간의
나약함과 취약한 삶의 조건, 그리고 모든 것을 부수고 지나가는 거
대한 힘에 대해서 묻기 시작했다. 그가 아비뇽 도서관에서 마법과
연금술 서적을 읽기 시작한 것도 바로 이때쯤이었다. 그는 배우기
좋아하는 청년이었고 모든 종류의 지식을 흡수해버리는 사람이었
다. 보르도, 라 로셸, 툴루즈 등지를 여행하던 그는 마르세유 북쪽
의 아장에 사는 의사 쥘 세자르 스칼리제의 초청을 받는다. 그리고
스칼리제의 탁월한 식견에 매료된 그는 그 시골 도시에 정착하기
로 마음먹는다. 그리고 그는 그곳에서 메리라는 여자와 결혼하여
두 아들을 둔다. 그러나 그의 목가적인 행복은 그리 오래가지 못했
다. 또다시 무서운 페스트가 마을을 휩쓸었고 그의 아내와 아들들
을 빼앗아가버렸다. 엎친 데 덮친 격으로 스승이었던 스칼리제와

의 관계도 깨어지고 전통적 치료법을 거부했다는 이유로 종교 재
판에 소환당하게 된다. 운명은 그에게 베풀었던 모든 것을 앗아가
버렸다. 더 이상 남아 있을 이유가 없어진 그는 야장을 떠났다. 그
러나 그의 유랑길마저도 편하지는 못했다. 참담한 미래에 대한 계
시가 악몽처럼 그를 괴롭혔기 때문이다. 그는 도래할 미래의 모습
에 전율했고 그것을 막을 수 없다는 무력감에 신음했다. 그는 자신
을 불가항력적인 상황으로 몰고 가는 그 운명이라는 것에 분노하
기 시작했다. 그렇게 그는 깨어나지 않는 악몽에 시달리며 소리의
바다로 흘러들어왔다.

　나는 왠지 그가 가여웠다. 현관 계단 끝에 앉아, 넋 나간 사람처
럼 해안을 거닐고 있는 그를 바라보며 나는 마마에게 물었다.
"언제까지 그는 저렇게 바다만 거닐까요?"
"이럴 때는 그냥 내버려두는 게 좋아. 영혼이 가난해졌을 땐 그걸
인정하고 물가로 가야 해. 상처입은 영혼을 치유하는 데는 소리의
바다만한 곳도 없지. 그러니 잠자코 지켜보자꾸나. 조만간 그 스스
로가 위로를 만들어낼 테니."
　나는 마마의 말에 고개를 끄덕이며 잠시 동안 그를 괴롭히고 있
는 운명이라는 것에 대해서 생각해보았다. 아직 열다섯 살에 불과
한 내가 운명이란 걸 이해한다는 것 자체가 무리였겠지만 그러나
나는 미셸을 어떤 한 방향으로 몰고 가는 힘을 느낄 수 있었다. 또
한 바로 그 힘이 나를 기억의 집으로 부르지 않았던가?

*

낮 동안 미셸은 말없이 바다를 거닐었고 해가 지면 침실에 틀어박혔다. 그의 불행은 전염성이 강했고 나마저도 치통을 앓는 것처럼 침울해졌다. 마마는 그를 위해 매일 정성스런 요리와 질 좋은 포도주를 준비했다. 나는 끼니때마다 그에게 식사를 가져다주었다. 또 시들기 전에 그의 침실의 꽃도 갈아주었다. 나는 아내와 아이들을 잃은 그의 슬픔을 위로할 수도, 헤아릴 수도 없었지만 그렇게 해서라도 그의 기분이 조금쯤 나아지기를 바랐다. 그는 내가 만난 사람 중에 가장 슬픈 아버지였다. 그러나 나는 그가 슬퍼할 줄 아는 사람이라서 다행이라고 생각했다. 연옥의 컴컴한 골짜기를 거닐지라도 그의 아이들은 외롭거나 불행하지 않을 것이다. 그들에게는 그들의 죽음을 이토록 아쉬워하는 아버지가 있으니까 말이다.

그렇게 몇 주가 흐른 어느 날 저녁이었다. 이제껏 혼자 식사를 하던 그가 뜻밖에 식당에 나타났다. 그날 밤 우리는 처음으로 한 테이블에 앉아 식사를 했다. 마마는 크랜베리와 브라운 소스를 얹은 오리 가슴살을 내왔다. 고기는 부드러웠고 소스는 달콤했다. 그러나 누구도 맛있다는 말을 꺼내지 않았다. 조용한 식사였다. 식사가 끝나자 마침내 미셸이 입을 열었다.

"너는 착한 아이야. 무엇인가 너에게 답례를 하고 싶은데, 지금의 나로선 해줄 수 있는 일이 이것밖엔 없어."

그날 밤 미셸은 흔들리는 등불 아래서 나의 출생 천궁도를 그려주었다. 그리고 앞으로 내가 만날 운명에 관해서 이야기했다. 그의 말에 따르면 나는 물병좌의 상승점을 두고 사자좌의 달과 처녀좌의 태양을 가지고 태어났다고 한다. 물병좌의 상승점은 희고 갸름한 내 얼굴과 작은 몸집을 상징하고 사자좌의 달은 열정적인 감정과 상상력으로 불타는 내 혼을 뜻했다. 그러나 처녀좌의 태양은 뜨거운 혼과는 달리 나의 영이 딱딱하고 회의적이라는 사실을 말해준다.

"그러나 너의 인생을 이끄는 천궁도의 주인은 가혹한 토성이야. 또한 토성은 태양과 금성이 이루는 요드Yod의 초점이기도 하지."

그것은 내가 고통을 통하여 심신 양면으로 재생을 강요당한다는 것을 의미했다. 묘지 위의 십자가처럼 우울한 토성은 고뇌와 시련을 가져다준다. 그 별은 통제와 한계를 의미하며 공간적 제약과 시간적 제한을 다스린다. 나는 쟁기 진 황소처럼 그 별이 이끄는 대로 고통스럽게 삶의 밭을 일구어가야만 했다.

"언젠가 너도 나처럼 사랑하는 사람을 잃게 될 거야. 그때 네가 그 고통 속에서 무엇을 얻게 될지 자못 궁금하구나." 미셸이 말했다.

"너무 끔찍해요." 차라리 듣지 않은 편이 나았다고 생각하며 내가 말했다.

"하긴 너 같은 여자 아이에게 고행이란 어울리지 않는 것인지도 모르지." 미셸이 덧붙였다.

"그렇지 않아요 미셸." 이제껏 잠자코 있던 마마가 말문을 열었다. "당신도 이 아이에게서 깨어나지 않은 신성을 읽으셨겠죠? 그 잔인한 고통만이 이 아이의 운명을 일깨워요. 참 지혜라는 것은 고독 속에만 영글고, 오로지 고통을 통해서만 이룰 수 있어요. 고통에 찬 헌신만이 진리로 향하는 문을 열 수 있어요."

"그러나 그것은 한 여자 아이가 이루기엔 너무나 벅찬 운명입니다. 고통을 짊어져야 할 이 아이가 가엾지도 않으십니까?" 미셸이 조금 상기된 표정으로 말했다

"고통이라는 것이 바로 삶 자체예요. 언젠가 이 아이도 고통에서 놓여나고 싶거든 고통이 곧 삶이라는 것을 인정해야 할 겁니다. 오로지 고통을 통해서만 인간은 정련되고 순화됩니다. 이 아이를 약하게 만드는 것은 고통이 아니라 쓸데없는 동정이에요. 그 동정이 이 아이를 아무것도 아닌 것으로 만들어버리지요."

마마는 잠시 말을 끊고 미셸을 바라보았다. 마마의 말에는 어떤 힘이 있었다. 그 뜻을 전혀 이해하지 못하고 있을 때라도 그녀의 말은 듣는 사람을 숙연하게 만들었다. 미셸은 아무 항변도 못 한 채 고개를 숙였다.

"자 그러니 돌아가서 당신의 인생을 사세요. 당신 몫으로 정해진 고통을 받아들이세요. 돌아가 새로운 아내를 얻고 아이를 낳으세요. 왕의 죽음을 예언하고 왕비의 총애를 받으세요. 그리고 후세에 두고두고 골머리를 썩일 예언서를 쓰세요. 그것이 당신의 몫이랍니다. 그것이 당신의 삶이니 당신 몫의 고통을 받아들이세요."

놀랍게도 마마는 그의 마음을 치유할 주문을 발견해낸 것이다. 생각보다는 거친 방식이었지만 그것은 그를 사로잡고 있던 음침한 악몽으로부터 미셸을 해방시켰다.

다음날 내가 깨어나기도 전, 이른 아침 미셸은 자신의 인생을 살러 살롱으로 떠났다. 덕분에 나는 그에게 작별 인사도 할 수 없었

다. 그러나 나는 조금도 섭섭하지 않았다. 어쩌면 나는 그가 자신의 길을 갔다는 데에 안도하고 있었는지도 모른다. 그날 나는 마마와 함께 단출한 아침 식사를 했다. 갓 구운 팬케이크를 먹으면서 나는 미셸이 남기고 간 출생 천궁도를 훑어보았다. 그리고 종이 위에 그려진 그 일곱 개의 별이 내 운명이라면 운명이란 것도 별것 아니겠구나, 생각을 했다. 어느 하늘 아래서 당당히 자신의 길을 걸어가는 미셸을 떠올리자 나는 왠지 마음이 뿌듯해졌다. 그래서 나는 마마에게 말했다.

"전 그가 이곳에 오길 잘했다고 생각해요."

"운명은 뜻 있는 자를 인도하게 마련이니까."

"운명이 그를 소리의 바다로 이끌었다고 생각하세요?"

마마는 소리 없이 고개를 끄덕였다.

"그럼 오늘 그가 떠난 것도 운명인가요?"

"아니, 그건 그의 결정이야. 운명은 우리를 유혹하고 추동하지만 강요하지는 못해."

"그럼 만약 그가 이곳에 남기로 결정했다면 어떻게 되는 거죠?"

"아마도 그는 자신에게 주어진 시간을 낭비하다가 결국 종말을 맞게 되겠지." 마마는 비워진 접시를 치우며 담담히 말했다.

그때 나는 그녀의 말을 이해하지 못했다. 닉이 우리를 찾아오기 전까지는 말이다.

*

　닉은 기억의 집을 찾은 세번째 손님이었다. 그는 제국에서 가장 아름답기로 소문난 천사의 도시 출신이었다. 그곳은 아름다운 해변과 야자수, 돈으로 살 수 있는 모든 것을 가진 벼락부자들과 비키니 차림의 아가씨들로 흥청대는 곳이었다. 그는 그 도시에 사는 그렇고 그런 돈 많은 건달 중의 하나였다. 다른 점이라면 닳고닳은 그의 친구들과는 달리 아직은 순진한 구석이 남아 있다는 정도였다. 그는 그 도시의 일원답게 인생을 즐기며 살았다. 바로 그 꿈을 꾸기 전까지는 말이다. 어느 날 밤, 금발을 젖가슴에 늘어뜨린 아가씨 곁에서 잠든 그는 자신이 난자당해 죽어넘어져 있는 꿈을 꾼다. 그는 자신의 몸에서 일어나 쓰러져 있는 피투성이의 시체를 바라보았다. 그는 자신이 죽었다는 사실을 깨달았다. 그때 그의 머릿속에 '이게 아닌데' 하는 생각이 떠올랐다.

　'잘못됐어. 이게 아닌데……'

　'이게 아닌데……'

　'이게 아닌데……'

　꿈에서 깨어나자 그는 전과는 전혀 다른 사람이 되었다. 그는 전처럼 호탕하게 소란한 생활을 즐길 수 없게 되었던 것이다. '이게 아닌데' 하는 생각이 줄곧 그를 뒤따랐다. 그러던 어느 날 술에 취해 바에서 빠져나온 그는 마침 눈에 들어온 오토바이 한 대를 훔쳐 타고는 '이게 아닌데' 하는 생각으로부터 도망치기 시작했다. 그리고 여름이 깊어가는 지루한 오후, 현관 앞 계단에 앉아 아이스

티를 마시고 있던 내 앞에 나타났다. 그는 내게 전화를 쓸 수 있느
냐고 물어왔다. 그때 그는 여전히 도망 중이었다. 그런데 우연히
그의 오토바이가 해변에서 멈춰버린 모양이었다.

　나는 전화기가 없다고 말했고 마마는 식은땀을 흘리는 그에게
아이스 티를 내주었다. 그는 다시 여기서 가장 가까운 오토바이 수
리점이 어디에 있느냐고 물었다. 나는 그에게 여기서 가장 가까운
읍은 걸어서 두 시간쯤 걸리는 곳에 있고 그곳에도 오토바이 수리
점은 없다고 답해주었다. 그는 떨떠름한 표정으로 아이스 티를 마
시며 한동안 생각에 잠겼다. 그리고 해변에 서 있던 오토바이를 집
까지 끌고 오더니 연장 상자를 빌려달라고 했다. 그렇게 그의 길고
긴 오토바이 수리가 시작되었다.

　아침부터 해질 때까지 그는 하루 종일 오토바이에 붙어 있었다.
그는 부품 하나하나를 점검했다. 엔진을 살피고 변속기를 점검하
고 축전지를 확인하고 기화기를 검사했다. 속도계를 살피고 소음
기를 점검하고 가현 장치를 확인하고 브레이크를 검사했다. 더 나
아가 시트를 떼어내고 백미러까지 분해했다. 그러나 그는 오토바
이에서 어떤 이상도 발견해낼 수 없었다. 그렇게 하루가 갔고 이틀
이 지났다. 그는 지치지도 않고 오토바이를 분해했다 조립했지만
한번 멈춘 오토바이는 움직일 줄 몰랐다. 그는 점점 더 안절부절못
했다. 마침내 그는 오토바이를 걷어차며 화를 내기 시작했다.
"움직이란 말이야. 이대로 멈춰선 안 돼."
　하긴 그는 쫓기는 몸이었고 시시각각 다가오는 '이게 아닌데'
하는 생각으로부터 도망쳐야 했으니까.
　가끔씩 나는 창고로 가 오토바이를 수리하는 그의 모습을 지켜

보았다. 그러던 어느 날 나는 그를 지켜보고 있는 또 다른 시선을 느낄 수 있었다. 그것은 그의 그림자였다. 이상하게도 진과 셔츠 차림의 그와는 달리 그의 그림자는 검은 양복에 중산모를 쓰고 있었다. 그림자는 검은 색안경을 아래로 내리더니 눈동자 없는 눈으로 나를 쳐다봤다. 갑자기 기분이 오싹해진 나는 서둘러 그 자리를 피해 집 안으로 들어왔다. 그러자 앞치마로 젖은 손을 닦고 있던 마마가 물었다.

"왜 그러니? 진. 놀란 토끼마냥 떨고 있구나."

"아니에요 마마. 전 아무것도 보지 못했어요. 아무것도, 이상한 그림자 같은 것은 보지도 못했어요."

나는 마마의 품에 파고들며 말했다. 마마는 내 머리를 쓰다듬으며 답했다.

"가엾게도 그의 뒤에 서 있는 게데를 본 모양이구나."

그러나 나는 너무 무서워 그녀에게 게데가 무엇인지 묻지도 않았다.

그리고 며칠 후 달도 뜨지 않은 밤, 침대에 누워 있던 나는 현관문이 닫히는 소리를 들었다. 닉은 그렇게 기억의 집을 떠났다. 그 날 밤 몹시도 창문을 두들기던 바람소리에 잠을 이루지 못했던 그는 마침내 오토바이를 두고 떠나기로 한 모양이다. 다음날 아침 나는 창고에 서 있는 오토바이와 해변으로 난 발자국을 볼 수 있었다. 해변에는 네 개의 발자국이 나란히 찍혀 있었다. 그 중 두 개는 닉의 것이었고 나머지 두 개는 항상 그를 뒤따르던 그의 그림자 것이었다. 그리고 그 일은 내 기억 속에서 묻혀졌다.

아저씨가 돌아온 얼마 후, 나는 몰랐던 두 가지 사실을 알게 되었다. 아저씨는 창고에 서 있는 오토바이를 보고 말했다.

"고장난 것이 아니야. 단지 연료가 떨어졌을 뿐이지."

이상하게도 닉은 연료가 떨어졌다는 사실을 몰랐던 것이다. 나는 불길한 예감에 시달리며 다락방으로 뛰어올라갔다. 그리고 그곳에서 게데에 관한 글을 읽었다.

'아이티의 부두교 신화에 의하면 게데는 검은 연미복 차림에 검은 중산모를 쓰고 검은색 안경을 낀 채 굶주린 모습으로 영원의 교차로에 서 있다고 한다. 영원의 교차로란 사자(死者)의 영혼이 신들이 태어난 고향이자 거처인 게네로 가는 도중에 통과하는 장소이다. 게데는 누구보다도 더 현명하다. 왜냐하면 그는 죽음의 신이며, 생존해온 모든 인간들에 대해서 알고 있기 때문이다.'

그때서야 나는 닉이 무엇에게 쫓기는지 알 수 있었다. 그도, 그의 오토바이도 잘못된 것은 하나도 없었다. 다만 오토바이와 그 자신의 연료가 떨어졌을 뿐이다. 불행히도 그는 마마가 운명이라고 부른 자신의 한계를 깨닫지 못했던 것이다.

*

또다시 머리 위로 긴 꼬리의 혜성이 지나간 다음날이었다. 침대에서 일어난 나는 창문을 통해 해변에 그려진 거대한 연꽃을 보았다. 나는 내 눈을 의심하면서 잠옷 바람으로 해안으로 뛰어갔다. 그리고 내 눈앞에 펼쳐진 믿어지지 않는 기적에 그만 탄성을 질렀

다. 단 하룻밤 사이 해변은 아름다운 연꽃 무늬로 수놓여져 있었
다. 나는 뒤따라나온 마마에게 소리쳤다.

"이것도 마마가 한 일인가요?"

"다 큰 아가씨가 잠옷 바람으로 설치는 것은 보기 흉해." 그녀는
가지고 나온 카디건을 건네주며 말했다.

"마마, 밤새 마마가 이것을 만들었나요?" 나는 카디건을 팔에 끼
면서 대답을 재촉했다.

"이 크롭 서클crop circle은 내가 만든 것이 아니야."

"그럼 누가 한 일인가요?" 눈 오는 날 강아지만큼 즐거워진 나는
연꽃잎 사이를 빙글빙글 돌며 물었다.

"글쎄, 우리 머리 위를 지나간 그 혜성이 한 짓이 아닐까?" 하늘
을 올려다보면서 마마가 말했다.

"무엇 때문에 그들이 꽃을 보냈을까요?"

"무엇인가 우리에게 축하할 일이 있는 모양이지." 그녀는 내 쪽을
보며 미소를 지었다.

그 말을 듣고 나는 혜성이 지나간 쪽을 향해 커다랗게 외쳤다.

"감사합니다, 멀고먼 우주에서 온 손님들."

그 거대한 꽃을 선물받은 그날 오후의 일이었다. 회색 양복에 회
색 타이를 맨 세 명의 비밀 요원들이 기억의 집을 찾았다. 가스퍼,
멜콘, 발사살이라는 이름을 가진 그들은 자신들을 미확인 비행물
체의 추격자라고 소개했다. 그들은 내게 혜성과 크롭 서클에 관해
서 이것저것 물었다.

"크롭 서클이 해안에 나타난 것은 처음 있는 일입니까?" 뚱뚱한

가스퍼가 말했다.

"네 이번이 처음이에요."

"그럼 혜성이 나타난 것도 이번이 처음입니까?" 수첩에 또박또박 대답을 받아적으며 멜콘이 물었다.

"아니오. 그 혜성은 삼 년 전 겨울에도 나타났어요. 아저씨와 저는 삼나무숲에서 그 혜성이 떨어뜨리고 간 것을 발견했지요."

"무엇을 찾았나요?" 손수건으로 안경을 닦으며 발사살이 물었다.

"특별한 것은 없었어요. 우리가 발견한 것은 타다 남은 초록빛 잔해들뿐이었어요. 그런데 그 초록빛 돌들에는……"

나는 마마 쪽을 바라보며 눈치를 살폈다. 비밀 요원들에게 소리를 듣는 내 능력을 밝혀도 좋은지 알 수 없었기 때문이다. 그러자 그 사이를 못 참고 멜콘이 재촉했다.

"그런데 그 돌들이 어쨌다는 거죠?"

마마는 미소를 띠며 이야기를 계속하라고 고개를 끄덕였다. 나는 천천히 그들에게 그때 일을 설명했다.

"메시지가 담겨져 있었어요. 그 잔해들은 다른 행성에서 지구로 보내진 일종의 편지였어요."

"그 내용을 기억합니까?" 이번에는 뚱뚱한 가스퍼가 물었다.

나는 고개를 끄덕이며 대답했다.

"그것은 아니메사 행성의 아크사야마티가 지구에 있는 아발로키데스바라에게 보낸 아주 짧은 편지였어요. 아크사야마티는 아발로키데스바라에게 어떻게 자아를 극복할 수 있는지를 묻고 있었지요. 저는 좀 이상한 편지라고 생각했어요."

"혹시 아발로키데스바라가 관음보살의 산스크리스트어 이름이라는 것을 알고 있었습니까?" 다시 멜콘이 물었다.

"아니오. 전 그저 아저씨가 말씀해주신 대로 그녀가 아픈 마음에서 나오는 괴롭고 슬픈 소리를 들어주는 성인(聖人)이라는 것만 알고 있었어요."

그러자 그들은 더 이상 질문도 하지 않고 한동안 생각에 잠겼다. 그리고 자기네들끼리 알 수 없는 말들을 주고받았다.

"그들이 아니메사에서 온 것은 확실한 것 같은데 온 목적을 모르겠단 말이야." 코끝에 금테 안경을 걸치면서 발사살이 말했다.

"왜 하필 여기에 온 거지?" 뚱뚱한 가스퍼가 되묻고,

"무언가 예고를 하려는 것 같아." 멜콘이 수첩을 안주머니 속에 집어넣으며 말했다.

"무엇을?" 뚱뚱한 가스퍼가 다시 묻고,

"이천 년 전 베들레헴 상공을 날던 그 비행 물체 생각나?" 멜콘이 받았다.

"그렇다면?" 무언가를 골똘히 생각하며 중얼거리던 발사살이 갑자기 곁에 있던 마마와 나를 의식했는지 말을 돌렸다. "어쨌든, 수사에 협조해주셔서 감사합니다."

그리고 세 명의 남자는 서둘러 기억의 집을 떠났다. 썰물이 빠져나간 듯, 텅 빈 거실에 덩그렇게 남은 나는 일어난 일들에 대한 설명을 기대하며 마마를 바라봤다.

"이천 년 전 베들레헴에 무슨 일이 있었던 거죠?"

"라디오 진, 차나 한잔 마시면서 천천히 이야기하는 것이 어떻겠니?"

뒷이야기가 무척 궁금했지만 나는 기분좋게 대답했다.

"좋아요."

　부엌으로 들어간 나는 물을 끓였다. 그리고 찬장에서 내가 제일 좋아하는 꽃무늬가 그려진 찻주전자와 찻잔을 꺼냈다. 일단 찻주전자와 잔을 뜨거운 물로 헹궈냈다. 찻주전자에 향이 짙은 아삼 Assam 찻잎을 넣고 끓인 물을 부었다. 그리고 찻잎이 가라앉기를 기다렸다 거름망으로 걸러냈다. 은으로 도금한 쟁반 위에 다기들을 놓고 구워놓은 마블 케이크를 담았다. 차와 케이크를 가지고 거실로 나가자 마마는 매우 기뻐하며 나를 반겼다.
"아아 정말 근사하구나, 진."
　마마와 나는 자줏빛 카우치에 앉아, 사이좋은 두 마리 비둘기처럼 나란히 차를 마셨다. 창으로 보이는 하늘도, 바다도 그리고 해변의 연꽃도 흠 없이 아름다웠고 내가 끓인 차도 향기로웠다. 세상 모든 것이 제자리를 찾고 모든 일이 제대로 돌아간다는 것만큼 사람을 안심시키는 일도 없다. 마음은 한없이 느긋해지고 나는 오랜만에 깊은 휴식을 맛보았다. 그것은 마마만이 줄 수 있는 그 어떤 것이었다.
"이천 년 전 베들레헴의 하늘에도 혜성이 나타났지. 그들은 신의 탄생을 알리러 온 축하 사절이었단다." 마마는 부드러운 목소리로 말했다.
"신도 태어나기도 하고 죽기도 하나요?"
"글쎄, 그렇기도 하고 아니기도 해. 신은 세 가지 몸을 가졌다고 하지. 몸이라고는 하지만 그것은 영역이라는 말에 보다 가까워. 그것들이 바로 현자들이 말하는 법신(法身), 보신(報身), 응신(應身)

이란다.”

“몸이 세 개씩이나 된다니 조금 이상해요.”

“법신은 진리 그 자체를 뜻해. 그것은 우리가 감각으로 파악할 수 없는 법칙으로서, 우주적 영Spirit을 뜻하지. 보신은 법신이 가지고 있는 능력이 구체적인 현상으로서 나타난 것을 말해. 그것은 우리가 살고 있는 현상계를 움직이고 있는 작용력이야. 또 우주적 혼Soul이기도 하지. 그리고 마지막으로 이 우주적 영과 혼이 한 인간의 육체 속에 깃들인 것을 응신이라고 해.”

“그래서요?”

“법신과 보신은 태어나고 죽는 법이 없지만 응신은 우리들처럼 태어나고 죽는 과정을 거친단다. 그들은 인신(人神)들이지. 지구 위에 정신적인 변화를 일굴 인신들이 태어날 때면, 온 우주는 그 탄생을 기뻐하며 축하를 보내.”

“그럼 우리가 봤던 그 혜성이 이천 년 전 신의 탄생을 예고했던 바로 그 비행 물체란 말인가요?”

“아마도.”

“그러나 요즘 같은 세상에 신이 태어날 리가 없잖아요?”

“그러나 라디오 진, 사람들이 몰라볼 뿐이지 신은 어느 시대에나 태어난단다. 그는 우리의 상상을 초월하는 모습으로 나타나지. 신은 오직 하나뿐이지만 응신들은 시대나 장소에 따라 자신이 구원할 사람들의 수준에 맞추어 각기 다른 모습으로 태어나. 인간의 육체로 태어난 이 응신들은 헤아릴 수 없을 만큼 다양하단다. 그래서 세상에는 그렇게 많고많은 신들의 이름이 존재하는 거야. 그인지 그녀인지 성별조차 모호한 우리의 신은 하나이면서 모든 것이기도

해. 사람들의 감정이 다르고 피부색이 다르고 사고가 다르고 삶의 터전이 다르기 때문에 신은 그들의 기대에 맞추어 수많은 다른 모습들로 태어날 수밖에 없어. 그렇게 신은 갖가지 모습으로 나타나 우리를 구제하지. 자비로울 때가 있는가 하면 분노할 때도 있고 바람 잔 명상의 모습으로 오는가 하면 지혜의 불칼을 휘두르며 올 때도 있어. 그 다양한 모습 때문에 아무도 인간의 몸을 입고 온 그의 정체를 몰라보지만, 신은 항상 태어난단다. 아니메사 성인(星人)이 보여준 징조대로라면 언젠가 이 소리의 바다에서도 태어나게 될 거야.”

나는 그녀의 말에 가슴이 두근두근해졌다. 언젠가 이 소리의 바다에서 신이 태어난다니 그 얼마나 멋진 일인가? 내가 갓 태어난 그 어린 신에게 경배할 수 있다면 그 또한 얼마나 멋진 일이겠는가? 나는 어서 빨리 그날이 오기를, 이 소리의 바다가 태어난 아기의 울음 소리로 우렁차기를 기원했다.

*

그러나 우주에서 보내진 그 기쁜 소식도 내게는 그리 좋은 조짐이 아니었던 모양이다. 그날 밤, 잠자리에 들기 위해 옷을 갈아입던 중 나는 종아리에 무언가가 떨어지는 것을 느꼈다. 돌아본 하얀 잠옷 뒷자락에는 진홍의 핏방울이 번지고 있었다. 나는 몹시도 당황스러웠고 죽고 싶을 만큼 수치스러웠다. 대체 내게 무슨 일이 벌어지고 있는 것인가? 그때 마마가 나를 안심시켰다.

"걱정할 일이 아니야, 진. 무서워하거나 놀라지 마라. 네게 준비된 때가 온 거야."

그리고 그녀는 그 당황스러운 상황에 대처하는 법을 가르쳐주었다.

"이제 넌 아이에서 여자가 된 거야. 네가 제대로 된 여자가 되기 위해선 앞으로도 긴 시간이 필요하겠지만 이제 그 과정이 시작된 거란다. 여자란 생명을 잉태하는 자궁인 동시에 죽음을 수용하는 무덤이란다. 생명을 존재의 차원으로 불러내는 것도, 그리고 그것을 근원으로 돌려보내는 것도 바로 여자란다. 여자는 원래 우주라는 거대한 그물을 짜는 거미지. 여자들은 각각의 존재들을 엮어 삶과 죽음이라는 운명을 짜지. 그것은 동시에 여자인 너의 운명이기도 해."

그녀는 내 손목에 하얀 리넨 손수건을 묶어주며 말을 이었다.

"만약 여자들이 그물을 엮어주지 않는다면, 각각의 존재들은 고립된 채, 방향을 잃고 절망하고 약해지게 돼. 내가 널 사랑했듯이 너도 그들을 돌보아주어라. 사람을 사랑한다는 일은 결코 쉬운 일이 아니야. 인간의 사랑은 천사들의 그것과 달라, 한겨울 눈송이처럼 순결하지도 한밤의 별처럼 온전하지도 못해. 질투와 의심과 증오에 얼룩지고 배신과 치욕의 흉터를 안고 있을지라도 그러나 그 절망과 고통 속엔 모든 불순물들을 태워버릴 진실이 있단다. 진, 약하고 불완전한 자신과 타인을 용서하고 진실이 가진 힘을 믿고 앞으로 나가거라. 그리고 언젠가는 네 운명에 합당한 사람이 되거라."

"마치 떠날 것처럼 말하지 말아요, 마마."

"사람의 시간에는 언제나 때가 있어. 천둥이 구름을 모으는 시절, 산비탈에 얼음이 녹기 시작하는 시절, 찌는 듯한 무더위 속에 한 줄기 비가 내리는 시절, 강물에 꽃잎들이 떠내려오는 시절, 나무에 눈꽃이 자라는 시절, 바람결에 나무가 휘는 시절, 바다가 울부짖는 시절, 텅 빈 하늘에 바람소리만 소슬한 시절, 나무에서 열매가 떨어지는 시절, 모든 것이 흙으로 돌아가는 시절. 그 헤아릴 수도 없이 많은 시절들이 우리를 찾아왔다 가버리지. 그렇게 세월은 파도처럼 몰려와 순간 사라져버려. 슬프게도 우리는 몰려오는 파도를 막을 수도 사라지는 그것을 붙잡을 수도 없단다. 시간과 싸우는 것보다 어리석은 일도 없지. 라디오 진, 우리는 그 세월이란 파도를 타는 법을 배워야 해."

"지금은 헤어질 때라고 말하고 싶은 거죠?" 나는 울먹이면서 말했다.

"그래. 그러나 진, 네가 운이 좋다면 생명의 양식이 되어줄 수많은 어머니와 아버지를 만나게 될 거야."

"아니오, 내겐 마마보다 더 좋은 엄마는 없어요." 나는 마마의 옷자락을 잡으며 말했다.

그러나 마마의 반응은 냉담했다. 그렇게 다정하고 눈물 많던 예전의 그녀는 어디론가 사라지고 어느 때보다 침착한 그녀가 내 앞에 서 있었다. 그녀는 담담히 내 이마에 키스했다.

"이제는 잘 시간이야. 그래야 착한 아이지."

그것이 내가 본 그녀의 마지막 모습이었다. 그녀의 주문대로 나는 그녀가 떠나간다는 사실도 잊고, 내가 얼마나 그녀를 필요로 하는지도 말 못 하고, 가지 말라고 거세게 매달려보지도 못한 채, 그만 잠이 들어버렸다.

다음날 아침 내가 일어났을 때는 이미 마마와 앨리스의 모습은 보이지 않았다. 마치 자신의 할 일을 다했다는 듯이, 그녀는 아무런 미련도 남기지 않고 기억의 집을 떠나버렸다. 아쉬움으로 가슴은 절절했지만 그러나 버림받았다는 생각은 들지 않았다. 그녀가 그리웠고 또 언젠가는 그녀 같은 사람이 되고 싶었지만 그녀를 찾아 나서지는 않았다. 마마가 그러기를 바라지 않을 것이라는 생각이 들었기 때문이다. 운명이 그녀를 내게 오게 했고 또 떠나가게 했다. 그녀가 내게 가르쳐준 것 또한 그 운명에 순응하라는 것이 아니었던가? 한동안 망연히 나는 문밖에 서 있었다. 눈에 들어오는 늦가을의 하늘은 높고 청명했다. 나는 그 티끌 하나 없는 하늘을 향해 그녀가 묶어준 손수건을 흔들며 못다 한 작별 인사를 대신했다. 그리고 그날 오후 아저씨가 길고긴 사연을 짊어지고 기억의 집으로 돌아왔다.

*

아저씨가 돌아온 후, 나는 어미 닭을 따라다니는 병아리처럼 그의 뒤를 따라다녔다. 그리고 그의 출타 중에 일어났던 갖가지 일들을 하나하나 보고했다. 아내와 아이들을 잃은 미셸이 찾아온 일, 천사의 도시에서 도망쳐나온 닉의 이야기, 하룻밤 사이에 마술처럼 해안에 크롭 서클이 그려진 일, 미확인 비행 물체를 추격하는 세 명의 비밀 요원 이야기, 그리고 마마와의 슬픈 이별까지. 나는 아무리 사소한 일도 놓치지 않고 꼼꼼히 보고했다.

　아저씨는 질리지도 않고 나의 이야기를 처음부터 끝까지 진지하게 들어주었다. 드디어 할 이야기가 바닥나고 "그게 전부예요"라고 마침표를 찍자 아저씨는 마마 몰래 숨겨두었던 포도주를 따라주면서 그 동안 모든 것을 훌륭히 해냈다고 칭찬해주었다. 나는 별 것 아니라고 아무렇지도 않은 척했지만 속으로는 너무 기뻐 구름 위를 걷는 기분이었다. 그렇게 홀짝거리던 잔이 다 비워질 때쯤, 비로소 나는 그 동안 반가움에 잊고 있었던 질문을 기억해낼 수 있었다.

　"그런데 그 동안 아저씨는 어떻게 지내셨어요?"

　아저씨는 그 신비의 사원을 찾아 몽고의 내륙 지방을 돌아다녔다고 한다. 별 소득 없이 몇 달을 보낸 뒤, 그는 기차를 타고 아가루타 고원을 지나게 되었다. 차창 너머로 고산 지대의 때 이른 겨울 풍경이 스쳐갔다. 산허리를 돌며 올라가야 했기 때문에 가뜩이나 낡은 기차는 심하게 흔들렸다. 그러나 그런 흔들림도 그의 앞자리에 앉은 아이의 잠을 깨우지는 못했던 모양이다. 아이의 어머니는 자신의 무릎을 베고 누운 아이의 머릿속을 뒤져 이를 잡고 있었다. 아저씨는 변방 중에서도 변방, 제국의 손길이 닿지 않은 오지를 여행하고 있었던 것이다. 그곳 사람들은 제국과는 전혀 다른 문법으로 세상을 읽고 자신의 삶을 써내려간다. 그렇기 때문에 아저씨는 이 고산 지대 어딘가에 오래 전 제국이 잃어버린 가르침이 숨겨져 있을 것이라고 생각했다. 그는 하늘을 찌르는 저 산봉우리 너머에 그 태고의 지혜를 간직한 사원이 있을 것이라고 믿었다. 그는 지금 어디인지도 모르는 빛의 사원을 향해 가는 중이었다.

"옆자리에 앉아도 될까요?"

그때 그에게 말을 건넨 것은 색이 바랜 주홍색 가사를 입은 승려였다. 뼈만 앙상한 그는 자기 몸집보다 큰 검은 가방을 힘들게 들고 있었다. 그러나 아저씨의 눈길을 끈 것은 그 큰 가방이 아니라 그가 쓰고 있던 작고 동그란 색안경이었다. 아저씨는 그의 가방을 선반 위에 올려놓으면서 말했다.

"물론이죠."

자리에 앉은 승려는 뭐든 설명할 필요를 느꼈던지 어색하게 말을 꺼냈다.

"전 앞을 못 봅니다. 지금은 기억도 흐릿하지만 어린 시절 나무에서 떨어진 적이 있었죠. 몹시 앓고 난 후, 깨어나 보니 제 앞에 펼쳐진 것은 깊은 수렁 같은 어둠뿐이었습니다. 전 가슴이 무너지는 줄 알았답니다. 그때 제 스승 되시는 분께서 오셔서 잃은 눈 대신 마음의 눈을 뜨라고 하셨지요. 저는 그 길로 그분을 따라 출가를 했습니다. 그때 제 나이가 아마 일곱 살이었을 겁니다."

그는 아저씨가 묻지도 않은 말들을 풀어갔고 아저씨는 그의 말에 잠자코 귀를 기울였다. 기차가 설 때마다 하나둘씩 사람들이 내리고 드디어 객차 안에는 그와 아저씨만 남게 되었다. 이윽고 고산지대의 짧은 겨울 해가 지고 끝없이 이어질 것같이 여겨지던 그의 이야기도 어둠 속에서 길을 잃었다. 그렇게 그들은 요람처럼 흔들리는 객차 안에서 잠이 들었다. 다음날 아침 기차는 세계에서 가장 높은 곳에 있는 역에 도착했다. 그와 아저씨는 나란히 기차에서 내렸다. 역사(驛舍)는 허름했고 한쪽 벽은 무너져 바람조차 막지 못했다. 무너진 벽 사이로 야트막한 하늘이 보이고 손에 쥘 듯한 그 하늘 저 너머로 눈 덮인 계곡과 천년의 풍상에도 그 기상을 잃지 않은 산맥이 보였다. 아저씨는 펼쳐진 그 풍경 속에서 빛의 사원이 있을 법한 곳을 가늠해보려고 했다.

"아무리 찾으려 해도 여기선 안 보입니다. 빛의 사원은 저 산 너머 숨겨진 동굴 안에 있으니까요. 그곳으로 올라가는 길은 좁고 험해 야크의 도움 없이는 불가능합니다. 조금만 기다려봅시다. 누군가가 마중 나올 테니."

"제가 빛의 사원을 찾는다는 것을 어떻게 아셨습니까?" 사뭇 놀란 아저씨가 물었다.

"사원을 나서기 전, 스승께서 말씀하셨지요. 돌아올 때는 혼자가 아닐 거라고. 누군가가 저의 길동무가 되어줄 것이라고 하셨지요. 당신이 제 짐을 받아주었을 때, 저는 스승께서 말씀하셨던 그 길동무가 바로 당신일 거라고 생각했습니다. 왜냐고는 묻지 마세요. 세상에는 맹인들에게만 보이는 것도 있으니까요."

멀리서 방울 소리가 들리고 이윽고 시야에 한 떼의 야크가 들어왔다. 그렇게 아저씨는 야크들이 더듬어주는 좁고 가파른 길을 따라 빛의 사원으로 들어갔다. 그리고 그곳에서 아저씨는 태고의 지혜를 만난다. 그것은 그가 만난 길동무의 스승을 통해서였다.

지혜의 권화(權化)인 그가 말했다.

"우주는 우리가 상상할 수 있는 것보다 훨씬 더 기묘하다. 그래서 진리를 찾는 이들이 제일 먼저 배워야 할 것은 자신이 아는 것은 유한하고 모르는 것은 무한하다는 사실이다. 지적으로 우리는 가

없이 넓은 불가해한 대양의 한가운데 있는 작은 섬 위에 서 있을 뿐이다. 전세대를 걸쳐 우리가 할 수 있는 일은 약간의 땅을 더 넓히는 것이다. 그렇다고 낙담할 것은 없다. 신은 그대를 홀로 두지는 않는다. 그대는 단지 세상에 막 눈을 뜬 어린아이와 같은 심정으로 물으면 된다. 그것이 무엇입니까? 그것이 무엇을 의미합니까? 그러면 신은 그대에게 직관이라는 통로를 통해 속삭일 것이다. 누군가 말 걸어주기를 기다리고 있는 쪽은 우리가 아니다. 신은 우리의 생각보다 수다스럽다. 불행히도 우리는 그의 말에 경청할 줄 모른다.

우주를 이해한다는 것은 곧 신을 이해한다는 것이다. 신을 이해한다는 것은 곧 우주를 이해한다는 것이다. 또한 그것은 그대 자신을 이해한다는 것이기도 하다. 신성이란 하나의 원형질(空), 모든 가능성이 농축된 분화되지 않은 근원이다. 그 원형질은 어떤 형상(色)도 빚어낼 수 있는 능력을 가지고 있다. 우주의 모든 것은 이 원형질에 의해서 빚어졌다. 하늘과 별, 땅과 바다, 바람과 구름, 나무와 동물 그리고 사람까지도. 피조물인 우리는 신의 가호 아래 있는 것이 아니다. 사실 우리는 신 그 자체이다. 신은 인간의 시작이고 끝이다. 그대는 신의 일부이다. 왜냐하면 그대는 신성이라는 원형질의 일부이기 때문이다. 마치 전파가 공기를 투과하듯 신은 그의 피조물을 꿰뚫고 지나간다. 그러나 소수의 사람들만이 자신에게 찾아온 그를 느낄 수 있다. 거울이 자신이 담고 있는 상(像)을 볼 수 없듯, 대다수의 우리는 자신이 담고 있는 그를 보지 못한다. 인간은 자신의 진정한 본성으로부터 떨어져 있다. 시간과 공간에 의해서 제한된 인간은 자신이 신으로부터 나왔다는 사실을 망각한다. 그러나 무지 속에 가려져 있을지라도 신성은 언제 어디서나 온전하다.

따라서 자신과 분리되어 독립적으로 존재하는 신이 있다고 생각하는 것은 잘못이다. 만약 섬겨야 할 신이 있다면 그것은 우리들 피조물 자신이다. 우리는 나라는 개념으로 자신과 타자를 나누지만 '나'라는 개념만큼 의심스러운 것도 없다. 불멸하는 실체로서 '나'와 접근할 수 없는 '그'라는 것은 존재하지 않는다. 그것은 환상이며 그릇된 신앙이다.

태초에는 신성이란 하나의 원형질만이 존재했다. 아직 물질과 정신이, 객체와 주체가 분화되지 않은 순수한 혼돈 덩어리가 분화되기 전 우주의 모습이며 태초의 신의 모습이다. 그것은 부족함이 없는 완전한 자기 충족적인 세계였다. 그 세계 안에서 태초의 신은 자유로웠고 행복했다. 어느 날 문득 그는 막막한 열린 공간에서 자신이 홀로 있음을 깨닫는다. 그러한 자각은 그로 하여금 함께 춤출 짝을 원하게 만들었다. 그렇게 태초의 우주는, 태초의 신은 자신을 분열시키기 시작했다. 그로써 수많은 형상이 생겨나고 그 결과 우리의 자아가 태어났다.

원형질에서 분화되어나온 우리는 자신의 바깥에 있으면서 어떤 형태를 지닌 고정된 공간으로 우주를 감각하게 된다. 그렇게 '나'는 공간 속에서 분리되고 '타자'가 생겨난다. 더불어 무지가 발생한다. 그때부터 과거, 현재, 미래로 나누어진 시간이 흐르기 시작하고 우리는 신성한 원형질의 일부였던 자신을 망각한다. 참모습을 망각한 까닭에 우리는 더 이상 있는 그대로의 자신이 될 수 없다. 이제 우리가 보는 것은 존재의 참모습이 아니라 자신의 욕망이

투사된 환상에 지나지 않는다.

그대가 다른 것들로부터 분리된 존재라는 환상을 갖게 되면 그 다음부터는 자신이 항상 개별적 존재였다는 거짓된 믿음에 빠지게 된다. 자아에 대한 그릇된 믿음은 외부로부터 스스로를 지키려는 내적 긴장을 조성시키고 원초적 자기 보호 본능이라고 할 수 있는 자기애를 싹틔운다. 그리하여 그대는 세상에 둘도 없는 자아를 보호하기 위해 스스로를 감시하기 시작한다. 그렇게 신성에서 분리된 그대는 자아라는 딱딱한 외피를 입고 개별적 존재로 살아갈 준비를 한다.

자아라는 안이 채워지자 이제 그대는 밖을 만들기 시작한다. 본래의 우주, 신성한 원형질은 에너지로 가득 찬 유동적인 곳이었다. 그러나 그대는 감각이라는 창을 통해 결정되지 않은 그 열린 가능성의 세계를 묶어버린다. 감각된 공간은 하나의 틀로 얼어붙고 그에 따라 에너지의 흐름도 감각할 수 있는 고정된 형체로 굳어진다. 그대의 감각은 열린 가능성의 세계를 경직시켜 고정된 '타자'로 바꾸어놓는다. 그대는 자신에게 자신의 존재를 증명하려고 한다. 그대는 자신에게 끊임없이 속삭인다. 거기서 그것을 느낄 수 있다면 나는 분명히 거기에 존재한다고.

세계와 분리된 자아가 완성되면 둘 사이의 상호 작용이 일어난다. 그대는 외부와 관계를 갖고 싶어한다. 그대는 자신이 창조한 외부 세계를 탐색한다. 그 탐색이 효과적이기 위해선 감각이 전하는 정보를 통제하는 중앙 조절 장치가 필요하다. 중앙 조절 장치는 감각이 전하는 정보가 무엇인지를 지각한다. 또한 지각한 정보에 따라 판단을 내리고 반응을 일으킨다. 특정한 상황에 대해 긍정적인 반응을 하느냐, 부정적인 반응을 하느냐, 무관심하느냐를 결정하는 것이 바로 이 지각의 중앙 조절 장치이다. 그에 따라 욕망과 증오와 어리석음의 충동이 일어나고 그대는 그 충동에 따라 자신이 만든 세계에 반응한다.

지각의 다음 단계는 개념을 다루는 사고 작용이다. 사실상, 지각은 감각에 대한 즉각적인 반응에 불과하다. 그러한 지각으로서는 그대가 만들어놓은 '자아'와 그 '타자'로서의 세계를 보호하기에는 부족하다. 그대가 만들어놓은 환상을 보호하고 그대 자신을 완전히 속이려면 사물의 이름을 짓고 분류하는 사고 능력이 필요하다. 이제 그대는 사물이나 사건에 대해 '선'과 '악'과 '아름다움'과 '추함'의 딱지를 붙이기 시작한다. 결국 사고란 자신을 해석하고 자기 존재의 논리적인 근거를 제시하는 작업이다. 말하자면 지성은 자아를 합리화하는 방어 기제인 셈이다. 그러나 실제로 자아는 존재하지 않는다. 우주의 첫날부터 지금까지 '분리된 나'란 존재한 적이 없었다. 그것은 수많은 것들의 축적에 의해 발생된 환상에 지나지 않는다. 분리된 '나'란 자의식과 감각과 지각과 사고라는 지적 능력의 산물이며 산만하고 혼란한 자아의 발전 과정을 통괄하는 이름인 것이다.

그렇게 태어난 '분리된 나'는 자신이 만들어놓은 지옥과 낙원의 환상 속을 윤회한다. 그대는 그 속에서 울고 웃으며 사랑하고 증오하며 태어나고 죽는다. 그대는 자신이 만든 환상 속에서 어이없게도 온전하고 흠 없는 자기만의 행복을 찾는다. 그러나 모든 노력에도 불구하고 놓칠 수 없는 사실은 타자와 분리된 자기만의 행복이란 있을 수 없다는 것이다. 어느 날 다가온 통렬한 고독이 그대가 자아의 감옥에 갇혔다는 사실을 일깨운다. 이제 그대는 자아라는 감옥에서 도망치기 시작한다. 그대는 탈출구를 모색한다.

어떻게 하면 그대는 감옥으로부터 벗어날 수 있을까? 태초의 원형질 속으로 돌아가기 위해 자신의 존재를 무로 돌려야 하는 것일까? 그러나 자아라는 벽을 부수기 위해 개체로서의 존재를 포기할 필요는 없다. 그대가 포기해야 할 것은 그대의 존재가 아니라 그대와 세계를 대극시킨 바로 그 무지이다. 그 무지를 극복하기 위해서 스스로 개별화된 존재를 무화시킬 필요는 없다. 분리된 자아라는 환상을 깨야 하지만 동시에 그대는 자신의 개별성을 발전시켜야만 한다.

피조물들은 신성한 원형질과 달리 분화된 자신만의 독특한 형상을 갖는다. 하나의 피조물은 다른 피조물과 동일한 신성을 공유하는 동시에 서로를 구별해주는 개성을 가진다. 우리가 공유하는 신성만큼 우리를 분별해주는 개성 또한 우리에게 필수적인 것이다. 그대는 다른 개체들과 조금도 닮지 않은 방법으로 신성이라는 닮음을 구현해내야만 한다. 만약 스스로를 구별해주는 개성을 잃게 된다면 그대는 신성의 다른 이름인 무분별성에 빠지게 될 것이다. 그렇게 되면 그대는 분화되지 않은 최초의 원형질 상태[空]로 되돌아가 더 이상 존재하기를 그칠 것이다. 그것은 개체의 죽음이다. 신조차도 자신의 피조물이 사라지는 것을 원하지 않는다. 그가 바라는 것은 그대가 개체로서의 존재를 유지하면서 창조의 첫날, 그대가 부여받은 신성을 기억해내는 일이다.

그러기 위해선 그대는 그대가 창조해낸 수많은 대극들을 극복해내야만 한다. 나와 타자, 안과 밖, 빛과 그림자, 애착과 증오, 삶과 죽음. 그대는 수많은 대극들을 인식하되, 어느 한쪽으로도 기울지 않고 전체로서 하나인 신을 보아야 한다. 선도 아니고 악도 아닌 그의 목소리에 귀를 기울여야 한다. 모든 대극들은 가득 찬 무, 신성으로부터 나온다. 그러나 신성 안에서는 대극들은 중화되어 존재하지 않는다. 대극들은 신성한 원형질 속에서 개체들이 발화될 때 갈라진다. 신성은 대극의 통일을 뜻하지만 그대는 그 대극을 하나로서 인식하지 못한다. 그대는 빛을 보는 순간 어둠을 볼 수도, 아름다움을 보는 순간 추함을 찾아낼 수도 없다. 그대는 본래 갈등하는 존재로 태어났다. 그래서 그대는 대극 사이에서 갈등할 수밖에 없다. 그대는 그대 속에 신성을 망각하고 무지의 어둠 속을 방황한다. 그러나 그대가 이원론적인 체험에 묶여 있을지라도 그대의 본질이, 대극의 통일로 이루어져 있음을 잊어서는 안 된다. 그것이 그대 안에 있는 신성과 화해할 수 있는 유일한 길이다. 악을 행하지도 선을 행하지도 말라. 좌로도 우로도 기울지 말라. 한쪽으로 치우침으로써 그대는 반대편으로 유혹당하기 때문이다. 그 때문에 그대는 선을 추구하려다 악을 행하게 된다. 사회가 그대에게 가르치는 도덕은 절대적인 선이 아니다. 또한 반드시 물리쳐야 한다고 배운 악 역시 그대가 제거할 수 있는 성질의 것이 아니다. 악의 현실성을 인정함으로써 선은 대극의 한쪽으로서 상대화된다. 그렇게 선악은 합쳐지고 하나의 모순된 전체를 이룬다. 사실상 그것은 선악의 절대적인 구별이 불가능하다는 뜻이고 선악 자체가 하나의 잠정적인 판단에 불과하다는 사실을 인정하는 것이다.

대극이 화합되는 그 거대한 소멸 속에서 그대는 자비롭지만은 않은 신을 보게 될 것이다. 인간의 윤리는 불확실하다. 진정한 선은 신의 뜻을 묻는 과정에서만 보장된다. 그의 목소리에 귀를 기울여라. 그는 그대가 알고 있는 도덕과 전혀 다른 것을 말하고 있을지도 모른다. 그러나 부조리하게 느껴질지라도 그의 말에 따르라. 그리고 결과를 묻지 말라. 모든 것을 맡겨라. 그대는 신의 도구일 뿐이다. 오직 그의 뜻에 따라 행동하라.”

준비된 가르침을 마치고 지혜의 권화는 거대한 침묵 속으로 가라앉았다. 그렇게 아저씨의 이야기도 끝이 났다. 나는 그 길고긴 이야기를 듣고 나서 아저씨에게 물었다.
“좌로도 우로도 치우치지 않고 선하지도 악하지도 않다는 것이 가능하다고 생각하세요?”
“그래서 위대한 정신이란 두 개의 대립되는 개념을 동시에 품으면서도 제각기 그 기능들을 발휘해나가는 것이라고 하지 않니?”
“제가 묻는 것은 위대한 정신 따위가 아닌 우리의 경우라고요.”
그러자 아저씨는 알 듯 말 듯한 미소를 띠며 말했다.
“하긴 진주(鎭州)에는 큰 무가 난다고 하더라만.”
나는 콧등을 찡그리며 말했다.
“이야기가 궁해지면 아저씨는 언제나 그런 식으로 도망가요.”
그러자 그는 짐짓, 딴청을 부렸다.
“그나저나 진, 못 보던 사이에 많이 예뻐졌구나.”
그 중요한 사실을 이제서야 깨닫다니 아무래도 아저씨는 진짜 바보인가 보다.
그렇게, 그렇게 가을은 저물었고 소리의 바다는 또 한 번의 겨울을 맞이했다. 그러나 나는 더 이상 해가 짧아지는 것도 날이 차가워지는 것도 겁내지 않았다. 그 겨울은 내 인생에서 가장 밝고 따뜻한 한때였기 때문이다.

*

봄이 찾아오자 칼파타루는 눈부신 꽃잎의 폭풍우를 이루어냈고 숲은 이름 모를 꽃들과 풀들로 풍성해졌다. 그러나 그 아름다운 봄이 다 가도록 기억의 집에는 한 명의 손님도 찾아오지 않았다. 갑자기 시간의 흐름이 느려진 듯 모든 것이 적적하고 무료하기만 했다. 그러던 어느 날이었다. 칠흑 같은 그믐밤, 모두가 빛을 잃는 그때, 컴컴한 지옥의 열기로부터 검은 달이 떠올랐다. 다음날 내가 해변에 가봤을 때, 모래 위에는 검은 깃털들이 널려 있었다. 그것은 난생처음 보는 아주 이상한 깃털들이었다. 그것은 내가 알고 있는 그 어떤 것과도 달랐다. 나는 깃털들을 주우며 생각했다.

'검은 달의 정령은 검은 날개를 가지고 있다는 말을 들은 적 있어. 달이 빛을 잃자 그 무시무시한 정령이 땅 위로 내려온 건지도 모르지.'

활처럼 휘어진 해안을 걸으며 나는 무엇인가 변화가 일어나고 있음을 느낄 수 있었다. 바다는 미묘하게 술렁였고 바람결에는 사람을 들뜨게 하는 향기가 스며 있었다. 하늘을 가르는 갈매기의 날갯짓도 왠지 어수선했고 해안에 깔려 있는 모래도 전과 달리 푸석거렸다. 바다 위에는 사람의 머리를 무겁게 하고 기운을 빼앗는 이상한 기운이 감돌았다. 그날 바다에서 돌아온 후, 나는 심하게 앓았다. 고열에 시달리면서 나는 이상한 노래를 들었다. 뜨거운 숨을 몰아쉬면서 나는 말했다.

"아저씨, 저 소리 들리세요? 저건 누구의 노래인가요?"

"아니. 내게는 아무것도 들리지 않아." 아저씨는 미간에 주름을 잡으며 말했다.

"그 노래는 어둠 속에서 들려와요."

그러나 그는 내게 아무런 대꾸도 하지 않은 채, 묵묵히 서 있었다. 그는 내게 찾아온 낯선 세계의 부름에 당황했다. 그는 내가 그 부름에 이끌려 그의 손에 잡히지 않는 먼 곳으로 가버릴 것 같아 두려웠던 것이다.

얼마 후, 읍내에 집시 패거리들이 왔다. 물건을 사러 읍내에 갔던 나는 광장을 지나는 그들의 마차와 마주쳤다. 그들은 해안이 보이는 숲속에 천막을 쳤다. 밤이 되면 그들은 해변에 모닥불을 지피고 노래를 부르며 춤을 췄다. 나는 조금 떨어진 곳에서 그들을 엿보았다. 그들 모두는 사람의 넋을 빼놓을 만큼 아름다웠지만 가장 매혹적인 것은 바로 릴리스Lilith였다.

그녀는 매듭이 달린 기다란 빨간 치마를 입고 길고긴 두건으로 칠흑 같은 머리를 감쌌다. 그녀는 맨발로 발자국을 남기지 않으며 모래 위에서 춤을 추었다. 그녀가 움직일 때마다 발에 달린 작은 방울이 짤랑였다. 나비처럼 팔랑이며 모닥불 주위를 돌던 그녀는 빨갛게 타오르는 불꽃 위에 월계수 잎들을 흩뿌렸다. 그러자 해안은 그녀의 향기로 가득 찼다. 나는 그녀의 아름다움에 도취되어 숨쉬기조차 벅찰 지경이었다. 숨어서 엿보고 있다는 사실도 잊은 채, 나는 그만 탄성을 내질렀다. 그 소리가 들렸는지 그녀는 갑자기 춤을 멈추고 뒤를 돌아봤다. 나는 그녀의 시선 아래 위험스럽게 발가벗겨졌다. 그녀는 내게 다가와 아무 말 없이 손을 내밀었다. 나는 한동안 망설였지만 그 손을 뿌리칠 수 없었다. 유혹을 거절하기에는 그녀는 너무도 아름다웠다. 그녀는 다정하게 나를 불가로 인도했다. 그리고 낮지만 매혹적인 목소리로 기타 연주가에게 곡을 청했다. 늙은 흑인이 기타를 치자 그녀는 노래를 부르기 시작했다.

나는 컴컴한 지옥, 타는 유황불, 어두운 굴속, 끝나지 않는 밤, 한숨과 눈물, 얼음과 불, 검은 달의 정령, 무덤 위를 날아다니는 도깨비불, 피에 주린 악귀.

또한
나는 오월의 햇살, 재잘대는 시냇물, 비 갠 하늘 위로 날아오르는 비둘기, 흐르는 안개, 갓 피어난 꽃송이, 한바탕 소나기, 소란한 시장, 나뭇잎을 기어다니는 달팽이.

나는 그대가 꿈꾸는 모든 것
그대가 증오하는 모든 것
그대 아닌 모든 것

사랑하세요 나를,

어둠과 빛을
두려워 마세요 나를,
고통과 축복을.

　나는 통통한 손, 따뜻한 배, 작고 깊은 배꼽, 잠자는 동굴 같은
음부, 그대가 안식이라고 부르는 바로 그것, 그대가 유혹이라고
느끼는 바로 그것.

나를 끌어안는 순간
그대는 지옥의 열기로 타오르죠.
내게 입맞추는 동안
그대는 천국의 빛을 보죠.
그러니, 나를 사랑하세요.
그대의 가슴을
희망과 절망, 기쁨과 슬픔, 열망과 회한으로 채울 테니……
나를 사랑하세요
그대에게
또 한 벌의 인생을 낳아드릴 테니……
그러니 그대, 나를 사랑하세요. 나를……

　흔들리는 모닥불 아래 상기된 릴리스의 얼굴이 깜빡이고 있었
다. 아아 얼마나 그녀는 아름다운가? 춤추듯 나부끼는 검은 머리
카락을 보라! 촉촉이 젖은 속눈썹을 보라! 탁월한 목과 우아한 어
깨를 보라! 희고 통통한 젖가슴을 보라! 길고 유연한 손가락을 보

라! 넘칠 듯 향기로운 목소리를 보라! 나는 그녀의 아름다움에 취해 정신을 잃을 지경이었다. 그러나 시샘 많은 봄날의 날씨가 릴리스의 노래를 방해했다. 하늘은 변덕을 부려 우리들 머리 위에 빗방울을 떨구기 시작했다. 노래도 멎고, 모닥불도 꺼지고, 모였던 사람들도 흩어졌다. 꺼진 모닥불 주변에는 오직 그녀와 나만이 남아 있을 뿐이었다. 나는 한순간도 그녀에게서 시선을 뗄 수 없었다. 나는 소리 없는 말로 그녀를 찬미했다. 그녀는 머리를 흔들어 빗방울들을 가볍게 털더니, 나직이 속삭였다.

"이러다 감기 들겠어."

나는 그녀에게 말을 하고 싶었지만, 마술에 걸린 사람처럼 꼼짝도 할 수 없었다. 열병을 앓듯 몸은 뜨거워지고 숨이 가빠져갔다. 그런 내 마음을 조롱하듯, 그녀는 뺨에 붙은 내 젖은 머리카락을 귀 밑으로 넘겨주었다. 빗발이 점점 잦아들더니 습기 찬 안개비가 되어 흐르기 시작했다. 희뿌연 안개 속에서 그녀의 빨간 치마는 더욱더 두드러졌다. 움직이지 않는데도 발목에 달린 방울은 짤랑거렸고 악마처럼 새까만 그녀의 머리카락은 연기처럼 하늘거렸다. 그녀는 숨막히게 아름다웠고 나는 그런 그녀를 사랑했다. 그녀는 의식의 표면 위에 한 번도 떠오르지 않았던 내 영혼의 숨겨진 단면을 끌어내고 있었다. 그 때문에 어쩔 수 없이 그녀에게 끌리면서도 나는 그녀가 두려웠다. 그런 내 마음을 조롱하듯, 그녀는 바싹 다가와 다정스럽게 말했다.

"저 끝에 보이는 것이 네 집이지?"

나는 가만히 고개를 끄덕였다. 그러자 그녀는 날쌘 고양이처럼 내게서 몸을 빼더니 큰 소리로 외치며 뛰기 시작했다.

"그럼 거기까지 경주다."

한동안 나는 그녀의 말뜻을 이해하지 못했다. 그녀의 깔깔거리는 웃음 소리가 해안 가득히 메아리칠 때야, 문득 정신이 든 나는 그녀의 뒤를 쫓기 시작했다. 어지러운 안개가 우리를 감쌌고 젖은 모래 위에 발자국들이 춤추듯 그려졌다. 그 흩어진 발자국을 따라 숨가쁘게 방울이 짤랑였다. 빗속을 뛰는 그녀는 너무나 아름다웠고 나는 그런 그녀를 사랑했다.

집에 도착했을 때 그녀와 나는 흠뻑 젖어 있었다. 나는 서둘러 욕실로 가 가장 커다란 타월을 꺼냈다. 그러나 욕실까지 따라온 그녀는 건넨 수건을 받는 대신 샤워기를 틀었다. 어느새 알몸이 된 그녀는 물줄기 속에서 콧노래를 부르고 있었다. 나는 여신 같은 그녀의 알몸을 보았다. 너무나 놀랍고 떨려서 나는 차라리 울고 싶은 기분이었다. 샤워를 끝낸 그녀는 타월로 몸을 감았다. 그리고 내게 마른 옷이 필요하다고 했다. 나는 옷장을 뒤져 그녀에게 어울릴 만한 흰옷을 찾아주었다. 그러자 그녀는 콧등에 주름을 지으며 말했다.

"마음에 들진 않지만 옷이 마를 때까지니까."

옷을 입은 그녀는 큼직한 브러시로 머리를 빗기 시작했다. 나는 그녀의 숱 많은 머릿결이 술렁이는 것을 경탄스러운 눈길로 바라보았다.

"자라면 나도 당신처럼 예뻐질까요?" 나는 조심스럽게 물었다.

"그야 물론이지." 그녀가 놀리는 듯, 빙긋거리며 대답했다.

나는 조금은 부끄러워하며 물었다.

"당신처럼 아름다운 가슴을 가질 수 있을까요?"

"물론."

"당신처럼, 당신처럼 알 수 없는 향기로 사람들을 숨막히게 할까요."

"그럴 거야, 틀림없이."

"정말, 그렇게 될까요?"

"그럼, 믿어도 좋아. 언젠가 넌 남자들이 원하는 모든 것을 갖게 될 거야. 통통한 젖가슴, 잘록한 허리, 요동치는 엉덩이와 풍성한 그늘까지도. 남자들이 널 사랑하지 않고는 못 배기게 될 거야."

"정말 그들이 나를 사랑하게 될까요?"

"당연하지. 너는 무척 아름다워서 세상 모든 남자들이 널 원하게 될 거야. 그러니 쓸데없는 걱정 따위는 하지 않아도 좋아. 그저 넌 널 사랑하지 않고서는 못 배기는 그들을 위해 몸과 마음을 열어두기만 하면 돼."

그녀의 목소리는 따뜻했고 향기로웠으며 그만큼 끈적거렸다. 그녀는 나로 하여금 눈을 뜬 채, 꿈을 꾸게 만들었다. 내 가슴은 알 수 없는 이유로 두근거리기 시작했다.

"그러나, 난 그저 바싹 마른 계집애에 불과한걸요."

"내가 한 말을 믿어."

"그러나……"

내가 다른 이유를 대려 하자 그녀가 내게 키스했다. 그녀의 장밋빛 입술이 내게 포개지고 그녀의 따뜻한 혀가 내 안으로 들어왔다. 나는 다리에 힘이 풀리는 것을 느낄 수 있었다. 내 머릿속은 하얗게 지워지고 나는 그만 그 자리에 주저앉고 말았다. 때마침 현관

문이 열리고 나를 부르는 아저씨의 목소리가 들려왔다. 그리고 그녀의 입가에 왠지 심술스러워 보이는 미소가 맺혔다.

아저씨가 돌아오자 나는 더 이상 그녀의 관심의 대상이 아니었다. 그녀가 내게 보였던 그 모든 호의는 이제 아저씨에게로 돌려졌다. 저녁 내내 그녀는 웃지도 말하지도 않았다. 그러나 나는 알 수 있었다. 그 미묘한 침묵 속에서 발설되지 않는 말들이 오가고 그녀의 시선이 아저씨의 그것과 엉키고 있다는 것을. 밤이 깊어가자 우리는 각자의 침실로 흩어졌다. 그날 밤 나는 도무지 잠들 수가 없었다. 불이 꺼진 지 오래되었지만 내 정신은 한밤의 부엉이보다 초롱초롱했다. 집 안은 알 수 없는 향기로 가득 찼다. 왠지 달빛마저 사람의 마음을 흔들어놓았다. 그 감미로운 밤의 흔들림 속에서 나는 다시 한 번 방울 소리를 들었다. 나는 가만히 일어나 방문을 열어보았다. 열린 문틈으로 계단을 올라가는 릴리스의 모습이 보였다. 긴 머리를 찰랑거리며 부드럽게 둔부를 흔들며 그녀는 계단을 오르고 있었다. 가볍게 그녀가 움직일 때마다 빨간 치마에 달린 매듭들은 미친 듯 팔랑거렸고 발목의 방울은 요란스럽게 짤랑였다. 나와 시선이 마주치자, 그녀는 아름답지만 그만큼이나 잔인한 미소를 입가에 떠올렸다. 나는 마치 얼어붙은 사람처럼 그녀 뒷모습을 바라보았다. 이윽고 다락방의 문이 열리더니 소리 없이 닫혔다. 순간 내 가슴은 산산이 부서졌다.

*

　나는 생애 처음 느껴보는 감정에 치를 떨었다. 나는 그녀를 사랑
했지만 동시에 증오했다. 나는 그녀가 가지고 있는 힘을 부러워했
지만 동시에 그 힘을 혐오했다. 나는 분노했지만 그것을 드러내기
에는 너무나 매혹되어 있었다. 나는 울고 싶었고 소리지르고 싶었
다. 집을 뛰쳐나온 나는 무작정 해변을 달렸다. 어느새 동쪽 하늘
이 어슴푸레 밝아오고 있었다. 고즈넉한 새벽의 정적은 나의 동요
로 무참히 깨어지고 있었다. 파도는 나의 거친 행동을 질책하듯 해
변을 들쑤셔놓은 내 발자국들을 재빨리 지워나갔다. 그러나 나는
미친 듯 뛰고 또 뛰었다. 그때였다. 나는 뜻밖의 장면과 마주쳤다.
나는 걸음을 멈추고 망연히 그 섬뜩한 모습을 바라보았다.
　어둠 속에서 한 여자가 울고 있었다. 그것은 사람의 기분을 상하
게 만드는 처량한 울음 소리였다. 잠시 동안 나는 그녀가 바닷속에
서 나온 물의 요정이 아닌가 의심했다. 머뭇거리며 그녀 쪽으로 다
가가자 어둠 속에서 그녀가 나를 돌아다봤다. 놀랍게도 그녀는 조
금 더 나이를 먹은 내 얼굴을 하고 있었다. 나를 알아본 그녀는 갑
자기 일어나 내 팔목을 잡으며 소리쳤다.
　"사랑을 믿지 마. 사랑하는 사람들 사이에도 강한 쪽이 있고 약한
쪽이 있어. 주는 쪽이 있는가 하면 받는 쪽이 있어. 이용하는 쪽이
있으면 이용당하는 쪽도 있어."
　흐느끼고 있는 그녀의 모습이 너무나 참담해 나는 뒷걸음질을
쳤다.

"그건 공평치 않아. 공평치가 않다고."

그러자 저편에서 참혹한 그녀의 음성이 들려왔다.

"사랑이란 게 원래 공평치 않아."

나는 그녀의 불행이 두려웠고 그 몸서리쳐지는 경고가 무서웠다. 그러나 그것은 하나의 전조였다. 앞으로 내 인생은 전과는 많이 달라지리라. 아무리 아쉬워해도, 아무리 후회해도 이제 나는 예전으로 돌아가지 못하리라. 불현듯 내 몸에서 뜨거운 분노의 불기둥이 치솟았다. 그렇다면 회피할 수 없는 내 미래는 왜 저런 참혹한 꼴로 나타나 이미 확정된 불행을 경고하는 것일까? 그녀가 말하는 것이 사실일지라도 나는 그녀의 경고를 받아들일 수 없었다. 그런 식의 미래를 순순히 받아들일 수는 없었다. 비틀거리며 나는 눈앞에 보이는 돌멩이를 주웠다. 그리고 그것을 내 모든 분노와 함께 던졌다. 그녀는 내게 아무것도 아니라고, 그녀는 내게 아무런 영향도 미칠 수 없다고 울부짖으면서. 이윽고 돌에 맞은 그녀의 이마에서 피가 돋아났다. 비명조차 지르지 못하고 음침하게 고개를 떨구는 그녀를 보자 견딜 수 없는 혐오감이 치밀어올랐다. 조용하지만 적개심에 가득 찬 목소리로 나는 으르렁거렸다.

"나는 너를 증오해. 너 따위는 죽어버리는 게 낫겠어!"

*

날이 밝자 나는 심술궂고 못생긴 사춘기 소녀로 변해버렸다. 이미 릴리스는 사라지고 숲에 머물던 집시패들도 보이지 않았다. 시간은 또 한 번 조화를 부려 세상을 변화시켰다. 그리고 사람들 머릿속에 망각이라는 병을 심어놓았다. 아무도, 그 누구도 해안을 찾았던 그 집시 패거리를 기억하지 못했다. 내가 아저씨에게 아름다운 릴리스에 대해 묻자 그는 그저 의아하다는 표정만 지었다.

"집시라니? 넌 이상한 이야기를 하는구나."

"기억하지 못하세요? 그 검은 머리의 집시 여자를, 걸을 때마다 방울이 짤랑이던 향기롭던 그녀를."

그러나 아저씨는 기억을 끌어내는 대신, 이해할 수 없는 이야기에 곤혹스럽다는 표정만을 지어보였다.

"가끔가다 너는 알 수 없는 말을 하는구나. 아마 밤새 꿈이라도 꾼 모양이지."

"기억해봐요! 기억해보란 말이에요! 그건 과거로 돌리기엔 너무나 가까운 시간이었단 말이에요. 결코 그건 꿈이 아니었어요. 꿈이 아니었다고요. 왜 아저씨는 바다를 흔들어놓았던 그 사건을 없었던 것으로 돌리려 하는 거죠? 어째서 지난밤 아저씨를 찾아온 그 사랑을 없었던 일로 하려는 거죠? 젠장할, 기억해보라고요! 기억을!"

점점 더 화가 난 나는 발을 구르며 소리를 질러댔다. 아저씨는 더없이 슬픈 표정으로 그런 나를 바라보았다. 아저씨 말대로 어쩌면 그녀는 초여름밤 내 꿈속을 방문한 몽마(夢魔)였는지도 모른다. 그러나 그녀가 실재 인물이었건 아니건 그녀의 존재는 아저씨와 나의 관계를 전과 전혀 다른 것으로 바꾸어놓았다. 나는 그 변화에 분노했고 동시에 절망했다. 소리지르는 것을 그만두고 내가 울음을 터트리자 아저씨는 내게 다가와 어깨를 토닥였다.

"착하지, 진. 무슨 일인지는 모르겠지만, 나는 너를 이해하고 싶단다."

그러나 아저씨의 그런 위로를 받아들이기엔 나는 너무 나이를 먹어버렸다. 나는 그를 밀어내며 말했다.

"죽었다 깨어나도 아저씨는 날 이해할 수 없을 거야."

그 일이 얼마나 그의 가슴을 아프게 했는지, 그때 나로서는 짐작도 하지 못했다. 기나긴 세월이 흐른 뒤, 아저씨는 그의 병석을 지키고 있던 내게 그때 일을 회상해주었다.

"그때 너는 아이에서 여자로 자라나고 있었어. 날마다 내가 알고 있던 그 귀여운 아이는 어디론가 사라지고 내가 알지 못하는 낯선 여자가 네 안에 들어서고 있었어. 그 낯선 여자는 아름답고 매혹적이었지만 나는 알고 있었지. 그녀는 결코 내 몫이 될 수 없다는 것을. 그래서 나는 언제까지나 네가 어린아이로 남아주길 바랐단다."

그러나 그는 자신의 애착을 접어두고 내게 성장할 기회를 주었다. 그 일이 있은 뒤 몇 달 후, 고민 끝에 그는 제국의 수도에 있는 대학으로 편지를 보냈다. 다시 몇 달이 지난 후, 기억의 집에 한 통의 편지가 날아왔다. 그 편지는 그가 원하는 자리가 비어 있음을 통고하고 있었다. 그 소식은 나를 들뜨게 했다. 아아 제국의 수도라니, 내게 그것은 새로운 만남과 모험을 의미했다. 그러나 그에게 그 소식은 결코 반가운 것이 못 되었다. 그는 도시라는 그 음험한 소굴을 좋아하지 않았다. 그는 내게 경고했다.

"명심하거라, 진. 얼음과 강철의 도시는 네가 만났던 그 어떤 것보다 무서운 적이 될 거야. 제국은 사람들 안에 존재하는 신성을 부인함으로써 인간을 무가치한 존재로 만들어버렸어. 그곳에서 사람들은 고유한 운명을 가지고 스스로 우주적 계획에 참여하는 신성한 존재가 아니라 쓸모가 없어지면 얼마든지 대체가 가능한 부속품에 지나지 않아. 그렇게 사람들은 언제 폐기 처분될지 모르는 소모품으로 전락하고 신성의 불꽃에 도움을 청할 길 없는 고독한 개인이 되어버렸어. 더 이상 자신의 존엄도, 타자에 의한 구원도 믿을 수 없게 된 그들은 부질없는 욕망과 쾌락으로 스스로를 몰아가지. 그 끝없는 추락의 땅이 바로 도시야. 신성이 발붙일 곳 없는 그곳을 다스리고 있는 것은 강력한 국가와 경제적 이익이라는 대의명분이야."

그러나 그때 나는 그의 말을 들으려 하지 않았다. 어느새 내 마음은 제국의 수도인 얼음과 강철의 도시에 가 있었다. 나는 그의 애정 어린 충고를 매정하게 거절했다.

"공연히 겁주지 마세요. 그런다고 겁먹을 나도 아니지만."

그러나 조금은 헤아려주었어도 좋았으리라. 상심한 그의 마음을 달래주었어도 좋았으리라. 그러나 그때 나는 너무 어리석어 훗날 그것이 큰 후회로 남으리라는 것을 미처 깨닫지 못했다. 그 때문에 나는 가슴을 저미면서 그의 마지막 말을 들어야 했다.

"어쩌면 네가 나를 의지했던 것 이상으로 내가 너를 의지하고 있었는지도 몰라. 나는 정말이지 너를 도시로 보내고 싶지 않았단다. 왠지 너를 영영 잃어버릴 것만 같았거든."

미처 말을 잇지 못하고 그는 이마에 팔을 얹은 채 눈을 감았다. 그는 울고 있었다. 그는 나를 잃어버릴 각오를 하고 나를 도시로 데려갔던 것이다. 나에 대한 애착을 모질게 끊어버리고 그는 내가

나 자신이 될 수 있는 기회를 주었다. 그리고 그의 예감은 적중했
다. 나는 그곳에서 그 아닌 다른 남자를 사랑하게 되었다.

얼음과 강철의 도시

*

　기차는 제국의 수도인 얼음과 강철의 도시로 향하고 있었다. 달리는 열차 안에서 아저씨는 단조로운 목소리로 내게 말했다. 그는 자신이 하고 있는 이야기에 흥미를 느끼지 못했지만 그 이야기가 내게 도움이 될 거라고 생각하는 것 같았다.

　"지금 네가 가고 있는 곳은 지금껏 네가 알았던 은둔자의 읍과 소리의 바다와는 전혀 다른 곳이란 점을 명심해둬. 은둔자의 읍은 대극(對極)의 중도(中道)를 꿈꾸다 잠들어버린 사람들이 사는 곳이지. 하기야 최근 그곳도 제국의 손길을 타기 시작했지만 그래도 그곳의 전통 속에는 감정적이고 비합리적인 요소들을 받아들일 여지가 남아 있어. 소리의 바다 또한 세상의 모든 소리가 뒤섞여 혼란스러울지언정 영감과 계시로 가득 찬 곳이지. 그곳은 합리성과 효율이라는 제국의 논리로써는 좀처럼 이해할 수 없는 영역이야."

그는 그렇게 말을 꺼내면서 제국의 역사를 되짚어나갔다. 제국이 처음으로 지구상에 형태를 드러낸 것은 사백 년 전의 일이었다. 최초로 제국을 세운 사람들은 '만들어진 질서'를 거부했던 혁명가들이었다. 표면적으로 '만들어진 질서'는 신의 뜻에 의해 다스려지는 신성 국가였다. 그곳은 유일하게 신의 뜻을 헤아릴 수 있다고 믿어지던 사제 계급에 의해서 관리되었다. 모든 일은 신의 뜻에 의해 다스려졌지만 실제로 그곳을 통치하는 것은 신의 뜻이 아니라 신의 권위를 등에 업은 사제 계급이었다. 그렇게 신의 대리인임을 자처하는 사제들에 의해 천 년 동안이나 '만들어진 질서'는 유지되었다. 그러나 모든 허상은 깨어지게 마련이고 모든 권위는 허구였음이 밝혀지고 만다. 순박했던 '만들어진 질서'의 신민(神民)들은 어느덧 자신의 지도자인 사제들에게 의심의 눈길을 돌리기 시작했다. 더 이상 사제들은 신의 뜻을 수행하는 대리인도, 죄 많은 인간과 신을 화해시키는 중재자도 아니었다. 갑자기 곳곳에서 반란이 일어나고 천 년 간 유지되어오던 '만들어진 질서'는 속절없이 허물어지기 시작했다.

"원래 신과 인간 사이에는 그 어떤 중재자도 필요하지 않아. 그러나 신의 목소리를 직접 듣는다는 것은 그리 쉬운 일이 아니지. 신의 목소리는 정화된 마음이 아니면 들리지 않아. 직관이라는 그 희미한 등불은 맑은 눈에게만 보이지. 그래서 신의 목소리는 모든 사람들이 공유할 수 있는 객관적 사실이 될 수 없었던 거야. 바로 그 때문에 제국의 건설자들은 애초부터 신 따위는 존재하지도 않았다고 성급한 단정을 내리고 말았지."

사제 계급의 몰락과 함께 신도 버려졌다. 그리고 '신의 뜻'은 피

지배 계급을 착취하기 위해 사제들이 유포한 날조된 거짓말로 취급되었다. 그와 더불어 천 년 간 신의 뜻 위에 세워졌던 사람들의 삶도 무너졌다. 이제껏 그들이 자신을 규정하고 세계를 설명해왔던 질서가 붕괴된 것이다. 그 끝은 혼란이었다. 그래서 사람들은 자신들의 삶을 규정해줄 새로운 보편적 당위성을 찾으려 했다. 그러나 제국의 건설자들은 또다시 누군가가 과거의 사제들처럼 그 당위성을 등에 업고 현실을 통제하는 것을 바라지 않았다. 그들은 스스로의 힘으로 자신의 삶을 규정하려 했다. 그들은 자신들의 율법으로 세계를 다스리기 시작했다. 그들은 전에 신이 맡았던 그 역할을 스스로 떠맡으려 했다. 그들은 '만들어진 질서' 속을 살아가는 피조물이 아니라 '스스로의 질서'를 만드는 창조주가 되려 했다. 그들은 서둘러 죽은 신을 대신할 만한 새로운 준거 기준을 세웠다. 그렇게 해서 등장한 것이 바로 이성이었다.

세월이 흐르고 세대가 바뀌고 '만들어진 질서'의 대안으로 탄생한 제국은 자라나고 번창했다. 한동안 제국의 건설자들의 선택은 성공적인 것처럼 보였다. 그러나 얼마 후 그들이 세운 이성이라는 지배 원리의 한계가 드러나기 시작했다. 이성의 바탕이 되는 대상적 인식은 관찰자인 인간을 관찰 대상인 자연으로부터 분리시켰다. 과거 신 앞에서 평등하던 세계는 인식 주체의 이해에 따라 재편되었다. 신을 잃어버린 세계의 유일한 가치는 그것이 얼마나 인간에게 유용한가였고 그 가치에 봉사하는 제국은 한계를 모르는 인간의 탐욕의 수단으로 타락했다. 더 이상 사람들은 진리와 선과 아름다움으로 세상을 논하지 않았다.

그러나 제국의 후예들은 자신들이 물려받은 '스스로의 질서'를 의심하지 않았다. 그들은 당당하고 굳건했다. 왜냐하면 그들은 '만들어진 질서'를 박차고 나온 제국의 건설자들의 후예였기 때문이다. 그들은 선조들이 이룩한 창조주로서 자신의 위치를 포기할 수 없었다. 대신 그들은 '스스로의 질서'를 더욱 확장시켜나갔다. 그들은 전세계에 제국의 깃발을 꽂으려 했다. 제국이 팽창될수록 자연은 재화의 원천으로 약탈당하고 다른 공동체들은 제국의 풍요를 보장할 시장으로 전락했다. 나아가 그들은 자신의 인성(人性) 중에 스스로 비효율적이라고 판단한 부분을 억압하려고 했다. 그들은 자신의 가치마저 제국에서 자신이 얼마나 유용한가로 결정하려고 했던 것이다. 덕분에 그들은 있는 그대로의 자신의 모습으로 남아 있을 수 없게 되었다. 그들은 제국이 요구하는 역할이라는 가면을 쓰고 자신의 인생을 연기하기 시작했다. 더욱더 유용하다고 판정받은 가면을 쓸수록 그들은 더 인정받았고 더 큰 힘을 행사할 수 있었다. 제국은 그들에게 성공을 약속했지만 그 대가로 그들의 영혼을 요구했다.

더 이상 세계는 그들에게 말을 걸지 않았다. 이성을 통해 그들이 거머쥔 것은 그저 객관적 사실들에 지나지 않았다. 그 객관적 사실들이 그들에게 삶과 세계의 의미를 보장해주지는 못했다. 사실주의는 허무주의의 다른 이름이었다. 그들은 정서적으로 공허하고 미적으로 무의미하며 정신적으로 파산한 상태에 이르게 되었다. 그렇게 제국은 자신의 정점에서 몰락을 맞이하게 되었다.

"진, 이 도시에서 누군가가 널 도와줄 것이라고는 기대하지 마라. 이제 너는 스스로를 책임져야만 해." 피곤한 그가 잠시 말을 끊었다.

"지금 제국은 황혼을 맞고 있어. 누군가의 황혼은 또 누군가의 새벽이 되겠지." 그는 다시 말을 끊고 걱정스런 눈빛으로 나를 바라봤다. 그리고 지친 목소리로 말을 맺었다.

"그래도 이 도시에서 살아남기 위해 너 역시 한 벌의 가면이 필요할지 모르겠구나."

*

우리가 역에 내렸을 때는 비가 오고 있었다. 낮게 드리워진 흐린 하늘 아래, 찌를 듯 고층 건물들이 솟아 있었고 정리된 거리는 빈틈없이 단정했다. 보도는 검은 박쥐우산을 편, 잘 차려입은 사람들의 정연한 발걸음들로 붐볐다. 내가 본 도시는 아저씨가 말한 것과는 달리 깔끔하고 아름다웠다. 나는 이 도시가 그가 말한 것처럼 위험한 곳이라고는 느껴지지 않았다. 조금 이상한 것은 사람들 얼굴 위로 모든 것에 무관심해 보이는 표정이 흐르고 날씨 탓인지 그들이 조금씩 우울해 보인다는 정도였다.

그러나 무엇보다 도시에 대한 내 첫인상을 압도한 것은 고층 건물 위에 세워진 거대한 스크린이었다. 그 스크린 위에서 제국은 지구를 놓고 악마와 경기를 벌이고 있었다. 제국의 선수들은 이 음침한 세력과 맞서 놀라운 힘을 보여주었다. 드디어 승리의 여신 니케는 제국에게 손을 들어주었고 저항하던 악마들은 사라졌다. 다시 제국에는 평화가 찾아왔다. 나는 경탄의 눈길로 그 모든 장면을 지켜보았다. 그 대형 스크린에서 나는 상상했던 것보다 더 거대한 제국의 힘을 보았다. 나는 그 힘에 압도되어 한동안 넋을 잃었다. 아저씨는 그런 나를 재촉해, 앞으로 우리가 기거하게 될 산사나무 거리로 향했다.

그 압도적인 제국의 힘과 정연한 질서 속에 무엇인가 빠져 있다는 것을 느끼는 데는 얼마간의 시간이 필요했다. 그러한 자각은 대형 상설 할인 매장 안에서 일어났다. 그곳은 내가 상상할 수 있는 그 어떤 매장보다도 크고 풍요로웠다. 그곳에는 필요한 모든 물건들이, 필요하지조차 않은 모든 물건들이 산처럼 쌓여 있었다. 진열대 사이를 누비고 있노라면 바로 이곳이 동화책 속에서나 나옴직한 게으름뱅이들의 천국이 아닌가 하는 생각이 들 정도였다. 정말이지 그곳에는 부족한 것이 없었다. 내가 다시 한 번 제국의 힘에 감탄하고 있을 때, 내 손수레가 모퉁이를 돌아 나오던 노파의 것과 부딪쳤다.

"괜찮으세요?" 나는 의례적으로 그녀에게 말을 걸었다.

그러자 여느 사람들과 똑같이 단정하고 무심하던 그녀의 얼굴에 변화가 일어났다. 그녀는 바닥에 주저앉아 울음을 터트렸다. 일흔여덟 살 된 이 노파는 초대형 매장 안에서 길을 잃었던 것이다. 그녀는 삼 일 간 이 미로 같은 매장을 절망적으로 헤맸다. 그러나 매장 안에 있던 그 누구도 그녀에게 말을 걸어 출구를 가르쳐주지 않았다. 그러는 그녀마저 누군가에게 도움을 청해야겠다는 생각을 하지 못했다.

*

　봄 학기에 아저씨는 '대상 없는 인식'이란 제목으로 강의를 맡았다. 아침마다 그는 자전거를 타고 학교로 갔다. 집에 혼자 남은 나는 간단히 설거지를 마치고 도시를 돌아다녔다. 가이드 구실을 하는 소책자를 들고 나는 도시에 있는 모든 명소를 차례로 방문했다. 약 한 달 간 지속되던 그 순례가 끝날 때쯤 나는 마지막으로 아저씨가 일하고 있는 곳을 찾아가보기로 마음먹었다. 고색 창연한 건물들과 시계탑을 지나 나는 강의실로 향했다. 그리고 그 강의실 맨 뒤쪽, 될 수 있으면 그가 나를 발견하지 못할 후미진 곳에 자리를 잡았다. 이내 벨이 울리고 딱딱한 걸음으로 아저씨가 들어왔다. 그는 낮고 굴곡 없는 목소리로 강의를 시작했다. 순간 어수선한 실내는 조용해지고 학생들은 마치 대단한 이야기나 듣고 있는 듯 진지해졌다. 왠지 내게는 그 모든 풍경이 기묘하게만 느껴졌다. 강단에 서 있는 아저씨의 모습도, 경청하는 학생들의 태도도 내게는 낯설고 어색하기만 했다.

　"과거 우리는 이성Logos이 세계의 본질을 우리 눈앞에 끌어내줄 것이라고 생각했다. 분명 객관적인 지성, 대상적 인식이 우리를 진리로 이끌어주는 방법이기는 하다. 그러나 그것이 유일한 방법은 아니다. 우리에게는 잊혀지긴 했지만 진리에 접근하는 또 다른 방식이 있다. 그것은 대상 없는 인식, 내가 통칭 직관이라고 부르는 바로 그것이다. 그것은 앎의 과정 없이 곧바로 우리에게 다가오고 한 사람이 꾸는 꿈처럼 타인과 공유할 수 없는 것이지만 그것은 태고 이래로 이성의 대안적 방식으로 존재해왔다. 그것은 과거, 현재, 미래라는 시간의 조류 속에서 사물의 본성에 순명하는 본능의 지혜Sophia이다."

아저씨의 강의를 들으면서 나는 그 동안 그가 한 번도 내겐 그런 식으로 이야기한 적이 없었다는 사실을 깨달았다. 나와 이야기할 때 그는 저렇게 냉정하지도 근엄하지도 않았다. 나는 강단 위에 서 있는 그의 얼굴을 바라보면서 지금 저곳에 있는 그는 내가 알고 있던 그가 아니라는 결론을 내렸다. 강단 위에 선 그는 이 도시의 다른 사람들처럼 가면을 쓰고 있었던 것이다. 갑자기 모든 것이 지리멸렬해 보였고 참을 수 없이 권태로워졌다. 그때 누군가가 연필 뒤끝으로 내 팔을 두드렸다. 그리고 내 앞에 작은 메모지를 내밀었다

'지나다 네가 선생님 집에 머무는 걸 봤어. 둘은 어떤 사이지?'

나는 고개를 들어 이런 무례한 질문을 던지는 사람의 얼굴을 쳐다봤다. 그는 스무 살이 갓 넘은 아직은 앳된 청년이었다. 그는 내게 못된 장난을 하다 들킨 어린아이처럼 애교 있는 미소를 지어보였다. 나는 그의 질문 아래에다 썼다.

'그는 내 보호자일 뿐이야.'

그러자 이번에는 그가 그 아래에다 적었다.

'그랬구나. 나는 네가 그의 어린 정부(情婦)인 줄 알았어.'

내가 미간을 찌푸리며 올려다보자 그는 제발 진정하라는 듯 두 손바닥을 들어보였다. 그리고 변명처럼 적었다.

'오해하지 말아줘. 악의는 없었으니까. 따라와봐, 재미있는 것을 보여줄 테니. 그건 그렇고 내 이름은 어부야.'

어부라니 이상한 이름이야, 생각하면서 나는 난생처음 보는 그

를 따라갔다.

*

어부가 나를 데리고 간 곳은 중앙 도서관이었다. 그는 서가에서 먼지 쌓인 오래된 졸업 앨범을 꺼냈다. 그가 찾아준 앨범 속에는 내 나이만큼이나 젊은 아저씨가 서 있었다. 사진 속의 아저씨는 단정하게 머리를 빗어 넘기고 매끈하게 재단된 정장을 입고 있었다.

"난 아저씨에게 이렇게 깔끔한 시절이 있었으리라고는 상상도 못했어. 마치 부잣집 도련님 같잖아?"

"진짜 부잣집 도련님이었으니까." 어부가 담담하게 받았다.

"정말?"

"놀라다니 뜻밖이군. 그건 온 도시가 알고 있는 사실인걸."

"하나도 몰랐어."

"그 동안 같이 살면서 도대체 넌 무엇을 들었지?"

그의 말에 몹시도 난처해진 나는 할말을 잃었다. 어부의 이야기에 따르면 아저씨는 제국이 급격히 팽창하던 시절 제국의 혈맥인 철도 사업으로 엄청난 부를 축적한 부호 가문 출신이었다. 그래서 그는 어린 시절부터 집안을 드나들던 영향력 있는 인물들과 자연스럽게 친분을 틀 수 있었다고 한다.

"게다가 그는 열네 살에 이곳에 입학할 만큼 총명한 학생이었어. 원하기만 한다면 그는 이 사회가 가장 가치 있게 여기는 부와 권력과 지식을 한 몸에 지닐 수 있었던 사람이었지."

“그런데?”

“그런데 문제는 그가 타고난 괴짜였다는 거야. 그는 자신의 부를 무척 짐스러워해서 모든 유산을 형제들에게 돌리고 말았지. 그리고 그것도 모자라 머리 좋다는 사람들 틈에서 자신의 정신을 팔고 싶지 않다는 핑계로 탄광 지역의 교사를 지원하고 나섰어.”

“이제서야 점점 아저씨다워지는데.”

“마치, 자신의 왕국과 아름다운 아내와 안락한 부를 포기하고 떠나는 붓다나 된 것처럼 말이야.”

“아저씨는 승려가 되려고 했던 것이 아니라 그저 교사가 되려고 했던 것뿐이라고.”

“내가 보기에는 그는 종파적인 사람은 아니지만 무척 종교적인 사람이야. 성자나 된 듯 그는 세속적인 가치보다는 천상의 가치를 원했지. 그래서 속물들로부터 도망쳐 소설 속에나 나옴직한 거칠고 무식할지언정 순결한 영혼을 지닌 가난한 사람들 틈으로 들어가려고 했던 거야. 정말, 아쉬울 게 하나도 없는 순진한 도련님다운 발상이지.”

“오지에서 교사 노릇하기가 쉽지 않았던 모양이군?”

“당연하지. 가난하고 못 배운 사람들에게 그는 결코 이해할 수 없는 괴물이었으니까. 자신들이 아무리 원해도 차지할 수 없는 부와 명예를 박차고 나온 그를 보는 것만으로도 사람들은 심한 모욕감을 느꼈어. 그는 물 위에 뜬 기름처럼 겉돌았지. 결국 사람들의 냉담한 반응을 견디다 못한 그는 어디론가 사라져버렸어. 그리고 최근까지 아무도 그의 소식을 듣지 못했어.”

“그 동안 아저씨는 태초의 소리를 찾아다녔을 거야.”

“태초의 소리라, 여전히 뜬구름 잡는 이야기군. 그래서 그것을 찾았니?”
“아니 아직은. 그러나 그는 결코 포기하지 않을걸.”
“그것이 그만큼 가치 있는 일인지 모르겠어.” 그는 난처하다는 듯 어깨를 올려보였다.

나는 구태여 어부에게 우리를 엮고 있는 소리의 네트워크에 관해 이야기할 필요는 없었다. 그러나 왠지 나는 자신의 근원으로부터 떨어져나와 고통받는 사람들의 신음 소리를 잠재워줄 그 최초의 소리를 찾는다는 것이, 우리가 서로에게 다가가는 것을 막는 두터운 자아의 벽을 무너뜨릴 그 신성한 소리를 찾는다는 것이 결코 무의미하지만은 않다는 것을 그에게 보여주고 싶었다. 공연히 아저씨를 두둔하고 싶지는 않았지만 그렇다고 그의 노력을 헛된 것으로 돌리고 싶지도 않았다. 그러나 어부는 나의 설명에도 불구하고 여전히 태도를 바꾸지 않았다.
“그렇다고 해도, 자기 소외나 의사 소통의 한계를 극복하기 위해 비현실적인 소리의 네트워크를 들먹일 필요는 없었다고 봐. 우리에게 주어진 현실은 바로 제국이고 제국 또한 모든 것을 유기적으로 연결하는 네트워크니까.”
어부의 설명에 따르면 제국 역시 자기 충족적이고 상호 의존적인 네트워크였다. 그것도 가장 긴밀하고, 효율적이고, 아름답기까지 한 시스템이었다. 이 시스템에 속한 구성원들은 다른 성원들이 필요로 하는 것을 생산해냄으로써 서로에게 봉사한다. 그들은 모든 것을 생산해낸다. 다른 구성원이 아직 필요성조차 못 느끼는 것까지도. 그런 식으로 그들은 서로의 욕구마저도 생산해냈다.

그러나 제국은 내가 아는 소리의 세계와는 전혀 달랐다. 물론 소리의 세계도 모든 사람을 감싸안는 거대한 시스템이었다. 그러나 그 시스템의 맨 꼭대기에는 모든 것을 통괄해서 조정하는 신이라는 존재가 있었다. 그는 그 높은 곳에서 구성원들의 유무죄를 판결하고 처벌한다. 그런데 소리의 네트워크 안에 있는 구성원의 행동 하나하나는 다른 모든 구성원들에게 어떤 형태로든 영향을 미친다. 이렇게 긴밀한 의존 관계 안에서 구성원들은 서로가 서로의 행동에 책임질 수밖에 없는 연대 책임 아래에 놓이게 된다. 그런 뜻에서 구성원 한 명의 잘못은 바로 그 자신의 잘못인 동시에 시스템에 속한 모든 사람들의 잘못이기도 했다. 때문에 각 구성원들은 서로에 대한 책임을 다하기 위해 공동의 선을 추구하지 않으면 안 된다. 그러나 그 공동의 선에 대해 알고 있는 것은 오직 시스템의 운영자인 신뿐이다. 그래서 소리의 네트워크의 구성원들은 행동하기에 앞서 매순간 그의 뜻을 물어야 한다.

그러나 제국에는 시스템의 운영자인 신이 존재하지 않는다. 대신 그 위치를 차지하고 있는 것은 합리와 효율이라는 두 얼굴을 가진 거인이다. 제국은 그 구성원들을 보편 책임이라는 덕목 아래 묶기보다 공동 이익이라는 덕목 아래 묶는다. 때문에 제국이라는 시스템 안에서 사람들이 서로와 만나는 것은 희망과 공포를 통한 교감에 의해서가 아니라 생산과 소비라는 수단에 의해서였다.

"문제가 있다면 우리가 처한 현실 아래서 그 해결점을 찾아야 된다고 봐. 제국이라는 직면한 현실을 외면하고 존재하지도 않는 소리의 세계를 끌어들인다는 것은 현실 도피에 불과해. 그렇게 생각하지 않아?" 어부가 내게 동의를 구했다.

　물론 나는 그의 생각에 동의하지 않았지만 쓸데없는 반박으로 이제 막 사귄 친구의 기분을 거스르고 싶지 않았다. 소리의 세계나 제국이 어떻게 되건 나와 무슨 상관이랴? 사람들은 언제나 보고 싶은 것만 보려고 한다. 나는 이제 막 첫발을 디딘 제국에 대해 나쁜 감정 따윈 갖고 싶지 않았다. 나는 제국에서 펼쳐질 내 앞날에 대한 좋은 꿈만 꾸고 싶었다. 결코 불행해지거나 상처받는 일이 없는, 동화 속에나 나옴직한 그런 미래를 말이다. 그래서 나는 되도록 예쁜 미소를 지으며 대답했다.

"그래. 그런데 이 거대한 시스템 안에서 네가 맡은 역할은 뭐지?"

　그러자 그는 아주 자랑스럽게 말했다.

"나는 어부야."

"그것은 네 이름이잖아?"

"그것은 내 이름이자 내가 맡은 역할이기도 해."

"그러나 어부란 역은 네게 전혀 어울리지 않는데."

"그렇게 보일지도 모르지. 나는 사람 낚는 어부거든. 아마도 진, 넌 내가 낚은 첫번째 물고기가 될 거야."

*

　어부는 내가 만났던 사람 중 가장 이해하기 어려운 사람이었고 그 때문에 가장 흥미로운 사람이기도 했다. 그래서 나는 그해 여름 내내 거창한 수학 문제를 풀 듯 그에 대해서 하나하나 배워나갔다.

그는 피자와 스파게티를 좋아했다. 라디게의 소설에 감동했고 NBA에 열광했다. 모차르트와 엘리아 요하임을 동경했고 아다치와 미야자키 하야오에 푹 빠져 있었다. 더운 여름날, 막 꺼낸 버드와 이저를 마시는 기쁨을 찬미했고 자신을 하늘처럼 우러르는 동생을 사랑했다. 그러나 그가 세상에서 가장 좋아한 것은 바로 성공이었다.

그가 싫어했던 것은 그보다 훨씬 많았다. 그는 스케이트를 싫어했고 롤러코스터를 혐오했다. 노천 카페에서 노닥거리는 연인들을 한심하게 여겼고 페미니스트와 유대인이라면 질색했다. 선거를 싫어했고, 교복과 훈계로 가득 찬 학교를 증오했다. 그는 실패를 두려워했고 언젠가 자신에게 찾아올지도 모르는 가난을 무서워했다. 그는 아버지와 어머니에게 깊은 분노를 감추고 있었고 무엇보다 자기 자신을 미워했다.

내가 그의 아버지에 대해 아는 것은 그가 제국의 관료라는 것과 자신의 아내를 사랑하지 않는다는 것이 전부였다. 그와 마찬가지로 내가 그의 어머니에 대해 아는 것도 거의 없었다. 남편으로부터 받지 못한 사랑의 몫을 자식들의 성공으로 메우려고 한다는 것을 제외하고는.

아마도 그가 성공에 집착하는 것은 다분히 어머니 쪽의 영향 같았다. 성공은 그를 이해하는 데 가장 중요한 단서였다. 그가 생각하는 성공이란 쿠폰을 모으는 것과 비슷했다. 그것은 좋은 성적, 훌륭한 학교, 거창한 학위, 아름다운 아내, 호화 주택, 높은 지위 같은 남들이 좀처럼 갖기 힘든 것들을 하나하나 모아가는 것이었다. 그 쿠폰을 다 모은 후 타게 될 상품이 무엇인지도 모르면서 말이다.

　이제껏 그는 성공하기 위해 꽤 많은 일들을 시작했고 도중에 그
만두었다. 그는 만족할 줄 모르는 사람이었다. 새로운 일을 시작한
지 얼마 후면 그는 곧 그 일을 좋아할 수 없는 수많은 이유들을 찾
아냈다. 그는 그 분야에서 천재가 될 수 없었던 까닭이다. 그가 싫
증내지 않고 몰두할 수 있는 유일한 주제는 바로 천재였다. 그는
역사상 모든 천재들을 사랑했고 또 그만큼 질투했다. 그는 자신이
천재이길 바랐고 언제나 무언가 대단한 일을 하기 위해 준비 중이
었다. 그는 끊임없이 자신의 가치를 입증해줄 분야를 찾았다. 그
러나 그것은 그로서도 그리 쉬운 일은 아니었던 모양이다. 그때 그
의 나이 스물셋, 어느 분야에서도 천재가 되기에는 너무 늦은 나이
였다.

　때때로 그는 어머니의 삶에 진한 연민을 나타냈지만 동시에 지
금의 자신을 만든 그녀를 증오했다. 그와는 반대로 아버지에게는
살의를 느끼고 있었음에도 표면상 그는 순종적인 아들이었다. 또
한 그것은 여자와 권력에 대한 그의 일반적인 태도이기도 했다.

*

　어부와 아저씨의 만남은 내가 어부를 산사나무 거리 133번지로
초대함으로써 이루어졌다. 그는 저녁 식사 시간에 맞추어 한 다발
의 장미를 들고 찾아왔다. 꽃다발을 받아든 나는 조금 머쓱해하는
그를 아저씨에게 소개했다. 아저씨는 형식적으로 그를 반겼다. 왠

지 아저씨는 그에 대해 경계를 풀지 않았다.

　그들이 식탁에 앉자 나는 준비해놓은 요리들을 내왔다. 먼저 전채로 멜론을 곁들인 연어를 내왔다. 그 다음에는 브로콜리 치즈 수프를 내왔다. 그리고 다양한 야채와 로즈마리 생크림으로 만든 브라운 소스를 곁들인 스테이크를 내왔다. 요리는 대성공이었다. 요리가 나올 때마다 어부는 환호성을 지르며 감탄을 했다. 내가 후식으로 홍차 바바루아를 준비한 것을 안다면 그는 눈물을 흘릴지도 모른다. 그러나 아저씨의 태도는 그와 달리 냉담했다. 그는 식사시간 내내 간단한 대답 이외는 침묵으로 일관했다. 나는 아저씨의 얼어붙은 분위기를 풀기 위해 공통의 화제를 찾으려고 애썼다.

"그 동안 어부가 친절하게 여러 가지 것들을 가르쳐주었어요. 어부 같은 친구가 없었다면 아마 도시에 적응하는 데 지금보다 시간이 더 걸렸을 거예요." 내가 말을 꺼냈다.

"아뇨, 제가 좋아서 한 일인걸요." 어부가 받았다.

"그렇다면 다행이군." 아저씨가 무뚝뚝하게 대화를 끊었다.

　한동안 우리들 사이에 어색한 침묵이 흘렀다. 그러나 나는 모처럼의 만찬을 망치고 싶지 않았다. 나는 보다 밝은 목소리로 지껄였다.

"아저씨의 졸업 앨범을 찾아준 것도 바로 어부였어요. 그의 도움이 없었다면 난 아저씨의 지난날에 대해서 아무것도 몰랐을 거예요. 그 사진을 보고 제가 얼마나 놀랐는 줄 아세요? 그렇지, 어부?"

"으응, 그랬었지, 진." 어부는 흔쾌히 내 말을 받아주었다. 그러자 아저씨는 후식도 먹기 전에 자리에서 일어섰다.

"쓸데없는 짓을 했구나, 진."

그가 식당에서 나가자 내 만찬은 엉망이 되어버렸다. 이날을 위해 나는 꼬박 삼 일 동안이나 책을 뒤지며 요리를 골랐고 신선한 재료를 사기 위해 발이 아플 때까지 상점을 돌아다녔다. 모든 식기들이 거울처럼 반짝일 때까지 닦았고 천을 끊어 새 테이블클로스와 냅킨을 만들었다. 나는 정말이지 귀부인처럼 우아한 접대를 하기 위해 모든 노력을 다했다. 그런데 그 모든 수고가 아저씨의 심술로 물거품이 되어버렸다. 나는 아저씨에게 몹시 화가 났다. 마음 같아서는 당장 쫓아가 그의 무례한 행동에 대해 따지고 싶었다. 그러나 지금 그보다 더 급한 일은 어부의 상한 마음을 달래주는 것이었다.

"평소엔 저런 사람이 아닌데, 오늘은 안 좋은 일이 있었나봐. 미안해."

"괜찮아. 낯선 놈팡이에게 딸을 빼앗길까봐 전전긍긍하는 아버지들을 많이 봐왔으니까." 그는 아무 일도 아니라는 듯이 웃어보였다.

"다행이야. 난 네가 다시는 날 안 본다고 해도 할말이 없다고 생각했어."

"그런 일은 없을 거야. 맹세해도 좋아."

신기하게도 그는 나를 기쁘게 하는 법을 알고 있었다.

그날 밤 나는 사과하는 의미로 그를 배웅했다. 가로등 아래 나뭇잎들이 반짝였고 불어오는 바람은 기분좋게 시원했다. 우리는 한동안 말없이 아름다운 여름밤을 걸었다.

“문수 선생님을 만난 것은 언제였니?” 그가 먼저 말을 꺼냈다.

“내가 열두 살 되던 해. 갑자기 엄마는 죽어버리고 아버지는 애인에게로 가버렸지. 그래서 찾아간 할머니는 이미 이 세상 사람이 아니었어. 나는 졸지에 고아가 되어버렸어. 정말이지 아저씨가 없었다면 나는 어떻게 살았을지 몰라.”

“너에겐 고마운 분이구나.”

“심술궂기는 해도 그건 사실이야.”

“만약에 말이야 진, 네가 다 성장을 해서 누구의 도움도 받지 않고 살아갈 수 있게 된다면 그때는 어떡하겠니? 그의 곁을 떠날 수 있겠니?”

“갑자기 왜 그런 걸 묻지?”

“좀더 시간이 지나면 누구와도 너를 공유하고 싶지 않게 될 것만 같아서.”

나는 걸음을 멈추고 의아한 눈길로 그를 올려다봤다. 지금 그는 내게 무슨 말을 하고 있는 것인가? 그러자 그는 고개를 숙이고 씁쓸히 웃었다.

“미안해, 진. 난 지금 널 놀린 거야. 날 믿지 마. 난 아주 나쁜 놈이거든. 한 번도 원한 적은 없지만 결국 누군가에게 상처를 주고 말아.”

그때 나는 왜 그 순간 그가 그런 말을 하는지 이해할 수 없었다. 그러나 돌이켜보면 그것은 일종의 경고였다. 만약 상처입는 일이 생기더라도 그것은 자신의 탓이 아니라는. 또한 그것은 그의 첫번째 거짓말이기도 했다. 그때 그는 필사적으로 자신이 받은 상처를 되돌릴 상대를 찾고 있었기 때문이다. 그것이 도시의 생존 방식이었다.

*

　가을로 접어드는 어느 일요일 아침이었다. 누군가 침실 문을 두드리는 소리에 나는 잠에서 깨어났다. 잠이 덜 깨 얼떨떨한 내게 아저씨는 옷을 갈아입고 빨리 밖으로 나오라고 말했다. 내가 밖에 나갔을 때, 아저씨는 노란색 자동차에 시동을 걸고 있었다. 갑자기 정신이 든 내가 소리쳤다.
　"이런 멋진 차를 어디서 구했어요?"
　"오늘을 위해 빌렸지. 어서 타."
　"오늘, 무슨 날이에요?" 나는 그의 옆자리에 앉으며 물었다. 차는 가볍게 진입로를 빠져나와 기분좋게 속도를 내어 달리기 시작했다.
　"오늘은 우리가 소풍 가는 날이지." 그는 뒷좌석을 가리키며 말을 이었다. "봐, 도시락도 준비했지."
　"대체 어디로 가는 거죠?"
　"새로운 카타콤. 그러나 오늘 듣고 본 것은 모두 비밀에 부쳐야 해. 특히……"
　그는 말을 잇지 못하고 입을 다물었다. 나는 그것이 어부를 염두에 두고 한 말이라는 것을 짐작할 수 있었지만 모르는 척했다.

　여섯 시간이나 달려 우리가 간 곳은 아무것도 없는 무덤 같은 황무지였다. 전에 핵실험 장소였다는 그곳에는 이미 사오십 명의 사람들이 차를 세우고 이야기를 나누고 있었다. 이런 삭막한 곳에서 소풍을 즐기다니 그들도 아저씨만큼 괴짜였던 모양이다. 나는 그곳에서 아저씨의 옛 친구들을 만났다. 그들은 매년 이때쯤 나가사키의 은행나무를 기념하기 위해 이곳에 모인다고 했다.

"나가사키의 은행나무라고요?" 내가 물었다.

"나가사키에 원폭이 떨어지고 사람들은 모든 것이 다 타버린 그 땅에선 이젠 아무것도 자라지 않을 거라고 생각했지. 그런데 뜻밖에도 다음해 봄, 새까맣게 그을린, 죽은 줄만 알았던 은행나무 하나가 새잎을 돋워냈어. 죽음의 폐허 속에서도 생명은 자라나고 있었던 거야. 나무는 그렇게 생명이 얼마나 강인한 것인지 우리에게 가르쳐주고 있었지. 그러니 포기하지 말라고, 결코 포기하지 말라고." 화장기 없는 수수한 얼굴에, 숱 없는 금발을 뒤로 묶은 제인이 말했다.

"여행길에서 우연히 그 나무를 본 제인은 완전히 감동해버렸어. 그 후 그 나무는 그녀의 정신적 지주가 되었지. 그리고 못내 그 감동을 혼자 간직하기가 아쉬웠던지, 친구들을 다그쳐 본 적도 없는 나무를 기념하는 모임을 만들었어. 덕분에 해마다 우리는 이곳에 모여 방사능 낙진 섞인 샌드위치를 먹어야 했지. 과격한 환경 운동가를 친구로 둔다는 것은 정말이지 굉장한 일이야." 야구 모자를 쓴 캠벨이 덧붙였다.

"캠벨, 오해 살 만한 말은 하지 않는 게 좋아. 이곳의 잔류 방사능 양은 위험치를 넘지 않는다고. 그런 식으로 말하면 진이 어떻게 생각하겠어?" 제인이 점잖게 나무랐다. 그러자 캠벨이 어깨를 으쓱

하며 대꾸했다.

"아마 제인은 거물이구나, 감탄하겠지."

어쩔 수 없다는 듯이, 제인이 웃음을 터트렸고 제인이 웃는 것을 보자 나머지 사람들도 따라 웃었다. 그들의 얼굴에 퍼진 미소를 바라보며 나는 이곳 사람들은 도시 사람들과는 사뭇 다르다는 생각을 했다.

"여기 모인 사람들은 모두 도시 출신이 아니지요?"

"왜 그것을 묻지?" 제인이 되물었다.

"모두 가면을 벗고 있으니까요."

내가 대답하자 모두들 다시 웃기 시작했다. 그리고 캠벨이 미간의 주름을 잡고 검지를 흔들며 말했다.

"아니, 아니야, 예쁜 아가씨. 지금 우릴 오해하고 있어. 우리도 필요할 때면 가면을 써. 그것이 도시에서 살아가는 방식이니까. 결국 가면이란 제국이 우리에게 배당한 역할이거든. 만약 우리가 그 역할을 수행하지 않는다면 우리는 이 시스템 안에서 존재 가치를 잃고 폐기 처분당하게 돼. 그러다간 하루아침에 갈 곳 없는 유령 신세가 되고 말지. 그러나 우리는 가면이 우리 자신이 아니란 것쯤은 알고 있어. 그래서 꼭 필요한 경우가 아니면 쓰지 않아. 그러나 필요할 때면 우리는 망설이지 않고 가면 뒤에 숨어. 부유하는 유령 신세론 우리가 하고자 하는 일을 할 수 없으니까."

"무엇을 하려고 하는데요?" 내가 물었다.

"글쎄, 꼭 집어 뭐라고 할 수는 없지만, 모두가 자기 자신이 될 수 있는 길을 튼다고 할까?" 캠벨이 말했다.

"너무 어려워요." 나는 콧등을 찡그리며 말했다.

"그것은 그의 표현이에요. 저렇게 보여도 캠벨은 진지한 분석심리학자랍니다." 이마에 검은색 앞머리를 내린 수지가 말했다. 나이보다 어려 보이는 그녀는 아직도 소녀 같은 느낌을 주었다. "그가 하고자 하는 일은 인간의 내재된 가능성이 모두 꽃필 수 있게 돕는 거랍니다. 제인이 죽어가는 지구를 되살리려는 것처럼 그는 억압받고 제한당하는 인간의 천성을 되살리려 애쓰지요."

"그럼 수지는 무엇을 하죠?" 내가 물었다.

"그녀는 제국의 권력과 싸우고 있어. 아무튼 모두들 굉장하다니까." 캠벨이 끼여들었다.

"하지만 캠벨, 내가 싸우고 있는 것은 권력이 아니라 공포랍니다. 우리가 싸우고 있는 제국의 관료들도 우리와 똑같은 인간이라는 점을 잊어서는 안 돼요. 그들은 제국이란 시스템을 자신과 동일시해온 사람들입니다. 제국은 그들에게 있어서 인정할 수 있는 유일한 현실이고 존재할 만한 유일한 가치지요. 그런 그들에게 있어서 제국이 무너진다는 것은 자신의 존재가 무너진다는 것과 똑같아요. 그래서 그들은 자기 보호를 위해 온갖 노력을 다해 제국을 유지시키려고 하지요. 그런 잘못된 동일시와 그릇된 헌신이 이 시스템이 가지고 있던 자생적인 자기 혁신 능력을 질식시켜버렸어요. 예로부터 관료들은 변혁의 목소리에 겁을 먹지요. 그들은 세계가 자신들의 통제하에서 벗어나게 될까봐 항상 두려워합니다. 그런 두려움이 그들을 가혹하게 만듭니다. 가혹한 권력의 채찍은 구성원들의 삶과 생명을 위협하고 겁에 질린 구성원들은 자신들의 자유를 넘기고 권력에 예속되지요. 그렇게 공포와 타락의 악순환이 가속화됩니다. 이 세계를 타락시키는 것은 권력이 아니에요. 그것은 바로 우리들 안에 있는 공포랍니다.”

수지의 이야기가 끝나자 지금껏 물러서 있던 제인이 말했다.

“진, 길은 달라도 여기 모인 사람들이 추구하는 것은 같아. 우리는 변화를 일구려 하고 있어. 이해할 수 있겠니?”

“제국은 거대하고 빈틈이 없어요. 그것이 변하리라고는 상상할 수 없어요.” 나는 제인의 말에 반박하긴 싫었지만 왠지 그녀의 말이 미덥지가 않았다.

“그러나 제국도 수많은 구성원들로 이루어진 네트워크라는 사실을 잊어선 안 돼. 이제 우리는 체르노빌에서 일어난 원전 사고가 어떻게 네덜란드의 우유를 오염시켰는지, 브라질의 열대 우림의 파괴가 어떻게 기후를 변화시켰는지, 핵전쟁이 어떻게 핵겨울을 가져올 것인지를 알고 있어. 모든 사건들은 서로 긴밀하게 연결되어 있고 네트워크에 속한 구성원들은 서로의 운명을 공유하고 있지. 제국이 네트워크라는 바로 그 사실이 역설적으로 구성원 하나하나의 작은 변화가 네트워크상에 커다란 변화를 일으킬 수 있다는 것을 말해주고 있어.” 제인이 말했다.

“그렇다면 개인 개인이 제국에 투쟁해야 한다는 건가요?”

“글쎄, 투쟁이라면 투쟁이고 아니라면 아니겠지.” 캠벨이 끼여들었다.

“이해하기 어려워요.” 내가 푸념했다.

“우린 어떠한 폭력에도 반대합니다. 우리는 우리의 메시지를 강요할 생각은 없어요. 폭력과 강제는 또 다른 억압을 낳을 뿐이니까요.” 수지가 거들었다.

“그럼 어떻게 해야 되죠?” 내가 다시 묻자 제인이 말했다.

"잊지 마, 진. 우린 서로 연결되어 있어. 구성원들의 성향이 바뀔 때 네트워크 자체도 변하게 돼. 우리는 스스로를 구원함으로써 세상을 구원할 수 있다고 생각해. 캠벨, 진에게 그 원숭이들 이야기를 해주지 않겠어?"

그러자 캠벨이 일본의 한 외딴 섬에서 일어났던 이야기를 시작했다. 한 무리의 과학자들이 원숭이들의 생태를 연구하기 위해 섬으로 이주해왔다고 한다. 과학자들은 해안 가에 살면서 원숭이들을 숨어서 관찰할 계획이었다. 그들은 자신들의 연구의 편의를 위해 원숭이들을 유인할 고구마를 해변에 떨어뜨렸다. 그렇게 하면 나무 위의 원숭이들이 고구마를 먹으러 관찰하기 유리한 평지로 내려오기 때문이다. 사건의 발단은 어느 날 이모라고 불리는 십팔 개월 된 암놈 원숭이가 고구마를 바닷물에 씻어 먹은 것으로부터 비롯되었다. 씻은 고구마는 모래가 없어 더 맛있었고 바닷물 탓에 조금 짭짤했다. 이모는 놀이 친구들과 어미 원숭이에게 이 획기적인 방법을 가르쳐주었다. 그 친구들은 그것을 자기 어미 원숭이들에게 가르쳤다. 점차 더 많은 원숭이들이 모래 묻은 고구마를 씻어 먹기 시작했다. 그러던 어느 날 과학자들은 그 외딴 섬에 사는 모든 원숭이들이 고구마를 씻어 먹고 있다는 사실을 발견하게 된다. 더 놀라운 사실은, 이모의 섬에 변화가 일어나자 근접한 다른 섬에 사는 원숭이들도 고구마를 씻어 먹게 되었다는 점이다. 이모의 동족과 다른 섬의 원숭이들 사이에는 아무런 접촉이 없었음에도 말이다.

"어떻게 그런 일이 일어났죠?" 내가 묻자 캠벨이 답했다.

"한 가설에 따르면, 모든 종들은 과거 그들 종족이 경험했던 모든 일들이 저장된 기억 창고를 가지고 있다고 해. 그 기억 창고를 원형archetype, 혹은 형태 발생장morphogenetic field이라고 부르는데, 각각의 개체들은 형태 발생장에 자신의 행동을 맞춤으로써 고유한 종의 특질을 유지해나가. 그런데 재미있는 사실은 말이야. 개체들의 반복된 행동에 의해, 그 형태 발생장이 변화한다는 거야. 그걸 형태 공명morphic resonance이라고 하는데, 어때 이해할 수 있겠어?"

"너무 어려워요." 내가 난감한 표정을 짓자 캠벨은 모자를 뒤집어쓰면서 말했다. "이거 정말 곤란한데." 그러더니 손등으로 이마를 두드리며 생각에 잠겼다.

"좋아, 그럼 이렇게 해보자. 다시 그 섬의 원숭이들에게로 돌아가 보는 거야. 맨 처음 이모가 고구마를 씻어 먹은 것은 우연한 일이었어. 너도 그걸 인정하지?" 캠벨이 물었다.

나는 가만히 고개를 끄덕였다.

"좋아," 캠벨이 웃으면서 말했다. "그리고 친구들이 이모의 행동을 따라하기 시작했어. 점점 더 많은 원숭이들이 고구마를 씻어 먹기 시작했고 어느 순간 섬에 있는 모든 원숭이들이 고구마를 씻어 먹게 되었지."

"그래서요?" 내가 되물었다. 그러자 캠벨이 말했다.

"고구마를 씻어 먹는 행동이 반복되자 그 원숭이 종족의 기억 창고에 변화가 일어난 거야. 그들의 기억 속에 고구마를 씻어 먹는 것이 하나의 행동 패턴으로 등록된 거지. 일단 형태 발생장에 변화가 일어나자, 그 변화는 순식간에 그 종족에 속한 모든 원숭이들에게 확산되었어. 이모의 섬 원숭이들과 접촉하지 않은 다른 섬의 원숭이들에게까지도 말야.”

“알겠어요. 하지만 그것이 제국과 무슨 상관이 있는 거죠?” 내가
물었다.

“제국은 결국 인간들의 네트워크야. 인간이라는 종의 행동 패턴
이 변하면 그 네트워크의 성질도 변하게 되겠지. 그 원숭이들은 개
체들의 반복 행동이 그들 종의 행동 패턴을 변화시킬 수 있다는 사
실을 보여주고 있어. 거기다 희망적인 것은 말이야, 처음 개체들
사이의 변화가 어렵지 그것이 일단 기억 창고에 등록만 되면 그 변
화가 급속도로 확산돼 종족 전체에 미친다는 점이야. 직접적인 접
촉이 없이도 말이지. 우리가 변화를 위한 행동을 멈추지 않는다면
다른 사람들의 동조를 얻어낼 수 있을 것이고 결국 인간이라는 종
의 변화도 이루어낼 수 있을 거야.” 캠벨이 말했다.

“그렇기 때문에 우리의 행위가 중요한 거야.” 다시 제인이 말을
받았다. “그것이 사랑이건 증오이건 지금 네가 내린 결정이 이 세
계와 다른 사람들의 삶에 영향을 미친다는 점을 잊지 마. 이 세계
가 좀더 나은 곳이 되기 위해선 우리는 우리가 처한 그 자리에서
사랑을 실천해야만 해. 고구마를 씻는 법을 서로에게 가르치는 원
숭이들처럼 말이야. 사랑이 인간이라는 종의 특성으로 정착되고
나면 우리는 놀랍게 변화한 세계와 마주하게 될 거야. 그때까지,
우리의 기억 창고가 변화하는 그 순간까지 우리는 서로에게 사랑
을 가르쳐야 해. 낙타의 허리가 부러지는 것도 마지막 한 짐 때문
이야. 진 바로 네가 그 마지막 한 짐이 될 수도 있어.”

제인은 그렇게 말하며 나를 가볍게 끌어안았다. 그러자 수지가
제인의 뺨에 키스를 했다.

"초대해줘서 고마워 제인. 이곳에 오면 언제나 희망을 봐. 머지않아 이 황무지에도 나무와 꽃들로 가득한 봄이 오겠지."

그러자 이제껏 침묵을 지키고 있던 아저씨가 그날 이야기를 맺었다.

"아멘."

*

그해 가을이 지고 겨울이 들어설 무렵, 어부는 추락한 이카루스들의 거리에 나를 데려갔다. 그렇게 해서 나는 아저씨와 어부에게 한 가지씩 비밀을 가지게 되었다. 아저씨는 내가 어부와 같이 우범 지구로 분리된 추락한 이카루스들의 거리를 헤맨다는 사실을 몰랐고 어부는 내가 아저씨와 함께 금지된 사막의 비밀 모임에 갔다는 사실을 몰랐다.

추락한 이카루스들의 거리에 갔다는 것은 내가 아저씨 몰래 간직한 첫번째 비밀이었다. 아저씨 몰래 비밀을 간직한다는 그 사실이 너무 달콤해 나는 좀처럼 그 은밀함을 깨고 싶지 않았다. 그러나 어부에게 사막의 모임을 비밀로 했던 것은 다른 이유에서였다. 나는 그 모임에 관해서 그에게 이야기하지 않는 편이 낫겠다고 결정했다. 왠지 그 이야기가 아저씨를 위험하게 만들지도 모른다고 생각했기 때문이다. 나는 어부를 좋아했지만 그를 믿지는 않았다. 하기야 우리가 거닐었던 추락한 이카루스들의 거리에선 누군가를 믿는다는 것 자체가 불가능했다. 그곳은 종말을 꿈꾸는 종교적 광신자들, 위험한 예술가들, 삶의 도망자들, 술과 마약과 성의 중독자들이 부유하는, 말 그대로 추락한 이카루스들의 거리였기 때문이다.

한때 그곳은 위대한 제국의 미래를 꿈꾸는 젊은이들이 모이는 태양의 거리였다고 한다. 그들은 만인을 위한 만인의 사회를 건설할 꿈을 꾸었다. 능력에 따라 일하고 필요에 따라 분배받는 인간의 모든 가능성이 아름답게 꽃필 수 있는 낙원을 꿈꾸었다. 그들은 젊었고 열정적이었고 자신의 이상의 실현 가능성을 믿었다. 그들은 스스로 자신의 운명을 통제할 수 있다고 믿었다. 그들은 자신의 힘으로 이 땅에 천국을 실현하려고 했다. 그들은 자신의 날개로 하늘을 날려고 했다. 그들은 태양을 향해 높이높이 솟구쳤다. 그리고 그 절정의 순간에 몰락을 맞이했다. 그들의 한계 모르는 호기를 벌주기나 하려는 듯 마른벼락이 그들의 날개 위에 꽂혔다. 그리고 수많은 이카루스들이 우박처럼 하늘에서 떨어졌다.

그렇게 꿈은 지고 거리는 슬럼화되었다. 그리고 태양의 거리는 추락한 이카루스들의 거리라고 불리게 되었다.

별다른 일이 없는 날이면 어부와 나는 그해 겨울 내내, 그 거리 모퉁이에 있는 선술집, '개들의 형제'에 틀어박혀 있었다. 어부는 세번째 맥주병을 비우며 말했다.

"이카루스들이 추락한 후 제국은 몰락의 길을 걷기 시작했지. 이젠 모든 사람들이 조금씩 죽고 싶어해. 그래 우리들에겐 생명수가 필요해. 대학이 문수 선생님을 다시 부른 것도 그 때문이고. 그런데도 그는 초지각적 인식 따위나 이야기하고 있어. 그가 제시한 방법은 결코 해결책이 될 수 없어. 그건 만들어진 위로, 고통을 잊기 위한 진통제에 불과해."

"아저씨는 좋은 사람이야. 그럴 리가 없어." 내가 말했다.

"그것은 새로운 거짓 화해, 거짓 평화의 메시지야. 그는 초월의 이미지를 팔면서 문제 자체를 잊게 하고 있어. 그래 어쩌면 그 진통제도 없는 것보다는 나을지 모르지."

"구원을 믿지 않니?"

"만약 신이 있다면 우리를 이 지경으로 몰아가진 않았을 거야. 있다고 해도 그렇게 잔혹한 신이라면 내 쪽에서 거절이야."

그 역시 추락한 이카루스들처럼 자기 이상의 무언가가 되려고 했다. 어째서 신을 잃어버린 사람들은 스스로가 신이 되려고 하는 걸까?

"우리는 신 없이 사는 데 익숙해졌어. 우리에겐 구원 같은 건 필요 없어. 너의 아저씨는 죽은 망령을 불러내고 있는 거야."

그는 신을 증오했고 아저씨를 비난했지만 왠지 진짜 그가 화를 내고 있는 상대는 따로 있는 것 같았다. 그는 무언가에 사로잡혀 있었다. 언젠가 아저씨가 말했다. 사람들이 가진 가장 강한 애착 중에 하나는 자신의 상념에 대한 집착이라고. 그 상념이 자신에게서 비롯된 것이 아닌 경우에도 말이다. 그때, 누군가가 우리 사이에 끼여들었다.

"헤이, 어부. 오랜만이야. 이 아가씨는 누구지? 저쪽에 있는 친구들과 함께 아까부터 줄곧 너희를 지켜보고 있었어. 소개시켜줄래?"

"인사해 진. 감독 지망생, 자드키엘이야. 약간 맛이 간 천사지."

"안녕, 진이라고 해."

"아까부터 줄곧 생각해왔어. 넌 굉장히 독특한 인물이야. 알고 있니? 넌 마치 천연색 애니메이션에서 막 빠져나온 캐릭터 같다고. 넌 내가 삼차원의 세계에서 처음으로 만난 이차원적인 인물이야. 말해봐. 넌 이곳 출신이 아니지?"

"소리의 바다에서 왔어."

"소리의 바다? 그건 어디에 있지?"

"대륙의 남쪽 해안 끝에 있어. 너무 오지라서 알려지지 않은 곳이야." 어부가 말했다.

"어쩐지, 분위기가 달라. 진, 잠깐만 저쪽을 보고 손을 흔들어줄래?"

"왜?" 내가 반문했다.

"내 생각이 맞았다는 걸 친구들에게 알리고 싶어."

나는 시키는 대로 손을 흔들어주었다. 그러자 그쪽에서도 휘파람을 불어대며 손을 흔들었다.

"그런데 그곳에서 뭘 하고 지냈어?" 자드키엘이 물었다.

"별로, 특별한 건 없어. 다만 아저씨 밑에서 라디오가 되는 법을 배웠어."

"라디오가 되는 법?"

"대화를 통하지 않은, 초지각적인 의사 소통을 말하는 거야." 다시 어부가 끼여들었다.

"정말 놀랍군." 자드키엘은 과장된 표정을 지으며 말했다. "도대체 어떡하면 그렇게 될 수 있는 거지? 내게도 그 비결을 가르쳐주겠어?"

그때 밝은 금발에 파란 눈을 가진 소년이 자드키엘을 찾아왔다.

소년은 그에게 무언가 귓속말을 했다. 나는 그보다 소년 쪽이 훨씬 천사답다고 생각했다. 소년의 이야기를 들은 그는 서둘러 자리에서 일어섰다.

"미안해, 진. 갑자기 일이 생겨서 가봐야겠어. 나는 이곳에 자주 오는데, 다시 만날 수 있겠지? 할 이야기가 많아."

그는 내게 키스하고 소년과 함께 떠났다. 갑작스러운 키스에 내가 얼굴을 붉히자 어부는 어이없다는 듯이 웃었다.

"신경 쓸 것 없어. 아까 이야기하던 그 아이가 저 녀석의 애인이야. 녀석은 여자에겐 관심이 없어."

나는 그들이 나간 쪽을 다시 바라보았다. 도대체 이 도시에서는 내가 알 수 없는 일들만 벌어진다.

"녀석도 병든 도시에 걸맞게 병든 놈이야. 그러나 내가 이곳을 찾는 것도 저 녀석 때문이지. 녀석이 안 보이기라도 하면 영영 녀석을 못 보는 것이 아닌가 해서 불안해질 때도 있어. 그러다 그를 만나면 이상한 안도감에 휩싸이지. 자신이 조간 신문 속에 끼인 탈자처럼 느껴질 때가 있다면, 도태당할 처지에 있는 삼엽충처럼 느껴질 때가 있다면, 자신을 낳아준 아버지에 낯설어하고, 자신이 받은 교육에 낯설어하고, 자신이 속한 사회에 낯설어하는 그를 만난다는 것은 일종의 위안이야. 저기 보라고, 나보다 더 삐걱거리는 인생이 있잖아?"

*

며칠 후 자드키엘에게서 전화가 왔다.

"어부에게 부탁해서 네 전화 번호를 알아냈어. 오늘 내가 찍은 영화 보러 오지 않겠어?"

나는 조금 망설이다 그가 말한 장소로 찾아갔다. 그곳은 자드키엘이 작업실을 겸해 쓰고 있는 그의 아파트였다. 마리화나 연기 속에 반쯤 취한 사람들이 여기저기서 이야기를 나누고 있었다. 자드키엘은 그 중에서 빨간 머리로 염색한 여배우와 휠체어를 탄 캐터필러에게 나를 소개했다. 내가 인사를 하자 여배우는 물컹한 가슴으로 나를 끌어안았다. 캐터필러는 창백한 은테 안경 너머로 마치 해부용 모르모트를 보듯 나를 훑어보더니 불쑥 손을 내밀었다. 나는 내키지 않았지만 내색하지 않고 그의 찬 손을 잡았다. 그러자 뒤에 말없이 숨어 있던 자드키엘의 어린 애인, 고양이씨도 손을 내밀었다. 그는 몹시 수줍음을 타는 소년이었다. 이윽고 불이 꺼지고 영사기가 돌아가기 시작했다. 스크린 위에 크레디트가 떴다. 타이틀은 '지하 생활자의 수기.'

홀로 집에 남은 영화 속 주인공이 애인에게 전화를 건다. 계속해서 부재 중임을 알리는 전화 발신음. 화가 난 그는 전화국에 전화해 통화를 방해하는 이유를 따져 묻는다. 전화국 직원은 상대조차 안 해주고 전화를 끊는다. 그는 다시 전화를 건다. 다시 전화가 끊기고, 그는 다시 건다. 다시 끊기고, 다시 걸고, 다시 끊기고, 다시 걸고. 몇 번의 실랑이를 계속하다 지친 주인공은 구석에 누워 자위

를 한다. 푸른 조명을 받아 핼쑥해진 주인공의 얼굴을 보며 나는
남자들은 심심하면 별짓을 다 하는구나 생각했다. 밤은 점점 깊어
가고 지루함에 견디다 못한 주인공은 자신의 집에 불을 지른다. 빨
간 불꽃들이 그와 함께 춤을 춘다. 이제 그는 외롭지 않다. 종말과
함께하므로.

불이 켜지자 자드키엘은 기다렸다는 듯이 말들을 쏟아냈다.

"이 영화는 도스토예프스키와는 아무런 상관이 없어. 내가 영화
속에서 말하고 싶은 것은 죽음은 의사 소통이 불가능한 상황 속에
있는 것이 아니라 더 이상 이해받지 못할 거라는 절망 속에 있다는
거야."

"너무 거창해. 누가 그런 걸 머릿속에 넣고 다니겠어. 네 영화는
너무 힘이 들어갔어. 소화가 안 될 만큼 무겁다고." 캐터필러가 맥
주를 들이켜며 말했다.

"젠장할, 누구의 삶이건 오해는 망령처럼 따라붙어. 내 삶조차도
내 통제 밖에 있어. 그러나 실오라기만큼 남은 희망은 언제나 '의
사 소통'을 꿈꾸지. 어떻게 이 부조리한 삶을 견딜 수 있을까?" 주
먹으로 손바닥을 치며 자드키엘이 말했다.

"설마 그 질문에 답을 찾고 있는 것은 아니겠지?" 캐터필러가 묻
자, 자드키엘은 진지하게 되물었다.

"그렇다면?"

"아니아니 말도 안 돼. 비합리적인 문제에 합리적인 답은 없어.
삶이 이해 불가능한 거라면 묻지 않고 살아가는 법을 배워야 해.
비합리적으로, 비합리적으로 말이야." 캔을 쭈그러뜨리며 캐터필
러가 말을 이었다. "도망쳐봐야 소용없어. 있는 그대로에 정을 붙

여봐. 시큼한 맥주와 널널한 계집애들, 그 차가운 금속성이 싫어진다면 그건 정말 끝장이야. 더 이상 갈 데가 없잖아? 무슨 수를 써도 풀리지 않는 수수께끼를 푸는 유일한 방법은 그 수수께끼 자체를 잊는 거야. 출구 없는 삶의 무게를 지탱할 수 있는 유일한 전략은 천박해지는 길밖엔 없어."

"넌 그렇게 자신의 방종을 타락의 형태를 빌린 순수라고 변명하고 싶은 거야." 성난 자드키엘이 그를 다그쳤다.

"수많은 이카루스들이 너처럼 너무 높이 날다, 우박처럼 떨어졌지. 난 그 우박 세례에 맞아 죽을 지경이라고." 캐터필러가 빈정댔다.

그러자 자드키엘이 일어나 방안을 서성이기 시작했다. "난 자폭하고 싶지 않아. 자폭하고 싶지 않다고. 내가 원하는 건 종말이 아니야. 나는 시간 속에 더 완벽하게 자리잡고 싶을 뿐이야. 더 완벽하게, 더 완벽하게."

그때쯤 빨간 머리의 여배우가 그들의 논쟁에 불안해진 내게 술잔을 건넸다.

"마실래? 신경 쓸 것 없어. 원래 저러니까. 그게 쟤들 일이야. 만약 쟤들이 싸우지 않는다면 오히려 그게 더 이상하지. 약을 먹고 죽기 전까지, 쟤들은 항상 저럴 거야. 그렇지 않아, 고양이씨?" 그녀가 소년 쪽을 바라보며 동의를 구했다.

그러자 왠지 잔뜩 흥분한 소년은 상기된 눈빛으로 고개를 끄덕였다. 그녀는 올리브가 들어간 마티니를 손가락으로 저으며 말을 이었다.

"역시 그랬군. 난 잠시 이 영화의 모델이 너라는 걸 잊고 있었어.

그나저나 고양이씨, 어제 난 기가 막힌 드레스를 봤어. 빨간색 벨벳 부스트웨이 드레스였는데 그야말로 환상적이었지. 완전히 드러난 내 하얀 목덜미와 봉긋한 가슴을 보면 모든 남자들이 미치고 말 거야. 세상에 그 드레스가 나보다 더 잘 어울릴 여자는 없어. 내기해도 좋아. 그런데 문제는 돈이 없다는 거야. 돈이 없다는 건 정말 비참한 일이야. 그래서 지금 떠오른 생각인데, 고양이씨 날 도와주지 않겠어?"

"미안하지만 나 역시 돈이 없어." 소년이 말했다.

"그것쯤은 나도 알아, 고양이씨. 내 형편으론 도저히 그 드레스를 살 수 없어. 그러나 내가 가질 수 없는 건 남들도 가질 수 없어. 그래서 네게 부탁하는 건데 그 드레스 숍을 날려버려줘. 왜 넌 불장난을 좋아하잖아? 간단한 플라스틱 폭탄 하나면 모든 게 깨끗이 끝나. 어때 네 생각은?"

미처 대답도 듣기 전에 자드키엘이 여배우의 멱살을 잡았다. 그리고 성난 천사는 짐승처럼 으르렁거렸다.

"다시 한 번 그 따위 말을 하면 죽여버리겠어. 그 앤 정신 상태가 불안정하다고. 그걸 이용해서 어쩌겠다는 거야."

"착한 척하지 마! 그를 먼저 이용한 건 바로 너야, 천사씨! 저 어린 방화광을 소잿거리로 전락시킨 게 누구였지?"

그러자 이제껏 아무 말이 없던 소년이 일어나 소리쳤다.

"그만 해, 날 가지고 노는 건. 그만 하라고. 날 건드리지 마. 나 역시 내가 무슨 짓을 할지 몰라."

고양이씨가 뛰쳐나간 얼마 후, 나는 어색한 인사를 남기고 아파

트를 떠났다. 나는 그날 밤 일어난 일들의 의미를 생각하며 천천히
추락한 이카루스들의 거리를 내려갔다. 자정 가까운 거리에 전단
이 뿌려지고 사람들이 외쳐대는 도래한 종말에 대한 경고가 귓가
를 스쳐갔다. 고층 건물 위에 세워진 대형 스크린에서는 아직도 악
마와 제국이 지구를 놓고 경합을 벌이고 있었다. 도시는 병들었고
모두들 조금씩 죽고 싶어했다.

　집에 오자 아저씨가 말없이 나를 맞아주었다. 내 방으로 들어가
기 전에 나는 돌아서서 물었다.

"정말 세상이 멸망할까요?"

　한동안 질문의 맥락을 이해하지 못해 망연히 서 있기만 하던 아
저씨가 입을 열었다.

"그건 세상에 몇 명의 의인(義人)이 있느냐에 달려 있어."

"만약 그 의인이란 것이 없다면 어떻게 되는 거죠?"

"그런 생각을 하기보단 스스로 의인이 되어보는 쪽이 낫지 않
을까?"

"제가 묻고 있는 것은 세상이 정말 멸망할 것인가 하는 거예요."

"진리를 묵상하렴. 진리는 기계성과 육욕을 초월한 그 위에 있
단다."

　그는 언제나 내가 할 수 있는 것 이상을 기대한다. 그러나 내가
그렇게 대단한 일을 할 수 있을 리가 없지 않은가? 어쩐지 그의 대
답은 오늘 봤던 영화보다도 지루하고 답답하게만 여겨졌다. 그리
고 또 한 해가 갔다.

*

　새해가 되고 얼마 후, 나는 신문에서 자드키엘의 죽음을 읽었다. 그는 말했다. 죽음은 의사 소통이 불가능한 상황 속에 있는 것이 아니라 더 이상 이해받지 못할 거라는 절망 속에 있다고. 그래서일까? 그는 자폭하고 싶지 않다고 말해놓고서, 시간 속에 더 완벽하게 자리잡고 싶다고 말해놓고서 시간 속에서 멀어져갔다. 그는 하수구에서 새까맣게 그을린 채로 발견되었다. 범인은 고양이씨라고 불려졌던 그의 애인인 듯싶었다.

　그 기사를 읽은 후, 나는 곧바로 '개들의 형제'로 뛰어갔다. 어부가 걱정됐다. 생각대로 그는 낮부터 바에 처박혀 술을 마시고 있었다. 그는 몹시도 불안해 보였다. 그는 한없이 주절거리더니 바에 쓰러져 울기 시작했다.

"그는 죽어가면서 내게 경고하고 있어. 다음은 네 차례라고." 그는 내 손목을 잡으며 말했다.

"도망가자, 진, 더 늦기 전에."

　자드키엘의 장례식에는 비가 왔다. 낮게 드리워진 어두운 하늘 아래, 산 자들의 기억을 부식시키는 비가 내렸다. 궂은 날씨 때문인지 장례식에 참석한 사람은 인부를 제외하고는 어부와 나 그리고 캐터필러뿐이었다. 비를 맞으며 캐터필러가 천사를 위한 마지막 고별사를 읽었다.

"내 친구, 자드키엘. 그는 도시에서 태어나 도시에서 죽었다. 고통과 더불어 생명이 제거된 박제들의 사회. 이곳에선 그 누구도 신음 소리 한번 내지르지 않는다. 병들었지만 아프지 않은 사회, 오로지 자신의 편의와 안전 이외에는 철저히 무관심한 사람들, 목적 없는 삶, 지향 없는 생활. 이 바랄 것 없는 도시에서 그러나 그는 보다 많은 의미를 원했다. 불쌍한 놈, 그래서 너는 개처럼 죽는구나.”

장례식 내내 어부는 울음을 멈추지 않았다. 울고 있는 그를 보고 있는 것은 그때나 지금이나 쉬운 일이 아니다. 그러나 세월은 내게 많은 것을 앗아갔고 동시에 많은 것을 가져다주었다. 이제서야 나는 그를 이해할 수 있을 것 같다. 모든 인간처럼 그도 세 겹으로 되어 있었다. 그 하나는 제국의 관료였고 또 하나는 내가 사랑했던 청년이었고 마지막 하나는 상처입고 분노하는 어린아이였다.

제국의 관료는 저 높은 곳에서 세상을 비웃고 있었다. 그는 여자를 사랑하는 것과 힘들게 생계를 꾸려나가는 것, 그리고 생존을 위해 구차해질 수밖에 없는 일상을 경멸했다. 그는 그 모두를 초월한 저 너머를 추구했다. 눈물도 웃음도 없는 순수하고 차가운 저곳을. 그는 그 높은 곳에서 사람들의 일상사를 비웃는 엄정한 관리자가 되고자 했다. 그러나 내가 사랑했던 그는 그와는 전혀 달랐다. 그는 아침마다 수염이 돋는 아름다운 청년이었다. 그는 음악을 좋아했고 문학을 사랑했다. 사람들의 호감을 사고 싶어했고 세상과 공감하고 싶어했다. 서투르긴 했지만 그는 사랑하고 사랑받고 싶어했다. 울보라 이름이 붙여진 또 하나의 그는 상처입은 일곱 살 난 소년이었다. 그는 누군가 자신을 해칠 거라는 망상에 사로잡혀 있었다. 그래서 그는 두 손으로 귀를 막은 채 자기 안으로 자기 안으로 숨어들어갔다.

그리하여 이야기는 이렇게 흘러갔다. 내 사랑 어부가 순정을 담아 나를 사랑할 동안, 높은 곳에 있던 관료는 아담을 꾸짖는 하느님처럼 그를 꾸짖었다. 무슨 바보짓이냐는 그 날카로운 질책에 놀란 그는 겁먹은 일곱 살 소년이 되어 울면서 자기 안으로 도망쳤다.

"난 아무 짓도 안 했어. 그러니 날 야단치지 마."

나는 그 세 사람 중 하나를 사랑했고 다른 하나와 싸워야 했고 마지막 하나를 달래야 했다. 나는 연인이었던 동시에 적이었고 또한 어머니였다. 그렇게 나의 첫사랑이 그리고 그의 숱한 짧은 연애 중 한 편이 시작되었다.

*

장례식이 끝나고 슬퍼하는 어부를 혼자 둘 수가 없었던 나는 그의 아파트까지 동행했다. 지하에 있는 그의 아파트는 세계 대전 당시 대피소로 사용되었다고 한다. 그것이 바로 그가 낮에도 불을 켜야 하는 이 음산한 곳을 거주지로 택한 이유였다.

"핵전쟁이 일어나도 종말이 와도 끄떡없는 곳에 있고 싶었어."

나는 말없이 서서 마른 수건으로 그의 젖은 머리를 털어주었다. 의자에 앉아 있던 그는 가만히 내 허리를 껴안았다.

"그러나 여긴 사랑하기엔 너무 어둡고 탁해. 왠지 너와 함께라면 도망칠 수 있을 것 같아. 함께 가겠니, 진?"

그는 맥주와 에프엠 라디오와 나를 데리고 홀연 잠적하고 싶다
고 했다. 그의 소원은 바다 한가운데 떠 있는 아열대의 무인도에서
차가운 맥주를 마시며 음악을 들으며 나와 함께 뒹구는 것이었다.
"널 보고 있노라면 내가 무엇을 잃고 살아왔는지 생각나 화가
나." 그는 안고 있던 내 허리를 풀지 않으며 말했다. "열여섯 살쯤
너를 만났으면 좋았을 텐데. 아무것도 몰랐을 때, 그저 사랑하고
사랑받는 것밖엔 아무것도 몰랐을 때."
그리고 그는 내 가슴에 얼굴을 파묻었다. 나는 그렇게 이제 막
스물네 살이 된 남자가 나이 때문에 우는 것을 지켜보아야 했다.
"많은 작가들이 어린 주인공을 내세워 사랑 이야기를 써. 사랑이
란 되도록 어린 시절에 해야 하는 것이고 그 시절을 놓쳐버리면 영
영 불가능하다고 생각했기 때문이지. 그러나 난 그 좋은 시절을 이
미 빼앗겨버렸어. 나는 열여섯 살이 얼마나 좋은 시절인지도 모르
는 채, 저 흉폭한 어른들에게 눌려 숨죽이며 어른이 되기만을 기다
려야 했어."
"만약 다시 열여섯이 된다면 어떻게 할 건데?"
"다시, 열여섯이 되면," 그는 내 손을 잡고는 천천히 일어났다.
"난 담을 넘어 갓 열여섯 살이 된 너의 침실로 숨어들어갈 거야."
그는 천천히 내 손목을 꺾으며 속삭였다. "그리고 네 침대 속에서
이렇게 말하지."
"뭐라고?"
"다리를 벌려, 이 나쁜 계집애야."
나는 천천히 그에게 키스했다.
"좋아, 그렇담 다시 열여섯이 되어줄게."

'다시 열여섯 살이 되면, 다시 열여섯 살이 되면, 오토바이를 사겠어. 학교를 부수고 시청을 폭파할 거야. 토요일 밤이면 은행을 털러 가지. 제국의 모든 은행을 털게 되면 기념 사진을 찍어 신문사에 보낼 테야. 그 사진 속에 나는 가운뎃손가락을 우뚝 세운 채 웃고 있겠지. 그리고 나서 홀가분한 마음으로 무인도로 가겠어. 그곳에서 나는 엄숙하게 방탕한 열여섯의 왕국을 선언할 거야. 알몸으로 수영을 하고, 물고기를 구워 먹고, 야자수 아래서 낮잠을 자지. 그곳의 율법은 바로 나야. 내가 바라는 바로 그것이 현실이지. 모든 것은 내가 원하는 대로 존재해. 위대한 내가 너를 불러. 어둠 속에서 넌 내가 되지. 그렇게 우리는 자웅동체였던 그 옛날의 신이 되는 거야.'

그의 반쪽인 나는 신성한 그에게 호소했다.

'당신의 낙원이 도래하게 하소서. 만약 그것이 이 순간에 이루어지지 않는다면 나는 영원히 다음을 기다리지 않으리라.'

새벽녘, 전화벨 소리에 나는 잠에서 깼다. 열린 문틈으로 거실에서 전화 받고 있는 어부의 모습이 보였다. 이윽고 수화기가 내려지고 그는 생각에 잠겼다. 나는 그런 그의 모습이 너무도 낯설어 황급히 그를 불렀다. 그러자 그는 지난밤 내가 겪었던 다정한 모습으로 돌아와 웃었다.

"무슨 전화였어?"

"남겨진 일 때문이야."

"무슨 일?"

"중요하지 않은 거야." 침대 속으로 들어오며 그가 말했다. "진, 한 가지만 약속해줄래?"

"무슨 약속?"

"무슨 일이 있어도 날 버리지 않겠다고."

"바보, 어떻게 그럴 수 있겠니?"

나는 그의 목을 끌어안고 이마에 키스했다.

*

아저씨는 다음날 오후에나 집에 돌아온 나를 말없이 반겨주었다. 그는 지난밤 내게 있었던 일을 짐작하고 있었을 것이다. 그러나 그는 내 때늦은 귀가에 대해서 아무것도 묻지 않았다. 그것을 언급함으로써 인정하고 싶지 않은 사실을 확인하기 싫었기 때문이다. 그러나 잔인한 나는 그의 가슴에 쐐기를 박았다.

"어젯밤 어부의 집에 있었어요."

어부를 사랑한다는 사실이 아저씨에게 버릇없게 구는 구실이 될 수는 없었다. 그러나 그때 나는 오로지 아저씨에게 거리를 둠으로써만 어부와 가까워질 수 있다고 생각했다. 그래서 나는 매순간 아저씨에게 더 이상 내가 소리의 바다에서 뛰어놀던 철없던 그 아이가 아니라는 사실을 확인시키려고 했다. 나는 그에게 내가 스스로를 돌볼 줄 아는 성인이라는 사실을 알리려고 했다. 나는 그렇게 그에게 때 이른 작별 인사를 하고 있었던 셈이다. 그러나 아저씨는 그 모든 나의 무례를 쓴웃음으로 삼켜주었다. 그 인내의 깊은 의미를 이해할 수 없었던 나는 그런 그가 비굴하게만 여겨졌다. 그러나 그와 나와의 그 껄끄러운 도시 생활마저도 얼마 가지 않아 깨어지고 말았다. 녹음이 짙어가던 여름의 한낮, 한 떼의 무장한 사내들이 산사나무 거리 133번지에 들이닥쳤다. 그들은 아무런 설명도 없이 그를 끌고 가버렸다.

　나는 눈앞에서 일어난 일들을 이해할 수 없었다. 한동안 망연히 서 있던 나는 어부에게 전화했다.

"진정하고 천천히 말해봐." 전화선 저쪽에서 그가 말했다.

"아저씨가 잡혀갔어, 무장한 남자들에게." 당황한 나는 이미 훌쩍거리고 있었다.

"잘 생각해봐, 진. 그들에게서 어떤 특징이 될 만한 것을 못 보았니?"

"아니, 아무것도."

"이상한 옷을 입었거나 특이한 물건을 가졌거나."

"생각나는 게 하나도 없어."

"그렇담 바닥을 잘 살펴봐. 그 정도의 몸싸움이 있었다면 무언가 떨어졌을지도 모르니까."

　나는 어부의 말대로 어수선한 거실 바닥을 살펴보았다. 그리고 탁자 밑에서 떨어진 라이터를 발견했다.

"라이터가 있어. 이건 아저씨 게 아니야. 아저씨는 담배를 피우지 않아."

"그렇다면 그들 중 하나가 떨어뜨리고 간 것이겠지. 대체 어떻게 생겼어?"

"금빛인데, 쌍두(雙頭) 독수리가 새겨져 있어."

"그럼 이야기가 심각해지는데." 그는 잠시 뜸을 들이더니 말했다.

"잘 들어둬 진, 네 아저씨를 끌고 간 것은 비밀 경찰 같아. 금빛 쌍두 독수리는 그들의 엠블럼이야. 그렇다면 아저씨가 반제국적 활동에 참여했다는 뜻인데. 혹시 진, 아저씨가 수상한 사람들과 접촉하는 것을 본 적 있니?"

"아니. 아저씨 주위에는 좋은 사람들뿐인걸."

"제발 그러지 말고 잘 생각해봐. 무슨 단서가 될 만한 것이 있을 테니."

"혹시, 그렇다면 카타콤이."

"그게 뭐지, 진?"

"언젠가 아저씨와 새로운 카타콤이란 곳에 간 적이 있어. 그곳에서 아저씨의 옛 친구들을 만났지."

"됐어, 진. 무슨 뜻인지 알겠어. 그러나 전화론 이야기가 곤란해."

"왜지? 어부. 도대체 어떻게 돼가는 일이야?"

"만나서 이야기하자. 지금 넌 도청당하고 있을지도 몰라. 지금 곧장 내 집으로 올 수 있겠니?"

나는 불안에 떨면서 어부의 집으로 갔다. 그는 나를 보자 꼭 끌어안아주었다.

"놀랐지."

다른 때 같았으면 그의 포옹은 나를 안심시켰을 것이다. 그러나 나를 안는 그의 팔에는 너무 힘이 들어갔고 그의 몸은 지나치게 긴

장되어 있었다. 순간 나는 그가 낯설고 무서웠다. 그의 아파트조차 다른 때와 다른 냄새를 풍기고 있었다. 그러나 나는 밀려오는 불안감을 애써 누르며 그에게 말했다.

"이젠 어떡하지?"

어부는 나를 의자에 앉히며 다정하게 말했다.

"이제는 괜찮아. 내가 있잖아?"

"으응." 나는 천천히 고개를 끄덕였다. 이제 내가 믿을 사람은 그밖에는 없었다.

"우선 마음부터 가라앉혀." 어부는 나를 안정시키려는 듯, 따뜻한 차를 내왔다. 그는 차근차근 카타콤에 대해 물었다. 나는 뭐든 도움이 될까 싶어 그날 황무지에서 있었던 일들을 털어놓았다. 그는 그 카타콤이 제국과 맞서는 위험한 세력이라고 말했다.

"아마도 네 아저씨는 그들을 잡아들이기 위한 미끼인 것 같아. 그러니 누군가 너에게 그날의 모임에 대해 묻는다면 넌 끝까지 모른다고 해야만 할 거야. 그렇지 않으면 너까지 다치게 돼. 혹시, 진, 그날 네가 만났던 제인이나 다른 사람들의 연락처를 알고 있니?"

나는 말없이 고개를 가로저었다.

"혹시 그들과 연락이 되거든 내게도 알려줘. 미리 피하지 않는다면 그들도 너의 아저씨와 같은 신세가 될 거야. 혼자 행동하지 마, 진. 상황이 너무 급박해."

빈 찻잔을 내려놓으며 나는 고개를 끄덕였다. 찻잔을 내려놓은 탁자에는 재떨이가 놓여 있었다. 재와 타다 남은 담배가 남아 있는 재떨이. 비로소 나는 이 집에 들어오는 순간 맡았던 역한 냄새의 정체를 알 수 있었다. 아저씨와 마찬가지로 어부는 담배를 피우지 않았다. 내가 오기 전까지 누군가가 이곳에 있었던 것이다.

　여름이 가고, 찬바람이 지기 시작한 나뭇잎들을 떨굴 때까지도 나는 아저씨를 만날 수 없었다. 어부가 몇 번이고 아저씨는 돌아오지 않을 거라고 했지만 나는 그 말을 믿지 않았다. 나는 산사나무 거리에 있는 우리집에서 아저씨가 돌아오기만을 기다렸다. 그가 돌아오면 나는 공손히 사과하리라. 다시는 그에게 공연한 심술을 부리지 않으리라. 더 이상 그를 괴롭히지 않으리라. 그렇게 다짐하고 또 다짐해도 내 사과를 받아줄 아저씨는 돌아오지 않았다. 한 달이 되고 두 달이 되고 석 달이 돼도 그는 돌아올 줄 몰랐다.
　이윽고 어부가 완강히 저항하는 내게 짐을 싸라고 했다. 조만간 집을 비우지 않으면 안 된다는 것이었다. 더 이상 이곳은 아저씨와 나의 집이 아니라고 했다. 집은 이미 다른 사람 손에 넘어갔고 내게는 그곳에 남을 권리가 없다고 했다. 그가 들은 소식에 따르면 끌려간 아저씨는 비밀리에 재판을 받고 제국에서의 추방이나 삼 년 동안의 교화 과정 중 하나를 선택하도록 판정받았다고 한다.
　"그럴 경우 대부분의 사람들은 추방령을 선택해. 그것이 무엇을 뜻하는지는 알고 있겠지? 이제 넌 아저씨를 기다릴 필요가 없어." 어부가 말했다.
　그러나 나는 대답 대신 침대에 걸터앉아 시계를 만지작거렸다. 여행을 떠날 때면 아저씨는 언제나 이 시계를 찼다. 길을 떠나는 순간부터 잠시도 그의 손목에서 떨어지지 않던 나침반이 달린 시계. 그는 이별을 달가워하지 않던 내게 이렇게 말하곤 했다. 나침반이 달린 이 시계만 있다면 아무리 먼 곳에서도 길을 잃지 않고 집으로 돌아올 수 있다고. 집으로, 내가 기다리고 있는 집으로. 나는 그가 꼭 돌아오리라는 것을 믿었기에 기분좋게 그를 배웅할 수 있었다. 그런데 지금 아저씨는 이 시계만 남겨두고 어디로 간 것일까?

"새로 이사한 곳은 네가 겁내지 않을 만큼 밝지만 그리 넓지는 못해. 여기 있는 물건들을 다 실어갈 순 없으니까 간단한 옷가지만 가지고 와."

"아저씨를 만날 수 있을까?" 고개를 들지 않은 채, 나는 그에게 물었다.

"불가능해. 추방령을 선택한 순간부터 그는 일반인과의 접촉이 금지돼."

"아주 잠시만이라도 좋아. 난 그에게 작별 인사를 하고 싶어. 이제 다시는 만날 수 없을지도 모르잖아?"

나는 쏟아질 것만 같은 눈물을 애써 누르며 말했다. 그러자 어부는 내가 쥐고 있던 시계를 빼앗으며 말했다.

"잘 들어둬, 진. 너까지 제국의 눈 밖에 날 필요는 없어. 그도 그 점을 이해할 거야."

"설령 그렇다 해도 그는 긴 시간 동안 내 보호자였어. 난 아직도 그에게 감사하다는 말조차 하지 못했어."

"아직도 모르겠니? 넌 그를 잊어야 해. 이제라도 넌 평범한 여자답게 사는 법을 배워야 해."

"정말, 아저씨를 만날 수 없을까?"

나는 절망적인 심정이 되어 물었다. 그러자 어부는 내 쪽을 향해 한치의 틈도 보이지 않는 단호한 표정으로 고개를 저었다.

*

내가 어부의 새 아파트로 이사한 지 얼마 후의 일이다. 그는 환호성을 지르며 계단을 뛰어올라왔다. 우연찮게 대학에서 보직을 얻었다는 것이다. 어느새 도시를 떠나겠다는 그의 결심은 사라지고 그의 가슴속에는 다시 눈부신 성공의 꿈이 자라기 시작했다. 그때 나는 무엇인가 어긋나고 있다는 것을 느꼈지만 그것을 입에 담아 그의 모처럼의 기쁨을 깨고 싶지는 않았다. 그러나 시간이 지날수록 그 불길한 예감은 점점 현실로 다가왔다. 어부는 이유 없이 내게서 멀어져갔다. 어느덧 집으로 향하던 그의 발길이 뜸해지고, 어쩌다 새벽녘에라도 얼굴을 보이는 날이면 다정한 말 한마디 없이 나를 안았다. 그의 일이 순조로워질수록 그는 나를 부담스러워했다.

"그건 네가 완벽하지 않아서야. 내 여자다 싶어지다가도, 어디엔가 너보다 더 나은 여자가 있을 것 같은 생각이 들거든."

그것이 그가 나를 사랑할 수 없는 이유였다. 그는 자신의 약한 마음을 미워했고 사랑받고 싶어하는 자신의 욕구를 애써 부인했다. 내가 그의 마음에 꼭 들게 사랑을 표현해주지 않는 것을 견딜 수 없어했으며 그의 어머니가 실망시켰던 부분을 내가 채워줄 수 없다는 사실에 분노했다. 그러나 나는 그를 위해 성모 마리아가 되어줄 수는 없었다.

헐벗은 가로수들이 스산한 거리를 지키는 늦가을 저녁 나는 우편함에서 발신인 없이 내 앞으로 온 편지 하나를 발견했다. 노란 은행나무 잎이 그려진 종이 위에는 다음과 같은 글귀가 적혀 있었다.

'문수씨를 밀고한 것은 당신과 함께 있는 바로 그 사람입니다.'

그러나 그 편지가 아니더라도 이미 나는 어부가 거짓말을 하고 있다는 것을 알고 있었다. 아저씨가 나를 이곳에 남겨두고 추방령을 선택했을 리가 없었기 때문이다. 그러나 나는 어부의 말을 믿으려고 애썼다. 내가 아저씨를 버리기 전에 아저씨가 나를 이 혼란한 도시 속에 남겨두고 자신만의 살길을 찾아 떠났다고. 나는 이제 어부와 함께 새 길을 찾을 수밖에 없다고.

보다 정직해지자면 나는 어부를 두고는 떠날 수가 없었다. 그것이 아저씨에 대한 배신이 될지언정 나는 내게 그런 거짓말을 하고 있는 그를 미워할 수 없었다. 나는 누군가를 밀고하지 않고서는 살아갈 수 없는 그의 삶을 동정했다. 나는 그런 그를 돕고 싶었다. 누군가를 사랑한다는 것은 자기 방어를 하지 않은 채, 상대에게로 나아간다는 뜻이 아닌가? 어리석게도 나는 내가 그의 두터운 거짓과 기만의 각질을 벗겨낼 수 있을 것이라고 믿었다. 나는 기적을 꿈꾸었다. 어느 날 문득 그가 자신의 영혼이 제국에 저당잡혀 있다는 것을 깨닫고 그것을 되찾기 위해 용감히 싸울 것이라고. 그리고 냉정함과 일사불란함의 가면을 벗고 무장을 해제한 채, 내게로 올 것이라고. 그러나 그것은 공허한 감상에 불과했다.

때때로 우리는 누군가를 향한 가슴 아픈 연민에 눈을 뜬다. 그리고 안타까운 심정으로 도움의 손길을 내민다. 그러나 우리의 마음이 아무리 절절해도 상대가 전혀 도움을 원하지 않을 수도 있다.

세상의 모든 일은 그 나름의 방식대로 움직여진다. 내가 아무리 그를 돕고 싶어해도 그는 고통스러워할지언정 자신의 삶의 방식에 만족하고 있었다. 내 도움은 그가 원했던 일도, 필요로 했던 일도 아니었다. 그러나 그때 나는 그 뼈아픈 진실을 받아들일 준비가 되어 있지 않았다. 우리는 진정한 사랑을 원하지만 그것은 우리의 손길이 닿지 않는 먼 곳에 있는 것인지도 모른다.

어느 날 길고긴 외출을 끝내고 돌아온 그가 말했다. 이제는 나를 사랑하지 않는다고. 아니 한 번도 나를 사랑한 적이 없었다고. 가엾게도 그는 자신을 보호하는 법을 알고 있었다. 더 이상 죄의식에 시달리기 전에, 그는 숨겨진 진실로부터 도망치기로 결심한 것이었다. 내가 그에게서 돌아서기 전에 그가 먼저 내게서 등을 돌리기로 한 것이었다. 그렇게 그는 그를 도울 단 한 차례의 기회도 주지 않고 내 곁을 떠났다. 그것이 이기는 것만큼 지는 게임인 줄도 모르고 말이다.

*

세계가 나를 위해 존재하는 것이 아니라면 원하는 대로 일이 풀리지 않는다고 화를 낼 수는 없는 일이다. 그러나 어리석게도 내가 꿈꾸어왔던 유일한 미래는 언제나 다음과 같은 말로 맺어지곤 했다.

그리하여 두 사람은 행복하게 오래오래 살았습니다.

*

　그는 우리 사이가 끝났다고 했다. 그러나 그때나 지금이나 나는
무엇이 어떻게 끝났는지 알 수 없다. 그는 또 어딘가에서 그전처럼
살아갈 것이다. 나 역시 이곳에서 예전처럼 살아갈 것이다. 우리는
여전히 제자리에 서 있고 세상도 변함없이 그대로이다. 그러나 그
의 말에 따르면 이 변함없이 평화로운 세상에서 무언가가 끝나고
죽어 없어져버렸다는 것이다. 그것이 무엇인지는 모르지만.

*

　그 겨울은 작은 지옥이었다. 길고긴 밤이면, 결코 새지 않을 것
같은 밤이면 나는 깨어나 울었다. 그러나 그것이 상처입은 자존심
때문인지 그에 대한 연민 때문인지는 나로서는 알 수 없었다.

*

　겨울은 깊어가고 나는 점점 더 딱딱해져갔다. 유년의 집에 서 있
던 내 슬픈 어머니처럼. 겨울은 그녀에게서 사랑을 앗아가버렸다.
눈의 여왕은 거친 눈보라를 몰고 와 그녀의 유일한 사랑을 얼려버
렸다. 그러나 이 겨울은 날 위해 눈조차 내려주지 않았다.

*

비가 내렸다. 석 달 열흘 비가 내렸다. 그가 떠난 빈 공간에 누구의 눈물인지 모를 물방울들이 돋아나고 금이 간 벽 사이로 고통이 샘물처럼 고였다. 나는 하루 종일 창가에 서서 내리는 비를 바라보았다. 도시는 희뿌연 안개로 어렴풋했고 그에 대한 기억도 아득하기만 했다. 그러나 갑자기 차오르기 시작한 의문들은 나를 익사 직전으로 몰고 갔다. 어부는 왜 나를 사랑하지 않았을까? 그러나 나는 곧 그 질문이 옳지 않다는 것을 깨달았다. 그는 나를 사랑하지 않은 것이 아니었다. 그는 누군가를 사랑할 수 없었던 것이다.

이 도시가 그의 크고 순결한 심장을 가지고 가버렸다. 제국의 관료들은 어린 그를 차가운 제단 위에 눕혔다. 은빛 메스로 그의 흉부를 가르고 희망과 공포, 사랑과 증오를 느낄 수 있는 유일한 기관을 제거해버렸다. 그리고 그의 몸에 차가운 금속 갑옷을 입혔다. 관료들은 이제 막 할례를 끝낸 그의 귀에 속삭였다. 이곳에서는 모든 것이 가능해, 너는 원하는 모든 것을 가질 수 있어. 그래서 그는 잃어버린 심장을 대신할 것들을 찾기 시작했다.

어리석게도 나는 내가 그의 잃어버린 심장이 될 수 있을 것이라고 생각했다. 나는 내 사랑이 그를 구원할 것이라고 믿어 의심치 않았다. 나는 그와 함께, 저 무시무시한 제국과 싸울 수 있을 것이라고 생각했다. 잃어버린 심장 때문에 고통스러워하던 그는 그러나 나의 편이 아니었다. 일곱 개의 바다를 건너, 일곱 개의 산을 넘어, 일곱 개의 하늘을 지나, 아무도 돌보지 않는 바람의 둥지 속에

그는 그의 심장을 남겨놓고 떠났다. 그를 잃고 우는 그의 신부를
바람의 둥지 속에 남겨놓고 그는 관료들 속으로 걸어들어갔다. 그
는 희생자가 아니라 가해자의 편에 서길 원했던 것이다.
"알고 있니, 어부? 그건 배신이야."

*

나는 꿈을 꾸었다. 꿈속에서 나는 소리의 바다에 있었다. 나는
어둠 속에 앉아 울고 있었다. 나는 가능하다면 시간을 되돌리고 싶
었다. 이제껏 써내려온 과거를 없었던 것으로 하고 모든 것을 새로
시작하고 싶었다. 그때 누군가가 내 꿈속으로 들어왔다. 그녀는 릴
리스가 일깨운 애욕의 향기에 도취되어 해변을 달리고 있던 '보다
어린' 나였다. 젊은 그녀는 지금 막 눈을 뜬 불길에 달아올라 있었
고 부딪치는 바람에 젖어 있었다. 그녀는 곧 어둠 속에서 나를 발
견했다. 그녀는 내 모습 속에서 보지 말아야 할 무언가를 본 듯 섬
뜩한 표정을 지었다. 그런 그녀를 보자 내 머릿속에 한 가지 생각
이 스쳐갔다. 그녀만이 모든 일을 없었던 것으로 되돌릴 수 있다.
그녀만이 유일한 희망이었다. 나는 그녀에게 다가올 미래를 경고
해야만 했다. 나는 뿌리치는 그녀의 두 팔을 잡으며 말했다.
"사랑을 믿지 마. 사랑하는 사람들 사이에도 강한 쪽이 있고 약한
쪽이 있어. 주는 쪽이 있는가 하면 받는 쪽이 있지. 이용하는 쪽이
있으면 이용당하는 쪽도 있어."
"그건 공평치 않아. 공평치가 않다고." 겁을 먹은 그녀가 뒷걸음

질쳤다.

"사랑이란 게 원래 공평치가 않아." 나는 마지막 희망에 매달리며 그녀에게 호소했다.

그러나 두려움으로 창백해지는 그녀의 얼굴을 바라보며 나는 내 기대가 부질없었던 것임을 깨달았다. 과거의 나마저도 나를 반기지 않았다. 이대로 영영 과거는 돌이킬 수 없는 것이 되고 나는 영원히 현재 속에서 고통받으리라. 그러나 그 누가 지치고 초라한 자신의 미래를 꿈꾸겠는가? 아직 오지 않은 사랑의 꿈으로 들뜬 그 어떤 아가씨가 사랑에 배신당하는 처절한 미래를 받아들이려 할 것인가? 공포와 분노에 몸을 떨며 그녀는 눈앞의 돌멩이를 집어들었다. 내가 그녀에게 있어서 아무것도 아니라고, 나는 그녀에게 아무런 영향도 미칠 수 없을 것이라고 울부짖으며 그녀는 돌을 던졌다. 이윽고 뭉툭한 고통이 머리를 스쳐갔다. 그러나 나는 비명을 지르지 않았다. 이마를 흐르던 끈적한 선혈이 손등에 떨어졌다. 그래도 좀처럼 분이 삭지 않던 모양인지 그녀는 적개심을 품은 작은 목소리로 으르렁댔다.

"나는 너를 증오해. 너 따위는 죽어버리는 게 낫겠어!"

나는 혼란스러웠다. 나는 나 자신을 이 지경으로 만든 그 누군가를 증오했다. 그러나 그것은 대상 없는 분노였고 또한 적 없는 싸움이었다. 나는 나보다 더 상처입은 어부를 미워할 수 없었다. 그렇다고 아직 철없는 나를 미워할 수도 없었다. 내가 화낼 수 있는 상대는 오로지 나의 어리석음뿐이었다. 나는 어리석은 사랑 때문에 우는 내가 미웠다. 그런 자신을 용서할 수 없었다. 나는 막연히 사랑을 꿈꾸며 그 아름답고 평화롭던 소리의 바다를 떠나왔다. 결국 이 참담한 순간으로 막을 내릴 그 사랑을 찾아 아저씨가 베풀어준 그 모든 친절을 무시했다. 그리고 그 대가로 나는 모든 것을 걸었던 사랑을 잃고 말았다. 물은 점점 더 차오르고 나는 눈물의 못에 빠져 익사 직전이었다. 고통은 물고기처럼 떼지어다니고 회한이 밀물처럼 몰려왔다. 드디어 어둡고 컴컴한 심연으로부터 해초처럼 하늘거리는 검은 머리카락을 가진 창백한 푸른 얼굴이 떠올랐다. 그녀는 죽음의 섬뜩한 한기를 내뿜으며 내게 다가왔다.

그녀는 물의 요정, 배신당한 처녀의 넋, 첫날밤 신랑에게 살해당한 철모르는 신부, 살아 있는 생명을 얼어붙게 하는 눈의 여왕, 먹이를 찾는 배고픈 아귀, 지옥에서 돋아나는 맨드레이크.

그녀는 그 길고 처연한 머리카락을 내 목에 감았다.

"이제 넌 아무것도 아니야. 세상에서 널 기억해주는 사람은 아무도 없어."

그녀는 나를 눈물의 못 바닥으로 끌고 내려갔다.

"모두가 네게 등을 돌려도 나만은 너를 돌보지. 이제 나와 함께 가. 더 이상 고통받지 않는 곳으로."

그녀의 목소리는 차갑고 무서웠지만 나는 살아 있는 한 지금의 상실감과 회한으로부터 도망칠 수 없다는 것을 잘 알고 있었다. 이 순간으로부터 벗어나는 길은 단 한 가지뿐이었다. 내게는 선택의 여지가 없었다. 그것은 그녀를 따라 무감동한 평화 속으로 들어가는 것이었다. 나는 내 영혼이 내 몸에서 벗어나기를 바랐다. 나는 이제 다시는 어부가 돌아오지 않으리라는 것을 알고 있었다. 나는 버려졌다. 그리고 세상과 나를 연결시켜주던 마지막 고리인 아저씨마저 잃었다.

*

　꿈에서 깨어난 후, 나는 무거운 몸을 일으켜 마지막 작업에 착수했다. 나는 모든 문을 굳게 잠그고 가스 레인지의 밸브를 열었다. 그리고 납작하게 바닥에 누워 물의 요정이 이끄는 대로 심연 속으로 가라앉았다. 내 마음 어디선가 '안 돼' 하는 핏발 선 아저씨의 목소리가 들렸다. 나는 다시 한 번 귀를 막고 그 소리를 못 들은 척 했다. 왠지 눈물이 뺨을 타고 흘러내렸다.
　'얼마나 기다려야 모든 것이 끝날까?'
　그러나 시간은 내 편이었다. 곧 온몸에 힘이 빠지고 정신이 아득해졌다. 이윽고 나는 몸에서 일어나 헐벗은 내 껍질 위로 떠오르기 시작했다. 이제 나는 어디에도 얽매이지 않는 자유로운 영혼이었다. 나는 손을 바라보았다. 반투명해진 손은 어른어른 빛났고 바닷말처럼 하늘거렸다. 불현듯 내 눈앞에 빛의 터널이 만들어졌다. 터널은 무서운 속도로 열리며 내 쪽으로 다가왔다. 마치 태풍의 눈처럼 고요한 터널의 주위에는 눈부신 빛이 소용돌이치고 있었다. 이제 나는 혼자였다. 보이는 것은 나를 에워싼 완전한 빛뿐이었다. 나는 그토록 눈부신 빛을 본 적이 없었다. 그런데도 그 강렬한 빛은 조금도 눈을 아프게 하지 않았다. 어두운 곳에서 밝은 햇살 속으로 나아갈 때 느끼는 따가움과는 달리 그 빛은 내 눈을 부드럽게 어루만져주었다. 그것은 마치 한결같은 사랑의 표현 같았다. 그 순간 누군가가 그 빛 속에서 내게 걸어왔다. 안개 속의 그림자처럼 흐릿한 그 형체만을 보고도 나는 그녀가 누군지 알 수 있었다. 그리고 빛의 대지로부터 한순간에 녹음이 자라오르기 시작했다. 어느새 내가 있던 곳은 잎새 큰 나무들로 우거진 열대 우림이 되어 있었다. 그녀의 어깨 위로 초록색 앵무새가 날아올랐다.

"할머니." 그녀를 보자 다시 열두 살로 돌아간 나는 그 그리운 품에 안겼다. "이제 여기 있을래요. 이제는 아무데도 가지 않고 할머니 곁에 있을래요."

그녀는 나를 자줏빛 카우치로 데려가 앉혔다. 그리고 향기로운 재스민 차를 따라주었다. 다시 본 할머니는 소리의 바다를 찾아온 마마와 많이 닮아 있었다. 할머니는 좀더 젊은 모습으로 내게 찾아왔던 것일까?

"언제나 나는 너를 그리워했지. 그러나 이렇게 만나고 싶었던 것은 아니야."

"무슨 말을 하시는 거죠? 이제 겨우 만났는데."

"돌아가라 진. 이곳은 네가 있을 곳이 아니야."

"제 몸은 부엌 바닥에 싸늘히 식어 있어요. 할머니 전 죽었어요. 제게는 이미 돌아갈 곳이 없어요. 그러나 전 이미 오래 전에 죽었는지도 몰라요. 눈물이 마르기 시작하고, 오지 않는 그로 인해 심장이 깨어졌을 때 저는 이미 그때 죽었어요. 전 제 몫의 삶을 다 경험했어요. 이제 다시는 슬픔과 분노에 노출되고 싶지 않아요."

"진, 그러나 삶은 고통인 동시에 기회란다. 너에겐 남겨진 운명이 있어. 넌 그것을 완성시켜야 해."

하긴 그랬다. 멀고먼 옛날, 보다 젊고 아름다웠던 시절, 내게는 한 벌의 운명이라는 것이 있었다. 그것은 신의 음성에 맞추어진 라디오가 되는 것이었다. 나를 통해, 천지 창조 때의 그의 목소리가 흘러나오게 하는 것이었다. 그러나 그것은 아주 멀고먼 옛날의 일이다. 나는 두 손에 얼굴을 파묻으며 말했다.

"할머니는 아무것도 몰라요. 할머니는 너무 오래 전에 죽어버렸기 때문에 고통이 어떤 건지 슬픔이 어떤 건지 다 잊어버렸어요. 전 또다시 버려지기 싫어요. 이제는 혼자라는 것이 무서워요. 그러니 제발 절 이곳에 있게 해주세요. 전 사랑받지 못하는 제 자신이 두려워요."

할머니는 그런 나를 꼭 안아주었다.

"빗나간 사랑이 널 망쳐놓았구나. 그러나 세상에는 채우기 위해 비워야 할 것도 있단다. 인생의 목적은 사랑받는 사람이 되는 것이 아니라 자기 자신이 되는 거란다. 너에게는 깨워서 완성시켜야 할 운명이라는 것이 있어. 그것은 네 사랑으로 채워야 할 것이지 누군가의 사랑으로 채워질 수 있는 것이 아니야. 누군가의 사랑을 얻기 위해서 그의 기대에 맞는 사람이 되려고 하지 마라. 그의 기대에 맞는 사람이 될 수 없었다고 자신을 나무라지도 마라. 있는 그대로 너의 모습을 받아주지 않는 사람이라면, 네가 너의 운명을 완성시킬 수 있도록 돕지 않는 사람이라면 그는 진정한 너의 사랑이 아니야."

"그래도 전 그를 사랑해요."

"아가, 이젠 그를 포기해야만 해. 그에겐 누군가를 사랑할 수 있는 능력이 없어. 그는 자신조차 사랑할 수 없는 사람이야. 그래서 그는 너의 사랑이 될 수가 없어."

“왜 그는 사랑할 수 없는 거죠? 왜 그는 그토록 증오하던 관료들 사이로 돌아가버린 거죠?”

“그에겐 진실과 대면할 용기가 없었어. 그래서 권력에 대항해 이길 수 없는 싸움을 하기보다 권력의 편에 서기로 했던 거지. 그는 힘을 잃게 되면 자신이 무가치해질 거라고 생각했어. 그는 그 사실이 견딜 수 없이 무서웠던 거야. 그래서 그는 그렇게 아버지를 증오하면서도 또다시 아버지 길을 택하고 말았지. 슬픈 일이야.”

“모르겠어요. 이제는 아무것도 모르겠어요.”

“때가 되면 이해하게 될 거다. 그러니 지금은 네가 할 수 있는 일을 하면 돼. 이제 네가 있을 곳으로 돌아가라, 라디오 진.”

“할머니는 언제나 무리한 것만 요구해요.”

“난 네게 너의 어머니 같은 후회를 남길 순 없어.”

“엄마가 후회했나요?”

그러자 할머니는 비스듬히 고개를 돌려 맞은편을 바라보았다. 나는 볼 수 있었다, 나무 그늘 뒤에 서 있는 그림자를. 그녀는 어둠 속에서 침묵하고 있었다. 그러나 나는 그 침묵 속에서 무겁게 내려앉은 그녀의 우울을 읽을 수 있었다.

가.없.은.나.의.어.머.니.

다시 소리의 바다로

*

　깨어나 보니 병원이었다. 푸른 불빛 아래에 종이 인형 같은 그림자들이 하늘거리고 있었다. 그들은 누워 있는 내게 무언가 말을 걸려고 했다. 그러나 그들의 말은 마디마디 깨어져 알아듣기가 어려웠다. 나는 내 귀환이 완벽하지 못하다는 것을 눈치챌 수 있었다. 나는 현실과 유리되어 있었다. 세상에 존재하는 어떤 것도 부피와 무게를 지닌 채 내게 다가오지 않았다. 나는 세계와 나 사이를 조절하는 원근감을 잃어버린 것이다. 나는 평면처럼 납작한 회색 공간을 토막난 말들과 함께 떠다니고 있었다. 갑자기 공포가 내 목을 조여왔다. 나는 가능하면 뭐든 이야기해보려고 했다. 하다못해 비명이라도 지르려 했다. 그러나 내 목에서는 어떤 것도 소리가 되어 나오지 못했다. 돌연 나는 내가 처한 상황을 깨닫지 않을 수 없었다. 나는 이 낯설고 기묘한, 결코 적응할 수 없었던 그 현실이라는 곳의 한복판에 내던져진 것이었다. 그것도 사물과 자신과의 거리를 조절해주는 원근감과 그것을 연결시키는 말을 잃어버린 채 말이다.

또 얼마나 시간이 흘렀는지 모른다. 나는 혼자 방치되어 있었다. 병실은 온통 회색뿐이었다. 단 하나의 창문에 드리워진 커튼의 연두색만이 내가 볼 수 있는 유일한 색깔이었다. 나는 가만히 누워 연둣빛 커튼이 흔들리는 것을 지켜보았다. 때가 되면 사람들이 찾아와 진정제를 놓아주었다. 그러면 흔들리는 연둣빛 커튼은 색 바랜 노란빛으로 변해가고 나는 곧 가수면 상태로 떨어졌다. 나는 상냥하고 착한 환자였다. 나는 결코 화를 내거나 싫은 내색을 비치지 않았다. 나를 죽음으로 밀어놓았던 흥분과 동요도 이미 나를 떠난 뒤였다. 이제 나를 지배하는 것은 무기력이었다. 신의 눈에는 모든 것이 평등하기 때문에 그에게 세계는 평면으로 보인다는 말이 있다. 지금 내 눈앞에 펼쳐지는 세계 또한 회색의 무관심 속에서 평등했다. 나는 그런 비현실감에 저항하지 않았다. 나는 단지 혼자 있기만을 원했다. 소리도 움직임도 없는 병실에서 흔들리는 연둣빛 커튼을 바라보는 것만으로도 나는 만족했다. 어쩌면 나는 그 나른한 비현실감을 즐겼는지 모른다. 그러나 그러한 평화마저 오래가지 못했다.

한 무리의 사람들이 나를 방주로 보냈다. 방주, '바보들의 배'라고 불려지는 그곳은 시 외곽에 설치된 요양소였다. 그들은 나를 굵은 쇠창살로 만든 조롱 속에 가두었다. 그 굵은 쇠창살 안에는 이제 내 동료가 된 사람들이 있었다. 몇은 개처럼 웅크리고 앉아 으르렁거렸고 몇은 뒤틀어진 자세로 꼼짝 않고 서 있었다. 또 몇은 죽은 시체처럼 굳은 몸으로 걸어다녔다. 나는 뻣뻣하게 서서 주변의 모든 것을 바라보았다. 결코 원하지는 않았지만 그래도 이곳에서 진행되고 있는 그 현재라는 시간에 집중해보려고 했다. 그때 누군가가 외쳤다. 나는 귀에 울리는 박절된 말들을 끌어모아보려고 애썼다. 정확히는 알 수 없었지만 그는 이렇게 말하는 듯싶었다.

"형제여, 개들의 형제여! 세상에는 엄청난 불의가 있다. 더 이상 세상의 불의를 허용하지 마라. 무서운 불행이 너희를 기다리고 있다. 개들의 형제여, 나는 참을 수 없는 고통을 받고 있다. 도와다오, 형제들이여. 나를 버리지 말아다오. 나는 격렬한 죄책감의 무게에 못 이겨 이렇게 고개를 숙이고 있다. 나는 끝없는 죄악으로 비난받고 통렬한 고통에 시달린다. 어떻게 이런 내 처지를 말로써 형언할 수 있겠는가? 나는 모든 점에서 비난받고 있다. 그러나 맹세컨대 나는 결백하다. 그러나 동시에 나는 유죄이다. 내 고통은 한이 없다. 형제들이여, 나를 도와줄 수 없겠는가? 형제들이여, 나는 저주받고 있다. 나는 두렵다. 나는 결백한 죄인이다."

그 목소리는 날선 비수가 되어 내 마음을 저몄다. 그 외침 속에서 나는 새까맣게 그을린 채 죽은 자드키엘의 마지막 모습을 떠올렸기 때문이다. 그렇게 가지 않았다면 그도 결국 나와 함께 '바보들의 배'를 탔겠지. 막연하나마 나는 이곳이 제국에서 버려진 사람들이 오는 마지막 장소라는 것을 깨달을 수 있었다. 이곳은 일종의 쓰레기 하치장이었다. 제국에서 그 쓸모를 잃어버린 사람들이 태워지는 소각장이었다. 어부가 지옥보다 더 두려워했던 바로 그곳이었다. 그때였다. 참담한 내 기분을 아는지 모르는지, 헝클어진 머리의 여자가 다가와 썩은 입냄새를 내뿜으며 속삭였다.

"눈의 여왕은 강철 이빨이 달린 자궁을 가지고 있어. 그녀는 작은 새들을 먹고 살지. 새들은 그녀의 아이들이기도 해. 평소에 그녀는 아이들을 병 속에 담아 냉장고 속에 넣어두지. 그러다 배가 고파지면 얼린 아이들을 하나씩 꺼내 먹어. 그렇게 아작아작 씹다가 이빨 사이로 으깨진 작은 머리들과 뼈들을 뱉어내지. 그게 바로 우리야."

밤이 되어도 조롱 속의 새들은 잠들지 못했다. 따뜻한 햇볕 속에 아물었던 묵은 상처는 밤이 되면 다시 터지고 슬픈 기억들의 노란 고름을 흘렸다. 악취 나는 그 기억들을 쫓기 위해 새들은 베개 밑으로 머리를 처박고 울거나 괴상한 음성으로 신의 가피를 빌었다. 그러나 슬픈 기억들보다도 그들을 견딜 수 없게 만들었던 것은 밤이 주는 한기였다. 밤은 뱀처럼 섬뜩한 한기를 내뿜으며 방주를 감았다. 새들은 방주를 타고 너무도 멀리 떠나왔던 것이다. 이제 그들은 집으로 돌아갈 수 없으리라. 다시는 사랑하는 사람들과 함께 저녁을 보낼 수 없으리라. 이제 사람들은 그들이 한때 세상의 한 모퉁이를 차지했었다는 그 사실조차 잊으리라. 그들은 너무 멀리 떠나왔던 것이다. 다시는 돌아갈 수 없을 만큼.

나는 눈을 뜬 채, 침대 위에 누워 있었다. 정신은 한밤의 올빼미보다 더 초롱초롱했다. 나는 지난날 내게 진정제를 놓아주던 그 천사 같은 간호사들이 그리웠다. 그러나 여기서는 그런 친절을 기대할 수 없었다. 덕분에 나는 맨정신으로 똬리를 튼 저 무시무시한

밤과 마주해야만 했다.

'여기는 끔찍이도 추워. 그러나 앞으로도 따뜻해지는 일은 없을 거야.'

나는 밤의 그윽한 검은 눈을 바라보며 말했다. 그러나 말은 목에 걸려 소리가 되어 나오지 못했다. 그러나 영리한 밤은 나의 말뜻을 이해했다. 그리고 그의 차가운 검은 손으로 내 가슴을 눌렀다. 그렇게 밤은 자신의 힘을 과시하려고 했다.

'아무리 겁을 주려고 해도, 소용없어. 이제 나는 죽을 수조차 없으니까.'

죽을 수조차 없다니, 그것은 얼마나 끔찍한 일인가? 그것은 내가 이 춥고 음습한 곳에서 온몸이 상처투성이인 저 새들과 영원히 함께 있어야 한다는 것을 뜻했다. 영원이란 또 얼마나 긴 시간인가?

'그렇지 않아.' 밤의 어둠 속 그 어디에선가 그리운 목소리가 나를 불렀다. '영원은 영속하는 시간이 아니야.'

그 목소리는 이내 곧 침묵 속으로 가라앉았다. 그러나 그 순간 나는 오랜만에 안도감을 맛볼 수 있었다. 나는 그 목소리의 주인을 기억하고 있었다. 그것은 문수 아저씨였다. 밤의 어둠 저편에서 내게 말을 걸어온 것은 바로 그였다. 나는 그를 버렸지만 그는 나를 잊지 않았다. 삼 년이라는 시간의 공백을 넘어 아직도 그는 나를 찾고 있었던 것이다. 이 도시의 어딘가에서 애타게 나를 부르고 있었던 것이다. 그는 내가 있는 곳을 모르고 갇힌 나 역시 그에게 다가갈 수 없지만 나는 어둠 속에서 나를 인도해줄 한 줄기 빛을 보았다. 그 어떤 것도 아저씨와 나 사이를 갈라놓지 못했다. 우리는 고립된 두 개의 섬이 아니었다. 이 넓고넓은 우주라는 그물망 속에 우리는 서로 속해 있었다. 우리는 생각보다 더 가까이 있었던 것이다. 나는 나오지 않는 목소리로 울부짖었다.

'아저씨, 나 여기 있어요. 여기에.'

*

창살에 꺾인 햇살이 병실 깊숙이 찔려오는 오후, 마침내 아저씨가 방주로 찾아왔다. 창문을 통해 나는 정문을 지나 정원을 걸어오는 그를 볼 수 있었다. 그는 내가 부르는 소리를 놓치지 않고 여기까지 온 것이다. 나는 창살을 꼭 쥔 채, 수없이 그의 이름을 되뇌었다. 그가 나를 만나러 여기까지 온 것이다. 수많은 갈림길이 그의 발길을 유혹했지만 그는 굴복하지 않고 여기까지 온 것이다. 그날 오후 내내 나는 침대에 앉아 꼼짝하지 않고 철문이 열리기만을 기다렸다. 아저씨는 전과 다름없이 그대로일까? 혹시 병든 나를 알아보지 못하는 것은 아닐까? 그러나 그날 별이 질 때까지도 철문은 열리지 않았다. 방주의 관리들은 우리의 만남을 허락하지 않았다. 그 오랜 시간 동안 그는 내게 단 하나뿐인 보호자였고 다정한 스승이었고 절친한 친구였지만 방주의 관리들에게 그 사실은 아무런 의미가 없었다. 그들은 그와 나 사이에는 아무런 연고가 없다는 이유로 그가 내게 오는 것을 막았다. 그들의 견해에 따르면 그는 내게 법으로도 혈연으로도 묶이지 않은 엄연한 타인이었던 것이다.

며칠 후, 녹색 카디건의 간호사가 나를 찾아왔다. 그녀는 벽에
그려진 낙서처럼 양감 없는 모습으로 다가와 내게 소포 꾸러미를
전했다. 발신인은 스위스에 있는 아버지로 되어 있었지만 나는 그
것이 아저씨에게서 온 것임을 직감할 수 있었다. 적어도 분명한 것
은 아버지가 이곳까지 나를 찾을 리 없다는 것이다. 간호사가 떠나
고 아무도 없는 것을 확인한 후에 나는 소포를 끌렀다. 상자 안에
는 검열이 두려웠던지, 쪽지 한 장 보이지 않았다. 그 안에서 내가
발견한 것은 작고 푸른 유리병뿐이었다.

나는 조심스럽게 푸른 유리병을 열어보았다. 그리고 울음을 터
트리고 말았다. 뚜껑이 열리자 병 안에서 안개가 흘러나왔다. 그
안개는 옷자락이나 머리카락을 적시는 어디서나 흔히 볼 수 있는
그런 안개가 아니었다. 그것은 사람의 마음을 적시는 소리의 바다
의 안개였다. 그 축축한 안개 속에는 모든 소리들을 끊임없이 받아
들이는 바다의 거친 호흡이 배어 있었다. 나는 그 바다가 그리워
울고 또 울었다. 언젠가 마마는 말했다. 영혼이 가난해졌을 때는
그것을 인정하고 물가로 가야 한다고. 상처입은 영혼을 치유하는
데 소리의 바다만큼 좋은 곳도 없다고.

나는 그 검푸른 바다가, 그 붉은 석양이, 그 오렌지색 해변이, 그
언덕 위의 집이 몹시도 간절히 그리웠다.

*

　그로부터 반년 후에야 비로소 아저씨와의 만남이 허락되었다. 녹색 카디건의 그 간호사가 나를 면회실까지 안내했다. 복도를 걷는 동안 나는 설렘과 동시에 불안을 느꼈다. 물론 나는 오직 그만이 나를 구속하고 있는 이 비현실의 장막을 찢을 수 있다고, 오로지 그만이 나와 현실을 이어줄 수 있다고 믿고 있었다. 그러나 동시에 그가 양감 없는 얼굴과 굴곡 없는 목소리로 나타나 나를 벌주지나 않을까 불안했다. 그러나 그것은 부질없는 걱정에 불과했다.

　그를 보자 한눈에 나는 알 수 있었다. 이곳까지 오는 길이 얼마나 거칠고 험했는지를. 그는 전보다 늙고 지쳐 보였다. 세월은 그의 얼굴에 지울 수 없는 굴곡을 새겨놓았다. 그러나 그가 내게 보내던 그 한결같은 미소만은 거두어가지 못했다. 아아 생명과 체온을 느낀다는 것은 얼마나 기쁘고 안심이 되는 일인가? 그는 그렇게 살아 있는 현실로 우뚝 서 있었다. 이윽고 그가 말문을 열었다.

　"이 방법밖엔 없나, 많이 고민했단다." 재회의 기쁨을 나누는 것도 잠깐 그는 무엇인지 거북한 이야기를 꺼내려고 했다.

　"진, 너는 아주 젊어. 너와 함께 도시로 오면서 결심한 것이 하나 있었지. 너에게 세상을 경험할 자유를 주겠다고. 그 자유가 내게서 널 떼어놓을지라도 말이다. 네게 결핍된 건 지식이 아니라 경험이었어. 넌 원하기만 한다면 세상의 모든 지식을 끌어들일 수 있어. 그러나 어떤 것은 체험을 통해서밖에는 익힐 수가 없단다. 나는 네게 성장할 기회를 주고 싶었어. 네가 사랑에 눈을 뜨고 내 곁에서 멀어져갔을 때도 나는 네게 바라던 경험을 주었다고 스스로를 위로했지. 그렇게 마음을 정리하려고 했어. 그러다 네가 이곳에 있다는 것을 알게 되었어. 그 소식은 내 마음을 흔들어놓았지. 그리고 아직도 이 도시에서 내가 해야 할 일이 남아 있다는 걸 깨달았어.”

그는 잠시 마음을 가라앉히려는 듯 숨을 몰아쉬었다.

“어쩌면 말이다. 나는 일이 이렇게 되기를 바랐는지도 몰라. 네가 불행해지기를, 그래서 내가 돌아갈 구실을 만들어주기를 말이야. 지금 내가 하려는 행동도 얄팍한 내 이기심에서 나오는 것이 아니라고는 장담할 순 없어.”

그는 잠시 말을 끊고 두 손으로 얼굴을 감쌌다.

“너도 알다시피 이곳에서 난 너의 보호자가 아니란다. 사실 우리는 이 사회가 인정해주는 그 어떤 연관도 가지고 있지 못해. 이곳에선 친족이 아니면 면회조차 허락되지 않아. 퇴소는 말할 것도 없고. 난 여기서 널 빼낼 방법을 생각해봤단다. 그래서 너의 아버지를 찾아갔고……”

그는 또다시 말을 잇지 못했다. 그러나 나는 그가 하려는 말을 짐작할 수 있었다. 분명히 아버지는 이 복잡한 상황에 관련되기를 거절했을 것이다.

“이 방법이 마음에 들지 않는다면 넌 얼마든지 거절할 수 있어. 기억해둬, 이것은 퇴소를 위한 방편이지 그 이상의 의미는 없다는 것을. 어쩌면 더 좋은 방법이 있을지도 몰라. 그러나 믿어주렴, 내가 아는 범위에선 이것이 유일한 방법이었다는 것을.”

그는 다가와 내 손에 작은 금반지를 떨구었다.

“다시 한 번 말하지만 너에겐 거절할 권리가 있어. 나는 지금 너에게 구혼을 하고 있는 거다.”

*

　기차 안에서 멀어져가는 얼음과 강철의 도시를 바라보고 있자
니, 그곳에서 살아남았다는 것이 새삼스럽게 느껴지고 고통스러운
한고비를 넘겼다는 사실에 안도감이 들었다. 이제는 어부를 만났
던 일도, 추락한 이카루스들의 거리도, 바보들의 배도 모두 지난
일로 돌려질 것이다. 나의 사랑과 그 고통은 이제 망각 속에 묻혀
질 것이다. 제국은 그 무서운 힘으로 나를 위협했지만 나는 그것을
버티어냈다. 그 위협 속에서도 나는 현실과의 접점을 붙들었고 미
래를 일구어낸 것이다. 내 손가락에는 내가 현실과 맺은 고리가 반
짝이고 있었다. 나는 어디에 있을지 모르는 엄마에게 말을 걸었다.
　‘엄마, 한동안 난 사랑할 가치도 없는 남자를 사랑한 것이 아닌가
의심했어요. 그러나 우리는 우연의 세계에 살아요. 내가 어부를 사
랑했던 것은 그가 다른 사람들보다 더 뛰어났기 때문이 아니라 내
가 누군가를 사랑할 수 있었을 때 그가 그곳에 있었기 때문이지요.
　나는 그가 날 사랑하지 않았다고는 생각하지 않아요. 그도 나를
사랑했어요. 나만큼은 아니었지만 그러나 그것이 그가 할 수 있는
전부였어요. 사람은 결국 자신을 사랑하는 것만큼 남을 사랑해요.
자신을 사랑할 수 없는 사람은 누군가가 자신을 사랑할 수 있다는
그 가능성도, 자신이 누군가를 사랑할 수 있다는 그 가능성도 믿지
못해요. 불행히도 그는 나만큼도 사랑이란 것을 배울 기회가 없었

던 거예요. 그에게 삶이란 나누고 보듬어야 할 그 무엇이 아니라 씨름에 가까운 것이었지요. 중심에 선 힘센 자가 힘없는 자를 밖으로 밀어내는 그래서 상대에게 밀리지 않기 위해 끊임없이 상대를 밀어내야 하는 씨름 말이죠. 그는 언제나 중심에 서려고 했어요. 그에게 있어서 주변으로 밀려난다는 것은 실패였고 일종의 타락이었죠. 그래서 그는 힘있는 자들의 의견을 무시할 수 없었어요. 그는 그들의 권위를 거스를 용기가 없었어요.

때때로 그는 내가 여자라는 것에 아무런 열등감이 없다는 사실에 놀라워했지요. 그는 중심에서 밀려난 사람이 어떻게 평안함을 느낄 수 있는지 의아해했어요. 그는 모든 삶에 내재되어 있는 보편성을 이해하지 못했던 거예요. 그가 애써 경멸했던 낙오자들도 우주와 인류를 대표하는 단수(單數)가 될 수 있다는 사실을 그는 알지 못했어요. 그러나 무시당하고 박대받는 그들 속에도 인간이 가진 모든 가능성과 한계가 고스란히 간직되어 있어요. 그래서 중심이든 주변이든, 표면이든 이면이든, 빛이든 어둠이든, 그 누구의 인생도 그 누구의 인생보다 못한 것이 아니에요.

그는 나를 사랑했어요. 그는 부인했지만 나는 그것이 거짓이라는 것을 알아요. 주위를 거스르면서까지 나를 택하진 못했지만 그래도 그는 나를 사랑했어요. 그가 날 택하지 못했던 것은, 나를 사랑하지 않아서가 아니라 그가 몹시도 세상을 두려워했던 탓이지요. 그는 그의 운명으로부터, 그의 몫의 고통으로부터 도망치려고 했어요. 어린아이처럼 누군가의 권위 뒤에 숨으려고 했어요. 어리석게도 그는 도망치기만 한다면 결코 그 자신이 될 수 없다는 사실을 몰랐던 거예요. 그는 모험을 하는 대신 저 미친 세계가 원하는 꼭두각시가 되려고 했어요. 그를 불쌍히 여기세요. 그리고 용서하세요. 그렇게밖에 사랑할 수 없었던 그를 그리고 아버지를, 상처받아 울고 있는 당신을 그리고 당신을 닮은 나를요.'

도시는 어둠 속으로 멀어지고 그렇게 내가 알고 있던 또 한 세계가 닫혀갔다. 그리고 밝아오는 새벽 창가에 바다의 모습이 비치기 시작했다.

*

기억의 집으로 돌아온 후, 나는 이제 모든 것이 예전과 같은 상태로 되돌아갈 것이라고 생각했다. 그러나 얼마 지나지 않아서 나는 그것이 막연한 기대에 지나지 않았음을 깨닫게 되었다. 이제 나는 그의 보호 아래 있는 어린아이가 아니었다. 그는 내게 한 몫의 성인의 역할을 요구했다. 우선 그와 나는 오랜 시간 비워놓았던 집을 사람이 살 만한 수준으로 복구해놓아야만 했다. 그가 벽지를 바르고 페인트를 칠하고 울타리를 다시 세우는 동안 나는 집 안을 청소하고 시트와 커튼을 세탁하고 그를 위해 요리를 했다. 나는 눈을 뜨고 나면 할 일이 산적해 있는 그 바쁜 일과를 사랑했다. 날마다 새로워져가는 기억의 집을 보는 것도 큰 즐거움이었다. 이곳에서는 내가 꼭 필요한 존재 같았고 나를 필요로 하는 곳에 내가 있다는 그 사실이 나를 안도시켰다.

모든 일이 순조롭게 진행됐지만 장보기와 관련된 문제만큼은 쉽지 않았다. 어느 날 그는 내게 새 자전거와 목에 거는 작은 수첩을 선물하더니 읍으로 장보러 가는 모든 일을 내게 떠넘겼다. 그는 내가 목소리를 잃었다는 사실을 배려하지 않았다. 낯선 사람들 앞에서 일일이 대화를 적는다는 것이 얼마나 번거롭고 부끄러운 일인가를 이해하려 하지 않았다. 내가 아무리 말도 안 되는 일이라고 반박해도 그는 자신의 결심을 바꾸지 않았다. 그는 아주 엄격했고 나는 할 수 없이 그 모든 장보기를 떠맡을 수밖에 없었다. 나는 매번 사자 굴에 던져지는 기분으로 읍내에 가야만 했다. 세월이 지나고 일이 차츰 수월해지자 나는 이번에도 그가 옳았다는 것을 인정하지 않을 수 없었다. 어느새 나는 빵가게 아저씨와 필담이긴 했지만 농담을 나누는 사이가 되었고 식료품 가게 아주머니와는 편안한 마음으로 집안일을 의논할 수 있는 사이가 되어 있었다. 길모퉁이 가판대의 노인은 내가 지날 때마다 손인사를 보내주었고 읍장 부인은 내게 자선 바자회에 참가해달라고 부탁해왔다. 모르는 사이, 나는 은둔자의 읍의 일원이 되어 있었다.

그러나 거기에서 그치지 않고 아저씨는 계속해서 새로운 일들을 벌여나갔다. 그는 전화를 놓고 웃돈을 얹어주면서까지 신문을 배달시켰다. 나는 우리에게 올 전화가 없다는 사실과 만약에 온다고 해도 나는 그 전화를 받을 수조차 없다는 사실을 상기시켰다. 그러나 이번에도 그는 아랑곳하지 않았다. 그리고 자전거를 몰고 읍으로 나가더니 마침내 새로운 타자기를 사가지고 돌아왔다. 나는 다시 그에게 낡기는 했지만 멀쩡한 타자기가 집에 있다는 사실을 알렸지만 그는 새 타자기를 물리기는커녕 내게 타자 연습을 강요했다.

매일 밤 저녁 식사를 마친 뒤, 그는 탁자의 맞은편에 앉아 내게

『레 미제라블』을 읽어주었다. 나는 그가 불러주는 대로 가난한 장 발장이 빵 하나를 훔치다 십구 년 동안이나 감옥살이를 하게 되는 그 지겹게 긴 이야기를 쳐내려갔다. 그는 좀처럼 싫증도 내지 않고 매일 밤 같은 일을 되풀이했다. 그러다 가끔씩 읽던 책을 무릎 위에 놓고 모든 것을 다 잊어버린 표정으로 창밖을 내다보았다. 그럴 때면 나는 요란스럽게 쉬프트 키를 두드려 다음 부분을 읽으라고 항의했다. 그러면 그는 웃으면서 말했다.

"잠시 말이다, 진. 나도 소설을 써봤으면 좋겠다는 생각을 해보았 어. 세상에서 신과 제일 비슷한 것이 있다면 아마도 그건 작가라는 종속일 거야. 그 둘은 모두 말씀으로 세상을 빚지. 나도 한 번쯤은 그 신성한 작업에 참가해보고 싶어. 그렇게 창조된 한 세상이 이 소설처럼 사랑으로 구원받게 된다면 더욱 좋겠지."

그의 말을 들으면서 나는 과거에 내가 엮었던 이야기 한 편을 떠올렸다. 그것은 눈의 여왕에게 끌려간 소년을 구하려는 한 소녀의 이야기였다. 편견의 사금파리에 눈을 찔린 그는 그의 유일한 사랑을 몰라보고 눈의 여왕에게 자신의 영혼을 팔아버린다. 소녀는 잃어버린 사랑을 위해 운다. 그리고 그를 구할 방법을 찾는다. 그러나 그 이야기는 더 이상 진전되지 않았다. 덜 익은 상념을 털어내며 나는 타자를 쳤다.

'사람을 구원할 수 있다고 생각하는 것은 일종의 오만이에요.'

아저씨는 타자기에서 종이를 뽑아 읽으며 쓸쓸히 웃었다.

"그럴지도 모르지. 우리는 사랑을 원하지만 참사랑을 줄 수는 없어. 그래 우리는 자신의 한계를 알아야 해. 그러나 그렇다고 구원의 가능성까지 포기할 필요는 없다고 봐. 누군가를 변화시키는 유일한 길은 꾸준히 자기 자신을 바꾸어나가는 길뿐이야. 이 책의 주인공처럼 말이다."

　그날 밤, 잠자리에서 나는 아저씨가 한 말을 되새겨보았다. 나는 그의 말에 어떤 거북함을 느꼈다. 그가 말한 사랑에는 경쾌함도 즐거움도 어디론가 사라지고 긴 인고의 자기 훈련만이 남아 있었기 때문이다. 그가 말한 사랑이란 것은 내게는 너무나 무겁고 짐스럽게만 여겨졌다. 그러나 나는 그의 말이 틀렸다고, 사랑이란 그런 것이 아니라고 말할 수는 없었다. '사랑이 고통이란 것'은 이미 경험으로 알고 있었기 때문이다. 그러나 모진 사랑의 실패도 내게 선뜻 사랑이 고통이라는 교훈을 가르치진 못했던 모양이다. 나는 그보다 가볍고 그보다 편하고 그보다 즐거운 아무런 걱정 없이 마냥 행복하기만 한 아이들의 낙원 같은 사랑을 원했다. 어부가 내게 그려주었던 십육 세의 무인도 같은 낙원을.
　문득, 귓가에 발소리가 들려왔다. 그것은 아저씨의 발소리였다. 소리는 계단을 따라 내려오더니 내 침실 쪽으로 다가왔다. 그리고 내 방문 앞에 멈추어 섰다. 한동안 아무런 소리도 들리지 않았다. 나는 마음속으로 속삭였다.
　'내게 그 무거운 짐을 지고 따라오라고 하지 마세요.'
　그런 내 뜻을 알았는지, 그의 발소리는 다시 복도 쪽으로 멀어져갔다. 이윽고 현관 문이 닫히는 소리가 들렸다. 아마도 그는 날이 밝을 때까지 바닷가를 서성이리라. 나는 자신에게 물었다.
　'그를 한 남자로서 사랑하니?'
　그 순간 모든 것이 막연해졌다.

*

　그렇게그렇게 세월이 흘렀다. 나는 전처럼 은둔자의 읍으로 장을 보러 갔고 밤이면 그가 읽어주는 『레 미제라블』을 타이핑했다. 장발장이 미리엘 주교를 만나는 장면에선 오자투성이던 내 솜씨도 그가 코제트를 데리고 도망치는 무렵이 되자 제법 쓸 만해졌다. 이윽고 나는 매우 경쾌한 손놀림으로 장발장이 코제트의 축복 속에 눈을 감는 마지막 장면을 쳐내려갔다. 다음날 아저씨는 나를 읍에 있는 작은 신문사로 데리고 갔다. 그곳에서 나는 임시직이긴 했지만 타이피스트로서의 첫 직업을 얻었다. 그리고 겨울과 함께 내게 한 장의 편지가 날아왔다. 출근하려고 현관 문을 나선 나는 계단 앞에 떨어진 편지 한 장을 발견했다. 편지에는 은둔자의 읍 소인이 찍혀 있었다.

　안녕 진, 퍽 오랜만이군. 네가 소리의 바다로 돌아갔다는 소식을 들었어. 그쪽은 여전해? 여기 얼음과 강철의 도시는 점점 더 나빠지고 있어. 내일 유황과 불로 심판을 받는다고 해도 나는 놀라지 않을 거야. 너에게 반가운 소식은 아닐 테지만 알릴게. 어부가 결혼했어. 그런 신부를 얻은 걸 보니 어부 그 자식 진짜 성공할 작정인가 봐. 조만간 고양이씨가 널 찾아갈 거야. 부탁인데, 날 생각해서라도 녀석을 따뜻하게 맞아줘.

자드키엘

편지를 읽자 나는 현기증을 느꼈다. 이제는 잊었다고 생각했던 도시에서 기억이 몰려왔다. 밀실에서 돌아가는 영사기, 짙은 마리화나 냄새, 바닥에 구르는 술병, 거칠고 빠른 목소리들, 역한 향수 냄새, 차갑게 반짝이던 휠체어, 새까맣게 타 죽은 시체, 비 오는 날의 장례식. 그 모든 기억은 내려앉은 납빛 하늘처럼 마음을 짓눌렀고 들썩이는 청회색 바다처럼 나를 동요시켰다. 그것은 좋지 않은 전조였다. 죽은 자가 무덤에서 일어나 경고하고 있었다. 조만간 예상치 못한 일이 벌어지게 되리라. 나는 생각지도 못한 위험에 휩쓸리게 되리라. 그러나 나는 애써 불길한 생각을 털어버리고 자전거를 타고 신문사로 향했다.

다른 때와 달리 읍내는 부산스러웠다. 사람들은 곳곳에 서서 무언가를 쑤군대고 있었다. 나는 머지않아 그 이유를 알게 되었다. 광장을 지나다가 나는 카페 삼월의 토끼가 잿더미로 변해버린 것을 발견했다. 자세한 이야기는 신문사에 가서 들을 수 있었다. 어젯밤 카페에 화재가 발생했다고 한다. 다행히 인명 피해는 없었다. 물론 과거에도 종종 화재는 있어왔다. 그러나 누구도 이번처럼 그것을 재앙으로 받아들이지 않았다. 사람들이 놀란 것은 이번 화재가 의도적인 방화로 보인다는 사실 때문이었다. 그것만으로도 범죄다운 범죄 한 번 없었던 읍에서 놀라운 사건이 되기에 충분했다. 더군다나 사람들의 호기심을 자극했던 것은 현장에서 발견된 반쯤 탄 고양이 시체였다. 읍의 모든 관심은 온통 누가 이런 짓을 했느냐에 쏠렸다. 덕분에 나도 분주해질 수밖에 없었다. 주말마다 신문을 내는 신문사는 호외를 내기로 결정했다. 때문에 나는 서둘러 넘겨진 원고를 타이핑하고 교정하고 편집해야 했다. 모든 작업이 끝났을 때는 이미 한밤중이었다. 나는 자전거를 매어둔 골목 쪽으로 가고 있었다. 그때 허리에 차갑고 뭉툭한 것이 느껴졌다. 그리고 등뒤에서 갈라진 목소리가 들려왔다.

"그대로 걸어가."

나는 어둠 속을 말없이 걸었다. 인적 없는 모퉁이에 들어서자 그 목소리가 말했다.

"이제 가진 돈을 내놔."

나는 돌아서서 그의 파란 눈을 똑바로 쳐다봤다. 이윽고 구름이 걷히고 달빛 아래 은색 총을 쥔 사내의 모습이 드러났다. 나는 천천히 그의 뺨에 손을 댔다. 그러자 굳은 얼굴의 사내는 내가 알던 고양이씨로 돌아왔다.

우리는 달빛을 받으며 키 큰 삼나무들이 내려뜨린 음산한 그림자 속을 걸어갔다. 땅은 온기를 잃어 딱딱했고 찬 공기에 손끝이 얼어가고 있었다. 하얀 입김을 내뿜으며 그가 물었다.

"어쩌다 목소리를 잃었어."

나는 그저 웃어보였다. 그 길고 암울한 사연을 어떻게 그에게 전할 수 있을까?

"그래도 다행이야. 그렇게 웃는 걸 보니."

고양이씨는 더 이상 묻지 않았다. 우리 사이에 잠시 어색한 침묵이 흘렀다. 그는 불쑥 내게 물었다.

"내가 자드키엘을 죽였다고 생각해?"

나는 한동안 망설이다 고개를 저었다.

"그건 내가 한 짓이 아니야. 믿어줬으면 해."

　　그러나 그렇게 말하는 그 자신도 자신의 말에 확신이 없는 것 같았다. 그는 자신을 안심시키기 위해 오래 전에 만들어놓은 듯한 이야기를 하기 시작했다.

　　"난 말이야. 다섯 살 때 시설에 들어갔어. 그전 일은 기억도 나지 않아. 그들이 날 떼어놓은 걸 보면 어머니가 날 학대했던 모양이야. 그녀가 내게 남긴 것은 목 뒤의 이빨 자국과 망가진 새끼손가락뿐이야." 그는 움직이지 않는 새끼손가락을 들어보였다. "아직도 집까지는 멀어?"

　　춥고 어두운 이 밤길이 쉽게 끝나지 않으리라는 것을 예감하며 나는 고개를 끄덕였다.

　　"그러나 시설도 안전한 곳은 못 됐어. 밤마다…… 날 깨우는…… 손이 있었어…… 쉰 땀 냄새…… 까칠한 턱…… 거친 숨소리…… 낮고 굵은 목소리가 내게 말했어…… 엎드려. 나는 몸에서 마음이 떠났다고 생각했어. 그가 내 몸에 손대기 시작할 때마다 나는 어디론가 사라져버린다고…… 얼마 후 시설에 불이 났어. 난 그곳에서 도망쳤어. 그러니까 그러니까……"

　　고양이씨는 스스로에게 다짐이라도 받아놓으려는 듯 말했다.

　　"난 자드키엘을 죽일 이유가 없어. 그는 내게 숨을 수 있는 안전한 곳을 제공한 유일한 사람이었으니까."

　　그는 길고긴 숨을 내쉬었다. 차가운 공기에 얼어붙은 입김이 납덩이가 되어 가슴에 떨어졌다.

　　"눈이 올 것 같아." 그가 말했다.

　　나는 고개를 끄덕였다. 그는 걸음을 재촉해 앞서나가기 시작했다.

　　"난 약간의 돈이 필요해. 겨울을 날 수 있게, 외투 한 벌이 있었으면 해." 그는 나뭇가지를 꺾으며 말했다. "도망치는 일이라면 이제 신물이 나…… 자드키엘은 널 좋아했어. 네게는 뭔가 있다고 생각 했어. 난 그처럼 말을 잘할 수 없지만…… 나도 그렇게 생각해." 그는 우뚝 멈추어 섰다. "엄마는 왜 날 낳았을까?"

한동안 그는 그렇게 서 있었다. 그리고 뒤를 돌아서 내게 말했다. "그러니까…… 난 몇 가지만 얻게 되면 떠날 거야."

나는 다가가 그의 팔을 잡고 고개를 저었다. 나는 목에 걸린 수 첩에 몇 자를 적어 그에게 건넸다.

"머물러도 좋다고? 신경 쓰지 않아도 돼."

나는 다시 수첩에 머물러도 좋다고 썼다. 그는 내 말이 진심인지 를 확인하려는 듯, 한동안 내 눈을 바라보았다. 나는 가만히 고개 를 끄덕였다. 그러자 그는 나를 끌어안더니 거칠게 키스를 했다. 그는 굶주린 야수처럼 내 안으로 헤집고 들어왔다. 한 번도 세상이 라는 품에 안겨 환영받지 못했던 그는 내 안에서 삶의 부드러움과 따뜻함을 맛보려는 듯했다. 그러나 나는 이미 상실이 무엇인지 슬 픔이 무엇인지 알고 있었다. 나는 얼마쯤의 친절과 연민으로는 그 의 분노와 허기를 채울 수 없다는 것을 알고 있었다. 사실 나는 모 든 것을 빨아들이는 그의 공허가 무서웠다. 나는 그를 통해서 세상 이 가지고 있는 피폐함과 잔인함을 다시 직면하고 싶지 않았다. 나 는 그의 고통에 동참해 다시 한 번 갈가리 찢겨지고 싶지 않았다. 겁이 난 나는 있는 힘껏 그를 밀쳤다. 그러자 그때까지도 자신이 한 일을 의식하지 못했던 고양이씨는 나보다 더 겁에 질린 표정으 로 더듬거렸다.

"미안해…… 그러니까…… 정말 미안해." 차츰 그의 얼굴이 일그

러졌다. 그는 삼나무에 머리를 박으며 울부짖었다. "난 사랑한다는
게 뭔지 몰라. 성적인 감정과 인간적인 따뜻함을 구별하지 못
해…… 그러니까, 그러니까…… 내가 자드키엘을 죽였는지 몰라."

　나는 한동안 그 자리에 서 있었다. 나는 일어나고 있는 일들을
어떻게 받아들여야 할지 몰랐다. 이 상황을 어떻게 수습해야 할지
몰랐다. 그러나 언제까지나 아무 일도 안 한 채 그렇게 서 있을 수
만도 없었다. 나는 무거운 발걸음을 떼어놓았다. 나는 천천히 그에
게로 다가가 어깨를 다독여주었다. 상처와 고름투성이의 이 아이
를 가능하면 기꺼운 마음으로 받아들이려고 했다. 그러나 그의 울
음은 좀처럼 잦아들지 않았다. 눈물이란 것은 이상한 것이어서 한
번 흐르기 시작하면 걷잡을 수 없게 된다.

　어둠 속에 말없이 서 있던 검푸른 삼나무 위로 천천히 눈송이들
이 떨어지기 시작했다. 소리 없이 눈송이들은 그와 나의 머리와 어
깨를 덮어갔다. 그렇듯 쉽게 묵은 상처가 덮여질 수 있다면 얼마나
좋을까? 그렇게 아픈 기억이 지워질 수 있다면 얼마나 좋을까? 그
때 멀리서 하나의 불빛이 이쪽으로 다가왔다. 그것은 귀가가 늦어
진 나를 걱정해 마중 나온 아저씨였다. 아저씨는 주어진 상황의 설
명을 기대하며 내 쪽을 쳐다봤다. 그러나 나는 설명 대신 잠자코
고양이씨만 바라봤다. 마침내 고양이씨는 손등으로 눈물을 닦더니
다짐하듯 말했다.

　"정말이지 오래 있진 않겠어. 몇 가지만 얻게 되면 난 떠날 거야."

*

　한 세상을 묻어버릴 듯 눈은 내리고 또 내렸다. 도자기처럼 차갑고 아름다운 눈은 신비한 힘을 가지고 있었다. 그것은 조용히 다가와 양털처럼 부드럽게 사물을 감싼다. 그리고 무덤 속에서 일어난 흡혈귀처럼 온기를 빨아들인다. 그러나 눈의 정결함에 압도되어버린 생명은 비명도 지르지 못한 채, 순순히 자신의 목덜미를 맡기고 만다. 그렇게 완벽한 공모가 이루어진다. 가해자와 피해자 사이에는 고통도 저항도 존재하지 않는다. 그 잔인한 폭력은 고요한 적막 속에 감추어진다.

　다음날 눈을 뜨자 세상은 전혀 다른 곳이 되어 있었다. 바람마저 얼어버린 잿빛 하늘, 침묵 속에 파랗게 질린 바다, 눈 속에 딱딱히 갇힌 삼나무, 그 굳어버린 풍경을 보고 있자니 변화를 몰고 오는 시간마저 얼어버린 듯했다. 밤새 내린 눈으로 외부로 연결된 길도 전화도 끊겨버리고 기억의 집은 세상에서 고립되었다. 덕분에 고양이씨는 기억의 집을 떠날 수 없었다.

　새로이 변해버린 세상에 적응하기 위해 우리는 부산하게 움직여야 했다. 아저씨와 고양이씨는 지붕이 무너지지 않게 지붕에 쌓인 눈을 털었다. 그리고 집과 창고 사이를 잇는 통로를 만들었다. 배관이 얼지 않게 천으로 감고 창고에 남은 식량을 점검했다. 고양이씨는 아저씨를 따라다니며 열심히 도왔다. 고양이씨는 자신이 도움이 된다는 사실이 기쁜 듯했다. 어쩌면 바쁜 일과 때문에 아저씨가 자신에게 개인적인 관심을 돌리지 않는다는 데 안심했는지도 모른다. 아저씨는 기억의 집에 찾아온 모든 손님들에게 그랬던 것처럼 스스로 말하지 않은 것에 대해 묻지 않았다. 물론 나는 아저씨에게 도시에서 만난 친구라는 사실 이외에 고양이씨에 대해 어떤 언급도 하지 않았다. 그러나 아저씨는 고양이씨에 대해 무언가 아는 눈치였다. 그들이 일하는 동안, 나는 두 남자를 위해 식사 준비를 하고 차를 끓였다.

　짧은 해가 지고 사물이 어둠 속에 가려지면, 기억의 집만 남겨두고 세상이 사라진 것처럼 느껴졌다. 그러다 멀리서 늑대 울음 소리라도 들리면, 누구의 도움도 기대할 수 없는 외진 곳에 단절되었다는 고립감은 더욱 심해졌다. 이런 날이면 저승에서 찾아온 유령마저도 그리워진다. 나는 언제나 겨울이 싫었다. 겨울은 내게서 무언가를 앗아간다. 그러나 아저씨는 그 적막 속에서도 활기를 잃지 않으려고 애썼다. 그는 벽난로에 장작을 넣으며 말했다.
　"겨울을 나기 위해 가장 필요한 것은 봄이 올 거라는 희망이야. 봄을 기다리는 사람의 마음은 이미 봄이지. 만물을 엮어주는 태초의 소리가 있다는 사실만 믿는다면 우리는 어디에 있든지 혼자가 아니야. 쌓이는 저 눈이 우리를 고립시킨다고 해도 의사 소통을 꿈꾸는 한 우리는 세상과 단절된 것이 아니야. 어쩌면 무엇을 희망하고 기다리는 그 과정이 바로 결과인지도 모르지."
　고양이씨는 아저씨의 이야기에 호기심을 보였다. 그는 가끔 노골적이지 않은 방식으로 아저씨에 대한 경의와 흠모의 감정을 비쳤다. 이상하게도 아저씨는 고양이씨의 혼란한 감정을 진정시키는 힘을 가지고 있는 듯했다. 고양이씨는 타오르는 장작불을 보면서 힘들게 말을 꺼냈다.

"내가…… 아는 사람도 그런 말을 했어요. 죽음은 소통할 수 없는 상황 속에 있는 것이 아니라 더 이상 이해받을 수 없을 것이라는 절망 속에 있다고…… 그는 죽음을 부르는 건 절망이라고 했어요…… 그래서 모든 죽음은 은폐된 자살일 수밖에 없다고." 말을 쏟아낼수록 고양이씨의 얼굴은 이상하게 일그러졌다. 그는 가슴속에서 끓어오르는 격양된 감정을 애써 가라앉히려는 듯했다. 아저씨는 잠자코 그의 말을 경청했다.

"그러니까…… 그는 고독의 울타리를 깨고 자신의 음울한 방에서 나올 수만 있다면…… 죽음은 해결될 거라고 했어요…… 그는 자폭하고 싶지 않아했어요…… 그는 죽고 싶지 않아했어요…… 그는 줄곧 희망을 찾아다녔지만 결국…… 피 흘리는 개처럼 죽고 말았죠…… 한번 자신 안에 틀어박힌 사람은 다시 밖으로 나오지 못해요. 자신을 단절시킨 채, 자신을 거부하는 세상을 거부하지요. 그렇게 그들은 모든 희망을 죽여요…… 치유는 없어요. 구원은 없어요. 대체 무엇이 우리의 절망을 이기지요?" 고양이씨는 답을 구하는 듯 아저씨를 바라봤다.

"아무것도 없어. 회의를 철회하는 한순간의 결정 이외에는." 나직이 아저씨가 말했다.

"언제나 말은 간단해요." 고양이씨는 실망한 듯, 고개를 숙인 채 중얼거렸다.

"믿어지지 않겠지만, 그러나 가끔은 그런 일이 일어나. 갑자기 어디서 그런 희망이 솟는지는 모르지만, 회의라는 사고의 미로가 무너지고 갑자기 명확한 새 길이 나타나지. 그것은 일종의 통찰의 순

간이야. 내가 모두와 연결되어 있다는 느낌, 내가 우주에 속했고
우주는 내게 속했다는 느낌, 내가 있어야 할 그 자리에 있다는 느
낌. 그런 통찰이 일어나는 순간 자신을 탈진시키던 갈증은 사라지
고 잠시 동안이지만 진정한 휴식을 얻게 되지. 그것은 무기력하게
누워 있는 그런 휴식과는 달라. 그것은 새로운 것을 생산해내는 창
조적인 휴식이야. 마침내 집에 돌아왔다는 안도감은 새로운 삶을
열망하도록 만들지."

"그러나 나는 그런 휴식을 느껴본 적이 없어요. 난 한 번도 집을
가져본 적이 없어요."

"그래 지금까지는 그랬겠지. 그러나 앞으로는 다를 거야." 아저씨
가 고양이씨의 어깨를 치며 말했다.

나는 목에 걸린 수첩에 '여기가 네 집이야'라고 썼다. 내가 건넨
메모를 본 고양이씨는 몹시도 부끄러워했다.

"진, 그런 식으로 말하지 마. 그런 말을 들으면 너무…… 가슴이
아파."

어느새 아저씨는 자기 방에서 포도주를 가지고 나왔다. 나는 서
둘러 부엌으로 가 잔과 치즈를 가져왔다. 아저씨와 나는 그가 집에
돌아온 것을 축하했다. 그날 우리는 진탕 마시고 밤새 떠들었다.
고양이씨의 뺨은 홍조로 물들고 그의 깨끗한 금발은 불빛 속에 반
짝였다. 그는 어린애답게 웃어댔고 행복해했다. 나는 그런 그를 보
는 것이 즐거웠다. 그러나 다음날 아침까지 그 흥겨운 분위기는 계
속되지 못했다.

다음날 아침 식사를 마치고 아저씨와 고양이씨는 창고에 장작을

가지러 집을 나섰다. 그리고 얼마 후 고양이씨의 비명이 들려왔다. 비명 소리에 놀란 나는 눈을 헤치며 창고 쪽으로 달려갔다. 그리고 악몽 같은 그 광경을 보고야 말았다. 그곳에는 새까맣게 그을린 기둥만 남긴 채, 다 타버린 창고가 있었다. 고양이씨는 그 모습에 눈을 떼지 못했다. 그는 창백하고 겁에 질린 얼굴로 말했다.

"언제나 난 재앙을 몰고 다녀. 떠나야 해. 난 떠나야 해. 여기 더 있으면 모두가 위험해져." 넋이 나간 듯, 고양이씨는 정강이까지 오는 눈을 헤치며 앞으로 나갔다. 나는 그때까지 아무 말 없이 서 있는 아저씨를 바라봤다. 나는 아저씨의 얼굴에서 감출 수 없는 의혹을 읽을 수 있었다. 그러나 그는 곧 정신을 차리고 언덕을 내려가는 고양이씨를 쫓기 시작했다. 고양이씨는 눈에 미끄러져 언덕을 구르고 있었다. 아저씨는 다가가 그를 일으켰다.

"이건 자네 탓이 아니야. 자네 탓이 아니라고."

고양이씨는 아저씨의 팔을 붙잡고 울음을 터트렸다. 나는 그런 두 사람을 물끄러미 바라봤다. 그러나 아저씨도 나도 잘 알고 있었다. 그가 이 겨울 먹이를 찾아 서성이는 굶주린 동물 중에 가장 불안하고 위험한 짐승이라는 것을.

*

다음날도 그 다음날도 눈은 그치지 않았다. 눈은 세상과 고립되어 미쳐가는 우리들 가슴 위로 쌓이고 또 쌓여갔다. 고양이씨가 아무리 소리치고 울어도 아저씨는 그가 떠나는 것을 완강하게 막았다. 아저씨는 눈이 그칠 때까지는 그가 집을 떠날 수 없다는 것을 분명히 못박아두었다. 아저씨로서는 그가 눈길에서 동사하는 것을 방관할 수 없었던 것이다. 떠나는 것을 포기할 수밖에 없었던 고양이씨는 자기 방에 틀어박혀 나오지 않았다. 그는 말하지도 먹지도 자지도 않았다. 그러나 나는 그를 위해 해줄 것이 아무것도 없었다. 나는 그를 무슨 말로 달래야 할지 그리고 이 난감한 상황을 어떻게 헤쳐나가야 할지 알 수 없었다. 불현듯, 마마가 절실히 그리워졌다. 마마라면 이럴 때 어떻게 했을까? 그날 밤은 유난히도 바람이 심했다. 창문을 두들기는 눈보라에 잠 못 이루던 나는 마침내 잠자리에서 일어나 부엌으로 갔다. 그리고 그 옛날 마마의 수프를 끓이기 시작했다. 마마가 그랬던 것처럼, 나도 내가 만든 밤안개 속에서 모두가 돌봐지기를 바랐다.

거미줄에 맺힌 이슬 방울 조금, 잘려진 도마뱀 꼬리 반개, 부엉이의 눈알 두 개, 인어의 비늘 세 장, 부서진 용의 이빨 약간, 묘지 위에서 자라는 맨드레이크 한 뿌리, 밤안개 약간, 악마의 눈물 세 방울, 호수에 잠긴 달 그림자 한 개 그리고 비밀스런 주문 대신, 칼로 손끝을 찔러 희생의 피를 떨어뜨렸다. 이윽고 끓고 있던 수프가 푸른 연기로 변했다. 바닥에 낮게 깔린 연기는 부엌 문틈으로 새어나가 집 구석구석으로 퍼져갔다. 나는 눈을 감고 기억의 집에 다시 평화가 깃들이기를 기원했다. 얼마 후 아저씨가 슬며시 부엌 문을 열고 들어왔다. 그는 혼자 포도주를 마신 듯 조금 취해 있었다. 그는 부엌 창문을 바라보며 말했다.

"이대로라면 내일도 눈보라가 그치기 힘들겠어." 그리고 대답을 구하는 듯 내 쪽을 바라봤다. 나는 고개를 끄덕이지도 젓지도 않고 물끄러미 그를 바라봤다.

"그렇게 네가 알 수 없는 침묵 속으로 들어가버리면 나는 참 쓸쓸해져."

나의 푸른 연기는 사람을 달래기보다 조금씩 미치게 하는 모양이었다. 나는 지금까지 그토록 감상적인 아저씨를 본 적이 없었다.

"소리의 바다가 모든 소리를 받아들이듯, 기억의 집은 찾아온 모든 사람들을 받아들이지. 그렇지 않았다면 내가 여기 있을 이유도 없겠지. 그러나 지금 난 두려워하고 있어. 고양이씨가 몰고 온 불길이 기억의 집을 태워버리는 것이 아닐까 해서."

나는 그가 생각하는 것을 잘 알고 있었다. 그리고 그가 정직을 가장한 섬뜩한 고백으로 날 괴롭히지 않기를 바랐다.

"넌 알고 있었지? 내가 줄곧 잔인한 상상을 하고 있었다는 것을. 나는 내가 생각했던 것보다 훨씬 못한 인간이었던 모양이야. 어서 눈보라가 그쳐, 고양이씨가 떠나기를 바라고 있어. 내 소중한 기억의 집이 어떻게 되기 전에 그가 사라져주기를. 저 갈가리 찢긴 영혼이야 어떻게 되든 말이야. 그런데 오늘 저녁 그가 내게 총을 내주더군. 만약에 일이 생기면 자신을 쏘라고…… 어떻게 했어야 할까?" 그는 혼돈과 불안에 싸인 눈빛으로 나를 바라봤다. 나는 그런 그를 보기가 고통스러웠다.

"총을 받아야 했을까? 아니면 받지 말아야 했을까? 총을 받는다면 저 불쌍한 고양이씨가 그 참혹한 살인과 방화의 원인이라는 사실을 인정하는 셈이겠지. 만약 받지 않는다면…… 난 어떻게 기억의 집을 재앙에서 구하지?" 그는 두 손으로 자신의 얼굴을 감쌌다. 헝클어진 그의 고수머리가 그의 크고 마디 굵은 손을 덮었다.

"난 평생 자신이 가진 것을 놓지 못해 잔인해지는 사람들을 경멸해왔어. 그러나 나도 별수없는 모양이야. 나 역시 내가 가진 것을 지키기 위해 무엇이든 할 작정이었으니까. 지난날 내가 추구했던 모든 것을 부정하면서까지도 말이야."

나는 그의 약한 모습이 무서웠다. 이 눈보라 속에 나는 위태로운 고양이씨 하나도 감당하기 벅찼다. 나는 내게 힘이 되어줄 사람이 필요했다. 그러나 눈보라는 좀처럼 흔들리지 않는 아저씨마저 흔들어놨다. 그때 누군가가 우리 사이에 끼여들었다.

"잘 보아달라고 편지까지 보냈는데, 그렇게 말하다니 고양이씨가 너무 불쌍하잖아?" 고양이씨가 내 쪽을 보며 말했다.

나는 그의 말투에 너무 놀라 망연히 그를 바라볼 수밖에 없었다. 내 앞에 서 있는 것은 분명히 고양이씨였다. 그러나 내게 말을 건 것은 고양이씨가 아니었다.

"진, 그렇게 유령을 본 듯한 표정을 짓지 마. 그럼 내가 어색해지잖아?" 그는 창문 쪽을 보더니 체머리를 흔들었다. "젠장할, 미친놈의 눈보라군. 이런 계절을 미치지 않고 버텨내기란 쉬운 일이 아니야."

"고양이씨 안에 있는 자네는 누구지?" 아저씨가 고양이씨에게 물었다. 그러자 그는 빈정대며 아저씨 코끝까지 다가가 말했다.

"내가 누군지 궁금해졌다 이 말이지? 평소엔 온갖 감동적인 설교를 늘어놓다가도 위험에 처하면 꽁무니를 빼는 이 위선자께서. 정원한다면 가르쳐드리지. 내 이름은 자드키엘, 한때는 잘 나가던 지품천사(智品天使)였지. 이카루스 거리에 떨어지기 전까지는 말이야. 지금은 여기, 고양이씨 몸에 빌붙어 살고 있지. 이미 눈치챘겠지만, 고양이씨 이 녀석은 통일된 인격을 가지고 있지 않아. 자신도 모르는 사이에 엉뚱한 일을 저지르고 다니는 다른 놈들을 데리고 살지."

"자네말고도 더 있다는 말인가?" 아저씨가 물었다.

"그런 셈이야. 이 안에는 나 같은 천사말고도, 자바워키라고 세상을 날려버릴 악마가 잠들어 있지. 저 타버린 창고를 보면 분명하잖아? 아마 틈만 나면 이 집마저 태워버리려고 할걸. 막연하게나마 고양이씨는 그걸 알고 있었어. 그래서 그놈이 나오지 않게 의식을 놓지 않으려고 했지. 덕분에 나 역시 좀처럼 나올 수 없었어. 그런데 오늘은 웬일인지 저 연기 때문에 고분고분 주무시더군요."

"언젠가 자네 기사를 읽은 적 있어. 자넨 죽었어. 죽은 사람이 왜 거기 있지?" 아저씨가 말했다.

"맞아. 난 죽었어. 그 악마에게 새까맣게 그을려 죽었지. 자바워키는 불을 뿜는 용이야. 그놈은 악마라고. 녀석은 한 번도 자신을 존재의 차원으로 불러주지 않은 세상에 분노하고 있어. 그 분노가 너무 깊어 그놈은 모든 것을 태우려고 하지. 특히 사랑의 가능성을 내비치는 대상들을 말이야. 그놈은 희망을 죽이고 싶은 거야. 그놈의 목적은 고양이씨의 인생을 망치고 그를 공허와 절망 속으로 밀어넣는 데 있어."

"그렇다면 고양이씨가 자넬 죽인 건가?" 아저씨가 물었다. 그러자 화가 난 천사는 탁자를 내리쳤다.

"말했잖아 이 얼간아? 날 죽인 건 그 속에 살고 있는 악마라고. 너처럼 다 가진 인간이 알 리가 있나? 고양이씨가 어떻게 살아왔는지. 네가 따뜻한 침대와 풍성한 식탁을 제공받을 때 고양이씨는 굶주림과 박해 속에서 증오에 불타는 악마를 길러야 했다고. 그러나 분명히 해둘 건 재앙을 일으키는 건 그가 아니야. 어떻게 고양이씨같이 마음 약한 녀석이 그런 끔찍한 일을 저지를 수 있겠어? 그는 자신과 세상에 겁먹은 어린애에 지나지 않아."
"그렇다면 어떻게 자네가 그 안에 있는 거지?"
"자바워키가 날 죽였어. 그러나 고양이씨는 그 사실을 믿을 수도, 받아들일 수도 없었어. 그에겐 내가 필요했어. 그래서 그는 날 아무것도 아닌 공백으로 돌려보낼 수 없었어. 그는 날 망각 속에 묻는 대신 나를 삼켜버렸지. 그리고 나를 내면화해 자신의 영혼 속에 되살려냈어. 이상하게 보일지 모르지만 그는 그런 식으로밖에 날 사랑할 수 없었던 거야." 자드키엘은 내 쪽을 바라봤다. 절박한 그의 눈은 광기로 반짝였다. 나는 그런 그가 무서워 뒷걸음질쳤다. 그는 물러서는 내 팔을 잡았다.
"진 날 좀 도와줘. 이젠 내가 고양이씨를 살리고 싶어. 네게 편지를 한 것도, 고양이씨를 이리로 몰고 온 것도 나야. 난 네게 부탁하고 싶었어. 나처럼 참혹한 꼴이 되기 전에 고양이씨를 구해달라고. 부탁이야 진. 고양이씨를 이대로 놔두지 마. 난 그가 광기 속에 죽어가길 바라지 않아. 그가 누군가와 소통하고 제대로 된 관계를 맺을 수 있다면 그의 갈가리 찢긴 영혼도 통합될 수 있을 거야. 진 그를 도와줘. 그의 어머니가 되어줘. 진 너는 누구와도 소통할 수 있는 라디오잖아?"
나는 마마를 생각했다. 마마가 만든 푸른 밤안개는 기억의 집과 소리의 바다와 온 세계를 감쌌다. 그 부드럽고 축축한 푸른 안개는 고통받는 모든 존재를 가볍게 감싸안았다. 그것이 마마가 세상이라는 어린아이를 어르는 방식이었다. 그래서 마마가 수프를 끓이는 밤이면 세상의 모든 것들은 아무 근심 없는 아이처럼 편안히 잠자리에 들었다. 그러나 나는 세상을 더 혼란스럽게 만들 뿐이다. 나는 자드키엘의 손을 뿌리쳤다. 나는 귀를 막고 고개를 저었다. 내 힘으로 서 있기도 힘든 내게 너무 많은 것을 요구하지 말아줘. 제발 날 내버려둬, 제발.

 방으로 도망친 나는 베개에 머리를 박고 울고 또 울었다. 나는 조그만 일에도 상처받고 그 때문에 우는 평범한 인간이다. 나는 수많은 한계를 지닌 모순투성이의 인간에 불과하다. 서글프게도 나는 모든 것을 할 수 없다. 나는 모든 사람을 사랑할 수 없다. 누군가를 사랑한다고 해도 영원히 사랑할 수 없다. 나는 세상을 바꿀 수도, 원하는 모든 것을 가질 수도 없다. 시간이 흐를수록 쉬운 것은 하나도 없어진다. 나는 아주 적은 것을 할 수 있고 그것을 위해 모든 것을 바쳐야 한다. 어쩌면 사랑이란 땅 위에 머무른 적 없는 천사에게나 가능한 일인지 모른다. 그런데도 마마는 왜 그런 말을 했을까? 인간의 사랑은 천사의 그것과 달리, 수정처럼 순수하지도, 절벽 위의 꽃처럼 순결하지도, 산 위의 만년설처럼 청정하지 않을지라도, 질투와 의심과 증오에 얼룩지고 배신과 치욕의 흉터를 안고 있을지라도 그 절망과 고통 속엔 모든 불순물들을 태워버릴 진실이 있다고. 그녀는 모든 존재의 어머니가 될 수 있었다. 그러나 나는 나를 찾아온 고양이씨마저 받아들일 수 없었다. 나는 그의 처참한 상처에 겁을 먹고 그의 참혹한 고통에 동참하는 데 몸을 사렸다. 나는 그런 나의 인색과 비겁을 증오했다.

*

다음날 새벽 울다 잠든 나는 지붕 위의 눈이 쏟아지는 소리에
깼다. 창밖을 보니 마술처럼 눈이 그쳐 있었다. 얼어붙은 시간이
돌아온 듯, 갠 하늘 위로 갈매기가 날고 이제껏 함묵하던 바다는
일렁이고 있었다. 바다 저 끝에서 불어온 바람은 키 큰 삼나무들
에게 봄소식을 전하고 있었다. 나는 눈앞에 펼쳐진 기적에 놀라고
있었다. 그 순간 누군가 현관 문을 여는 소리가 들려왔다. 나는 방
문을 열고 밖을 엿보았다. 짐을 챙긴 고양이씨가 문을 나서고 있
었다. 나는 이대로 그를 보낼 수도 있었다. 쫓아가 그를 붙잡을 수
도 있었다. 나는 어느 쪽이든 결정해야 했다. 이제는 더 망설일 시
간이 없었다. 나는 그를 쫓아갔다. 그리고 울타리를 미는 그의 팔
을 잡았다. 그는 그런 내 행동이 뜻밖이라는 듯, 놀란 눈으로 나를
쳐다봤다. 점점 그의 눈이 흐려졌다. 그리고 마침내 눈물을 떨구
었다.

"고마워 진, 날 잡아줘서…… 뭐라 할 수 없이 고마워…… 그러
나 난 가야 해." 그는 내게서 시선을 돌려 눈 속에 앙상하게 드러난
창고의 잔해를 건너보았다. 나는 거세게 고개를 저었다. 그러나 그
는 쓸쓸히 웃으면서 갈 길을 재촉했다. 나는 그를 따라 언덕을 내
려갔다.

"나는 내가 피해자라고 생각했어. 그러니까…… 이 깨어나지 않
는 악몽을, 눈앞에서 벌어지는 이 섬뜩한 재앙을 피할 수 없다
고…… 믿어줘, 진. 나 역시 그런 재앙을 원했던 건 아니야. 내가

가는 곳에는 언제나 재앙이 따라다녔어…… 그리고 사람들이 다 쳐나갔지. 그러니까…… 계속되는 재앙을 지켜본다는 건 내게도 쉬운 일은 아니었어…… 나는 내가 어쩔 수 없는 운명에 쫓기고 있었다고 생각했어." 그렇게 말하고는 그는 한동안 청회색 바다를 바라봤다.

"행복했어 진. 기억의 집은 좋은 곳이야…… 그러니까 만약 내게 집이란 게 있었다면 아마도 그건 기억의 집이 될 거야…… 여기서라면 내 뒤를 쫓는 재앙도 날 어쩌지 못할 것이라고 생각했어. 여기서라면 난 안전하다고 아무도 날 해칠 수 없다고. 그러나 재앙은 내 뒤를 바싹 쫓고 있었지. 그리고 올 것이 왔어…… 나는 까맣게 타버린 창고를 보고 말았어. 이젠 도망갈 곳도 없는데, 난 대체 어디로 가야 하지?" 그는 잠시 멈추어 서서 눈에 묻힌 자신의 구두를 내려다봤다.

"그날 밤 난 문수씨를 찾아갔어. 나는 그의 앞에…… 총을 내려놓았어. 난 내가 통제하지 못하는 내 삶을 그가 통제해주기를 바랐어. 어쩌면 내 삶을 그의 손에 맡긴다는 데 어느 정도 안도하고 있었는지 몰라…… 그는 아버지 같은 연민을 가지고 나를 내려다봤지. 마치 모든 풍파를 겪고도 의연히 서 있는 바위처럼. 그는 부와 가난, 여자와 싸움, 음모와 배신, 고통과 기쁨을 모두 다 겪어본 것 같았어. 그가 내게 동정심을 가진 것도 그 경험에서 나온 지혜 같았어. 그는 내게 총을 돌려주었어. 그리고 말했어. 내게는 아무런 잘못도 없었다고, 그러나 때로는 자기 책임이 아닌 것도 책임져야 한다고." 그는 가만히 나를 바라보았다. "내가 그 많은 방화의 범인일까? 내가 자드키엘을 죽였을까? 나는 아무런 기억도 하지 못하는데 말이야…… 그러니까 나는 자드키엘을 좋아했어. 그런 걸 사랑이라고 할 수 있을지 모르지만 적어도 내겐 그를 죽일 이유가 없었어. 내게 잘해준 사람인데…… 그러나 난 내게 아무런 책임이 없다고는 말할 수 없어. 지독한 운명이지만 …… 난 그 짐을 져야만 해.”

나는 그의 등을 껴안았다. 나는 이대로 그를 보낼 수 없었다. 나는 어떻게 해서든지 그가 가는 것을 말려야 했다. 그 동안 운명이 그에게 준 시련만으로도 충분했다. 이제 와서 자신이 의식하지도 못한 일에 죗값을 치른다는 것은 너무나 지독한 일이었다. 그는 충분히 괴로워했고 충분히 아파했다. 나는 이제는 그가 행복해져도 괜찮다고 이제는 삶의 따뜻함을 맛보아도 괜찮다고 생각했다. 그렇지 않으면 그가 너무 가여워진다. 신이라도 그에게 그렇게 잔혹한 운명을 따를 것을 요구할 수는 없다.

“진 나는 전하고는 달라졌어. 난 이제 피해자도 도망자도 아니야. 이제 나는 집이란 것을 가져봤기 때문에…… 휴식이라는 것이 뭔지 알기 때문에…… 보다 나은 삶을 향해 나갈 수 있어. 나 이제 어른이 되려고 해…… 얼마나 더 자라야 문수씨처럼 될 수 있을지는 모르지만, 가능하면 흉내라도 내보고 싶어. 나는 스스로 결정하고 책임지는 그런 사람이 되고 싶은 거야…… 그러니까……” 그는 돌아서서 내가 본 것 중에서 가장 환한 미소를 지어보였다. 그 미소가 너무 밝아 나는 그의 말을 믿을 수밖에 없었다.

“자수할 생각이야. 스스로를 용서하고 남에게 용서를 구할 길은 그것밖에는 없어. 이제 도망가는 일이라면 신물이 나. 이제 어른답게 죄를 인정하고 대가를 치르고 싶어.”

　더 이상 말릴 수도, 잡을 수도 없게 된 나는 울기만 했다. 울기만 했다. 울기만 했다.
　"지금 난 어느 때보다 살고 싶어. 나도 한번 생생히 살아보고 싶어. 갈가리 찢긴 삶이 아니라 제대로 된 삶을…… 마지막으로…… 날 안아줄 수 있겠니 진?"
　나는 그를 꼭 끌어안았다. 내가 해줄 수 있는 것은 그것밖에 없었기 때문이다. 나는 세상에서 가장 소중한 아이를 끌어안는 어머니처럼 사랑과 연민과 축복을 담아 그를 안았다. 그는 내 품에서 오열했다. 그의 흐느낌이 내 가슴으로 전해졌다. 시간을 멈출 수 있다면 얼마나 좋을까? 지금 이 자리에 그를 묶어놓을 수만 있다면 얼마나 좋을까? 지금 이 순간이 영원히 계속된다면 얼마나 좋을까? 마침내 그는 내게서 팔을 풀었다. 그리고는 뒤돌아 눈 덮인 숲 쪽으로 걸어갔다. 나는 점점 작아지는 그의 뒷모습을 지켜보았다. 슬픔이 칼날이 되어 심장을 갈가리 찢었다. 그러나 나는 그를 붙잡지 않았다. 그가 세상에 태어나서 처음으로 내린 결정이라면 그것을 그대로 인정해주어야 할 것만 같았다. 그의 모습이 숲속으로 완전히 사라졌을 때, 나는 눈을 돌려 하늘을 보았다. 낮게 드리워진 구름이 걷히고 하늘은 파란 제 색깔을 찾고 있었다. 겨우내 얼어붙었던 바다는 그것을 보상이라도 하려는 듯, 쉴새없이 들썩였다. 뺨을 스치는 바람에는 다가올 봄에 대한 기대가 묻어 있었다. 마치 세상은 악몽에서 깨어나 새로운 희망에 설레는 것처럼 보였다. 언제부터인지 멀리서 나를 쫓아오던 아저씨가 내 곁에 섰다. 한동안 우리는 말없이 하얀 거품을 일으키며 다가왔다 사라지는 파도를 바라보았다. 나는 잠시 우리도 그 희망 속에 젖을 수 있다면 얼마나 좋을까 생각했다. 그리고 얼마 지나지 않아서, 물오른 파란 하늘을 가르는 총성이 들려왔다.

　겨울과 함께 온 고양이씨는 봄이 오는 길목에서 죽었다. 그는 자신을 죽임으로써 세 명을 죽였다. 그 중 하나는 세상을 불태우려고 했고 또 하나는 다가오는 그 광기를 막으려고 했다. 나머지 하나는 자신의 삶을 선택하는 방식으로 죽음을 선택했다. 아주 오래 전부터 세상 모든 일은 그 나름의 방식대로 움직여진다는 것을 알고 있었다. 세상에는 아무리 애를 써도 어쩔 수 없는 것이 있다는 것을 알고 있었다. 그러나 내 마음이 회한으로 멍들어가는 것은 어쩔 수 없었다. 나는 그의 죽음을 예상하고 있었는지 모른다. 그러나 고통받고 싶지 않아 애써 그 사실을 외면했는지 모른다. 어쩌면 나는 마음속 깊숙한 곳에서 그가 나를 나쁜 사람으로 만들지 않고 떠나준 것에 대해 감사하고 있었는지 모른다. 때때로 심연에서 올라온 죄의식이 무서운 눈을 치켜떴다. 그러나 나는 이미 섬뜩한 죄의식과 대면할 용기도 순수함도 가지고 있지 못했다. 어쨌든 나는 살아남아야 했다. 나는 편리하게 죽은 자에게는 죽은 자의 몫이 있듯, 산 자에게는 산 자의 몫이 있다고 스스로를 달랬다. 삶이란 어차피 야만스러운 것이 아니었던가? 그러나 아무리 평정을 가장해도 기억의 집은 전 같지 않았다. 나는 자신의 잔혹함에 놀랐고 그의 죽음에 대해 아무런 해명도 하지 않는 아저씨가 두려웠다. 나는 그런 식으로 고양이씨에게 책임을 물은 그를 이해할 수 없었다. 나는 더이상 그의 친절을 순진하게 받아들일 수 없었다. 그러나 우리의 회한과 슬픔을 아는 듯 모르는 듯 그해 칼파타루는 처참할 정도로 아름다운 꽃잎의 폭풍우를 이루어냈다.

*

껄끄러운 시간들이 지나갔다. 아무 일 없었다는 듯이 나는 아침마다 출근을 했고 유난히 창이 큰 사무실에서 오자들을 찾았다. 나의 생활은 전과 같았으나 아저씨와 나 사이에는 미묘한 균열이 생겼다. 그리고 우리는 서로 그 사실에 대해 침묵했다. 기억의 집이 또다시 손님을 맞이하게 된 것은 그로부터 일 년 후였다. 찌는 듯한 한여름 오후, 휴가를 받은 나는 아저씨와 함께 현관 앞 계단에 앉아 아이스 티를 마시고 있었다. 그때 해안 쪽에서 우리를 향해 걸어오는 작은 형체가 눈에 들어왔다. 그 모습은 소리의 바다를 찾았던 평범치 않은 사람들 중에서도 기묘한 것이었다. 그것은 주홍색 승복을 입은 어린 사내아이였다. 둥그런 이마와 크고 검은 눈을 가진 그는 야크에서 내려 우리에게 합장을 했다.

"혹시 이 집 뒷마당에 벗나무 한 그루가 있지 않나요?"

나는 묵묵히 고개를 끄덕였다. 순간 그 어린 승려의 입가에 함박웃음이 피어올랐다. 그는 재빨리 뒷마당으로 뛰어갔다. 그리고 오래된 친구를 만난 듯, 칼파타루를 감싸안았다.

"여기 있었구나. 너를 찾아 난 아주 먼 길을 왔단다."

그러자 칼파타루는 반갑다는 듯이 그의 머리와 어깨 위에 그늘을 내려뜨렸다.

그날 밤 버섯과 야채를 넣고 볶은 밥을 급하게 다 비우고서야 어린 승려는 자신의 내력을 이야기하기 시작했다. 그제야 우리는 이 놀랍고 신비한 어린 손님이 이곳까지 오게 된 경위를 들을 수 있었다. 그의 이름은 트롱파였다. 그는 언젠가 아저씨가 들렀던, 눈사람과 승려들밖에 살지 않는 히말라야의 수도원에서 왔다.

"그곳에서 전 행복했어요. 밤마다 같은 꿈을 꾸기 전까지는 말이죠."

어느 날 갑자기 그의 꿈속에 누군가가 찾아와 그를 부르기 시작했다. 그 소리를 따라가보면 그는 어느샌가 벚나무 앞에 서 있었다. 나무는 그에게 무슨 말을 하려고 했지만 그는 나무가 하는 말을 이해할 수 없었다.

"그것은 무서울 정도로 생생한 꿈이었어요. 때론 꿈에서 깨어난 후에도 그것이 꿈이었다는 사실을 모를 정도였으니까요. 어쩌면 그건 꿈이 아니었는지도 몰라요. 그러던 어느 날 형제 중 한 분이 제 머리 위에 붙어 있는 벚꽃잎 하나를 발견했어요. 그 꽃잎은 제가 있던 곳에서는 볼 수 없는 것이었지요. 그러자 스승님은 제게 묵은 인연이 남아 있으니 가서 그것을 풀고 오라고 하셨어요."

그의 스승은 그를 보내며 인연이 닿는 곳을 찾거든 그곳에서 만다라 하나를 완성시킬 동안만 머물고 오라고 했다. 어쩌면 트롱파 같은 어린아이에게 그것은 무리한 여행이었는지 모른다. 그러나 그는 자신을 이끄는 미지의 힘에 따라 안내자도, 지도도 없이 어디인지조차 모르는 꿈속의 나무를 찾아 이곳까지 왔다.

"한동안 이곳에 남아 만다라를 그려도 될까요?"

트롱파는 총명한 두 눈을 깜박이며 내게 허락을 구했다. 나는 안

된다고 할 구실을 찾아봤지만 마땅한 것이 떠오르지 않았다.

　기억의 집에 머물기로 한 트룽파는 거실 한가운데 자신이 정한 장소에 만다라를 그리기 시작했다. 하나하나 색모래를 뿌려 그림을 그려야 하기 때문에 그것은 무척이나 섬세한 주의를 필요로 하는 작업이었다. 거친 호흡 하나만으로도 색모래들이 흩어져 모든 것이 물거품이 될 수 있기 때문이다. 그래서 아저씨는 거실에 있는 모든 창문을 잠그고 그가 어두운 실내에서 작업하기에 불편하지 않도록 거실에 수많은 등잔불을 밝혀주었다. 그리고 틈틈이 그가 안료로 모래를 염색하는 과정을 도왔다. 아저씨는 그 모든 작업을 기쁜 마음으로 했다. 어쩐지 그는 이 어린 예술가가 마음에 들었던 모양이다. 트룽파 역시 점점 약해져가는 아저씨에게 좋은 말동무였다. 곧 길지 않은 휴가가 끝나고 나는 다시 신문사로 출근했다. 퇴근해서 집에 돌아와보면 트룽파의 만다라는 조금씩 형태를 갖추어갔다. 나는 그의 만다라가 어떤 모습이 될지 호기심을 가지고 지켜보았다. 트룽파는 그렇게 기억의 집의 식구로 자리잡아갔다. 나는 아저씨만큼 그와 오랜 시간을 같이할 수 없었지만 그에게서 어떤 운명의 끈을 느꼈다. 트룽파 역시 기억의 집에 속한 아이였다. 때가 되자 기억의 집은 전에 내게 그러했듯이 그를 이곳으로 불러낸 것이다.

　트룽파는 자신의 작업을 보고 있는 내게 말했다.

"언젠가 스승님이 말씀하셨어요. 삶 뒤에는 또 삶이 있다고. 우주의 내밀한 핵인, 영원에 도달하기 전까지 우리는 끝없이 삶과 죽음을 되풀이하지요. 이 만다라는 영원으로 가는 나선형 계단을 뜻해

요. 이 계단을 오르는 동안 우리는 부유해지기도 하고 가난해지기
도 하고 한없이 현명해졌다가 끝없이 어리석어지기도 하죠. 계단
이 직선적이지 않고 나선형이기 때문에 우리는 상승만큼이나 영락
을, 기쁨만큼이나 고통을 경험하게 돼요. 그러나 그런 굴곡에도 불
구하고 그 모든 경험들은 하나의 목적지를 향해 가는 과정에 필수
적인 것들이지요. 그런 경험들을 거치지 않고서는 우리는 도저히
선하기도 하고 악하기도 한, 아름답기도 하고 추하기도 한, 우리의
진면목을 볼 수 없으니까요. 그런 뒤라야 우리는 있는 그대로의 자
신의 전부를 끌어안을 수 있게 된답니다. 시간 속에서 부분적으로
밖에 드러날 수 없는 우리의 본성을 모두 끌어안을 수 있게 될 때,
우리는 시간을 초월한 그곳에서 언제나 존재하고 있는 변하지 않
는 자기self와 만나게 된답니다. 그렇게 우리는 영원에 도달하게
되지요. 그런 의미에서 영원이란 것은 순수하거나 불순한 그 모든
것을 끌어안는 원초적인 그릇인지도 몰라요."

　아이는 마치 혼자서 천년을 살아온 것 같았다. 스승의 가르침 탓
이라고는 하지만 아이는 어린 나이에도 불구하고 내가 볼 수 없는
저 먼 곳까지 꿰뚫고 있었다. 그러나 녹지 않는 히말라야의 만년설
같은 그 심원한 지혜도 살아가기 고단한 우리 같은 사람들에게 무
슨 소용이 있으랴 싶었다. 되풀이되는 삶 속에서 사람들은 자신의
부분들과 만난다. 그러나 그들은 그 부분들을 거두어 더 큰 자기라
는 불멸의 성을 짓는 대신, 인정하고 싶지 않은 자신의 모난 부분
들을 던져버린다. 버려진 그 부분들은 분노가 되어, 슬픔이 되어,
증오가 되어 이곳 소리의 바다로 흘러든다. 세찬 바람이 닫힌 창을
흔들고 오늘따라 유난히 제 성을 가라앉히지 못하는 바다가 들썩

였다. 나는 술렁이는 저 바다를 잠재우기 위해 자장가라도 불러줘
야 하는 것이 아닌가 잠시 생각해보았다.

  드디어 노란색 원과 초록색 사각형으로 이루어진 트롱파의 만다
라가 완성되었다. 우리는 완성을 축하하기 위해 거실에 모였다. 그
의 만다라는 내가 본 것 중에 가장 아름다운 만다라였다. 흥분한
아저씨가 찬사를 보냈고 나도 그의 찬사에 고개를 끄덕였다. 그러
나 트롱파는 별로 기뻐하는 내색도 없이 조심스럽게 옷에 묻은 모
래를 털었다. 그리고 차분한 목소리로 말했다.
"일이 끝나고 나니, 갑자기 내가 이곳에 온 것이 만다라를 그리기
위해서가 아니었다는 생각이 들어요. 지금에서야 깨달았지만 내가
이곳에 온 것은 상냥한 진, 바로 당신 때문이었어요. 내가 그 수많
은 밤 이곳을 꿈꾼 것도 당신에게 무엇인가 하고 싶은 말이 있었기
때문이었어요. 나를 용서해주세요 진. 원하지는 않았지만 이 몸으
로 태어나기 전에 나는 당신에게 큰 상처를 주고 말았어요. 그것은
내 잘못이에요. 나는 상처받은 자신에게만 매달려 당신을 돌보지
못했어요. 그러나 진, 날 봐요. 어떤 상처도, 근본적으로 나를 망가
뜨리진 못했어요. 죽음조차 나를 어쩌진 못했어요. 지금 나는 새로
운 삶을 얻어 지난날의 잘못을 사과하기 위해 여기 왔어요. 진, 기
억해둬요. 우리 스스로가 허락하지 않는다면 그 누구도, 그 어떤
일도 우리를 해칠 수 없다는 것을. 그러니 이제 주저하지 말고 당
신의 길을 가세요. 당신에게 주어진 그 길을 완성하세요."
  나는 이 믿어지지 않는 아이를 꼭 끌어안았다. 갑자기 창문이 열
리고 밀려온 바람이 한순간에 색모래들을 흩어놓았다. 그러나 그

곳에 있던 그 누구도 그 사실에 개의치 않았다. 나는 그가 돌아와
준 것만 너무 고마워 그를 안은 팔에 힘을 놓지 않았다.

　다음날 새벽, 트롱파는 야크를 타고 자신이 왔던 곳으로 되돌아
갔다. 아저씨와 나는 집 앞에 서서 멀어져가는 그를 지켜보았다.
　"나는 줄곧 저 아이가 누굴까 생각했지. 그러다 문득 생각이 벚나
무 아래에 미치자 깨닫게 되었어." 아저씨가 내 어깨를 안으며 말
했다. "이제 좀 마음이 놓이니, 진?"
　그러자 작은 기적이 일어났다. 칠 년 동안이나 나를 떠났던 목소
리가 되돌아온 것이다.
　"아저씨도 알고 있었군요. 그래요, 그는 나의 어머니였어요."

*

　트롱파가 떠난 뒤, 삶과 죽음에 대한 새로운 자각이 나를 찾아왔
다. 나는 이제 운명이라는 것, 시간의 흐름이란 것에 나를 맡길 수
있을 것만 같았다. 시간이 앗아간 것과 가져다준 것 모두를 인정할
수 있을 것만 같았다. 나를 여기까지 몰고 온 그것, 또 어딘가로
나를 몰고 갈 그것을 아무런 반감 없이 받아들일 수 있을 것만 같
았다.
　사람들이 내게 서로 다른 이유를 지으며 떠나갔을 때, 나는 그들
이 내게 벌을 주려 한다고 생각했다. 나도 모르는 사이, 나는 그들
에게 무엇인가 용서받을 수 없는 실수를 저질렀고 그에 성난 그들

이 이렇게 모질게 나를 버렸다고. 나는 내가 저지른 잘못을 바로잡으려고 애썼다. 그러나 그럴 즈음이면 이미 때는 늦어 있었다. 벌써 그들은 돌아올 수 없는 강을 건넌 뒤였다. 내게 때늦은 후회와 뉘우침만을 남겨놓고.

그러나 트롱파가 찾아왔을 때 나는 돌이킬 수 없는 실수란 존재하지 않는다는 것을 깨달았다. 이별은 누구의 탓도 아니었다. 나의 잘못도, 그들의 잘못도 아니었다. 잘못이 있다면 만나면 헤어질 수밖에 없는 삶 자체가 잘못이었다. 그러나 지금 그 삶이 헤어짐은 또 다른 만남의 연장이라는 것을 내게 가르치고 있었다. 되풀이되는 만남과 헤어짐 속에 끝이라고 믿었던 바로 그 지점이 시작이었다고. 눈앞에서 산산이 부서졌던 엄마는 삶의 미진했던 부분을 채우기 위해 어린 수도승이 되어 내게 돌아왔다. 되풀이되는 삶과 죽음 속에선 완전한 끝도, 용서받지 못할 실수도 없었다. 그 커다란 순환 속에서 중요한 것은 실수하지 않는 것이 아니라 자신의 삶을 사는 것이었다.

살다 보면 실수는 필연적으로 따르게 마련이다. 앞으로도 나는 많은 실수를 저지르게 될 것이다. 그러나 지금 내가 사람들이 내게 저질렀던 그 모든 잘못을 용서하듯이 그들도 내 잘못을 너그럽게 용서해주리라고 믿는다. 나는 더 이상 실패도 성공도 두렵지 않았다. 이제야 비로소 알 것 같았다. 자신의 운명을 좇으라던 그 옛날 마마의 충고를. 미셸처럼 내게도 고통스러울지언정 그러나 꼭 내 발로 걸어야 할 내 몫의 인생이 있었다. 그 운명과 함께하는 한 나는 절망하지 않을 것이다. 나는 거짓보다 참혹한 진실을 견디며 부조리한 세계와 나 자신을 열린 가슴으로 받아들일 것이다. 이제 아무엇도 내게 장애가 되지 않았다. 꼭 가지 않으면 안 될 길이 있다면 그 길이 얼마나 멀고 험한가는 그리 중요한 문제가 아니다. 영겁의 시간이 걸릴지라도 꼭 가야만 하는 길이 있다면.

그날 밤 나는 삼단 같은 머리를 풀고 정성 들여 빗질을 했다. 그리고 서랍 속에 감추어두었던 매듭이 달린 빨간 치마를 입었다. 그리고 발목에 방울을 달았다. 나는 긴 머리를 찰랑이며 차갑고 매끄러운 계단을 맨발로 올라갔다. 밤은 깊고 은밀했다. 공기는 그윽하고 향기로웠다. 그러나 사람의 가슴을 산란하게 만드는 이 밤도 나만큼 감미롭지는 못했다. 하늘의 별도 어둠 속에서 짤랑이는 내 방울만큼 반짝이지는 못했다.

나는 그의 방문 앞에 섰다. 길고긴 운명의 실타래가 나를 이곳까지 이끌었다. 나는 가볍게 숨을 내쉬며 내게 주어진 운명에 충실하리라 다짐했다. 나는 조심스럽게 문을 두드렸다.

이 밤 잠 못 이루고 있던 것은 나만은 아니었다. 기다렸다는 듯 문이 열리고 문틈 사이로 그의 모습이 보였다. 나는 어둠 속에서 맑고 검푸른 눈동자를 깜박였다. 어느 때보다 아름다운 나는 세상에서 존재하지 않을 것 같은 부드러운 목소리로 속삭였다.

"이제 나를 나누어드릴게요."

그러자 문 뒤에 가려져, 아직 드러내기를 부끄러워하는 그는 익숙지 않은 열정에 겁을 먹은 채, 이제 막 사랑에 눈뜬 열여섯 소년처럼 떨리는 목소리로 말했다.

"난 네게 상처를 입힐까 두려워."

나는 아무런 말 없이 그에게 다가섰다. 나는 그에게 확신시켜야

했다. 나는 이 바다를 떠나기 전, 열여섯 흠 없는 처녀가 되어 다시
그 앞에 섰다는 것을. 나는 확신시켜야 했다. 이 세상의 그 누구도
사랑으로 정화된 동정녀에게 상처를 입힐 수 없다는 것을.

　　나는 그의 곁에 누웠다. 태초에 내게 정해진 그 자리에 누웠다.
그는 내가 세상을 향해 질러놓았던 빗장들을 하나하나씩 풀어나갔
다. 나는 태어났던 그때처럼 다시 무방비 상태로 놓여졌다. 쇄도하
는 빛과 소리가 나를 압박했다. 더없이 예민해진 나는 어쩌면 혼란
스러울지 모르는 그 다양한 가능성에 자신을 맡기고 그의 손길에
따라 늪처럼 술렁였다. 나는 그의 삶과 죽음을 이어주는 영매였고
그와 세상을 엮어주는 운명이었다. 날개 달린 천사처럼 하늘에 오
른 그가 말했다.
　"아아 그게 언제였을까? 들어줄 귀가 없는 소리는 존재할 수 없
다는 것을 알았을 때가. 내가 찾던 소리는 손에 닿지 않는 먼 곳에
있는 것이 아니라 너를 통해 완성되는 것이었어."
　　순간 나의 깊은 심연에서 잠자고 있던 불덩이가 솟구쳤다. 캄캄
한 어둠 속에서 의식의 바다 위로 떠오른 불덩이는 때마침 불어온
차가운 북풍에 얼어 반짝이는 유리질로 굳었다. 이윽고 열기를 잃
고 가벼워진 유리섬은 둥실 창공으로 떠올랐다. 그리고 이내 창백
한 달이 되어 그의 창틀에 걸리고 말았다.

*

그해 가을이 가기 전, 나는 임시직 타자수에서 정식 직원으로 진급했다. 그 기쁜 소식을 알리기 위해 힘차게 자전거 페달을 밟는 동안 나는 내가 얼마나 행복한 사람인가를 절실히 깨달아야 했다. 나는 내가 필요로 하는 것보다 더 많은 것을 가졌으며 내가 받아들일 수 있는 것보다 더 큰 사랑을 누렸다. 나는 모든 것에 감사했다. 드높은 가을 하늘에게, 언제나 그 자리를 지켜준 충직한 삼나무들에게. 나는 감사했다. 오렌지색 해안 위를 나는 갈매기들에게, 바닷속 심술궂은 물의 요정들에게까지도. 나는 감사했다. 나는 구름 위에서 우리를 굽어보는 하느님조차 부럽지 않았다. 나는 세상에 있는 그 누구보다 행복했다. 내 인생은 북회귀선을 오르는 유월의 태양처럼 그 정점에 있었다. 나는 더 이상의 그 어떤 것도 바라지 않았다. 다만 이 세상에선 불가능할 것 같은 이 행복이 더디 가기만을 기도했다. 그러나 시간은 언제나 자신이 베풀었던 그 모든 것을 앗아가버린다.

소슬한 가을밤, 잠들어 있던 아저씨와 나는 요란스러운 문 소리에 잠을 깼다. 그는 불을 켜고 아래층으로 내려갔다. 나는 그런 그를 조심스럽게 뒤따랐다. 이윽고 현관 문이 열리고 아저씨는 찾아온 옛 친구를 반갑게 끌어안았다. 그러나 그가 반가워하는 그 얼굴에서 내가 본 것은 전혀 다른 것이었다. 나는 겁에 질려 비명도 못 지른 채, 내려오던 계단 끝에 주저앉고 말았다. 그 열린 문을 통해서, 나는 어둠 속에 서 있는 더 짙은 어둠을 보았다. 달빛도 잠자고 있는 한밤의 어둠 속에서 어둠보다 짙은 검은 얼굴이 검은 양복, 검은 셔츠, 검은 타이를 매고 지옥보다 더 컴컴한 두 눈을 껌벅이고 있었다. 그의 모습은 내게 오래 전에 잊혀졌던 이름을 생각나게 했다. 그 이름은 바로 게데였다.

　엉클 톰이라고 불리는 아저씨의 옛 친구는 불길했던 첫인상과는 달리 친절하고 재미있는 사람이었다. 그는 기타 하나만 가지고 질벅하게 술을 마셔대는 건달들과 요란한 교성을 내지르는 아가씨들이 있는 곳이라면 어디든지 찾아다녔다. 그러다 어느 날 문득 자신의 손이 예전처럼 움직이지 않는다는 사실을 깨달았다. 그리고 거울 속에서 머리 위에 서리가 내리기 시작한 자신의 모습을 발견했다. 그 후 그는 모든 것을 버리고 은퇴하기로 결심했다.
　"그때서야 깨달은 거지. 이제는 여름날 베짱이처럼 놀 때가 아니라, 개미처럼 겨울을 준비할 때라는 걸. 내게 황혼이 다가오고 있었던 거야."
　얼마 안 가서 그는 은둔자의 읍에 아파트를 얻어 기억의 집을 나갔다. 그러나 종종 잊지 않고 찾아와 우리에게 자신의 연주를 들려주었다. 나는 톰이 불러주는 옛 노래를 들으면서 그보다도 더 쇠약해져가는 아저씨의 모습을 바라보아야 했다. 그렇게 톰은 내가 인정하기 싫어 애써 외면했던 사실을 일깨워주었다. 점점 약해지고 있던 아저씨의 몸은 어느덧 한계에 와 있었다. 신문사에서 돌아온 어느 겨울 저녁 나는 현관 문 앞에 붙여진 한 장의 메모를 읽었다.

진에게
문수가 쓰러짐, 그를 싣고 병원으로 감.

톰

*

아저씨가 입원한 후 나는 신문사를 그만두고 병간호에 전념하려고 했다. 그러나 그는 나의 그런 뜻을 완강하게 거절했다.

"이제 겨우 넌 사회에 발을 붙였어. 나는 다시 너를 사람들로부터 유리된 유령으로 만들고 싶지 않아."

그의 고집 때문에 나는 낮 동안 나를 대신해서 그를 돌보아줄 간병인을 구해야 했다. 다행히도 그런 처지를 이해한 톰이 선뜻 그 자리를 맡아주었다. 그래서 퇴근 후 그의 병실을 찾을 때면, 나는 복도에서부터 들려오는 늙은 기타리스트의 옛 노래를 들을 수 있었다.

어리석은 달 아래
관능적인
연인들에겐
이별은 결코 받아들일 수 없는 일이죠.
이별은
그들에게 사랑의 모든 것을 앗아가니까.

그러나
정련된 사랑은 이별이 뭔지도 모릅니다.
서로의 마음을 믿는 연인들에겐
눈과 입술, 손끝의 멀어짐은
아무것도 아니죠.

그러니 그대여
슬퍼하지 말아요.
나는 떠나지만
그건 우리 사랑의
끝이 아니라
연장을 뜻하니까.

우리의 영혼은 둘이라도
짝지어진 컴퍼스 다리들 같아
그대가 이곳에 남고
내가 떨어져 먼 곳을 배회할지라도
내 영혼은 항상 그대 쪽으로 기울고
그대를 다시 만날 때까진 바로 설 수도 없으니까.

그러니 그대여
슬퍼하지 말아요.
그대의 꿋꿋함이
나로 하여금

원을 바로 그리고

떠났던 이곳으로 돌아오게 만들 테니.*

"자넨 고약한 친구야. 아픈 걸 핑계로 내게 이런 청승맞은 노래를
부르게 하다니. 옛날 같았으면 가만두지 않았을 거야."

"아, 그리운 옛날. 기억해보면 그때가 좋았지." 아저씨는 내가 모
르는 그의 젊은 날을 회상하며 말했다.

"그때 세상은 온통 내 사랑을 기다리고 있는 아가씨들로 가득 차
있었지. 자네는 말처럼 튼튼했고 내 손은 지금처럼 떨리지 않았
어." 톰이 대답했다.

"아직 자네 솜씨는 쓸 만해."

"아니 난 다된 물건이야. 손이 망가진 후, 이젠 죽을 날만 기다리
고 있어. 하지만 차라리 잘된 일이지. 난 비로소 쉴 수 있게 된 거
야. 드디어 그 소란스러운 떠돌이 생활에서 해방된 거지. 정말이지
나는 조용히 쉬고 싶다네. 그러나 자네는 달라. 자네에게는 진이
있어. 자네에게는 악착스럽게 미래에 매달릴 이유가 있지 않은가?"

"글쎄." 아저씨의 대답은 애매했다.

"나는 자네가 준비하고 있는 지독한 계획을 알고 있어." 늙은 연
주가는 기타를 뜯는 손을 멈추지 않고 말했다. "자넨 잔인한 사람
이야."

"자네 말이 옳아." 그는 순순히 인정했다.

"진은 아직 젊어. 자네는 그 애를 좀더 부드럽게 대해야 해. 그 애

---

* 존 던John Donne의 시, 「작별 인사: 슬픔을 감추며A Valediction: forbidding
mourning」 중에서.

는 자네가 떠나려 한다는 사실을 인정하지 않을 거야."

그러자 아저씨는 한동안 생각에 잠겼다. 그리고 말을 이었다.
"그러나 자네는 한 가지 사실을 놓치고 있어. 그녀는 이제 어린애
가 아니야. 그녀는 강해."

"말은 잘도 하는군. 그러나 자네가 떠나고 나면 그 애는 캄캄하고
어두운 세상과 혼자 마주해야 돼. 아직 기회는 있어."

"자네는 내가 부질없는 욕망의 성취가 재앙이라는 것도 모를 만
큼 바보로 보이는 모양이지." 그는 웃으면서 늙은 흑인의 말을 받
았다.

"그렇다면 진은 어떻게 할 작정인가? 이제 그 애는 자네 아닌 다
른 사람을 사랑할 수 없어. 자네는 그 애에게 그 길고긴 시간을 혼
자 견디라고 강요할 작정인가? 자네의 부재를 무엇으로 메우라고
할 작정인가? 아직 방법은 있어. 수술을 받게."

"자네는 내게 삶의 즐거움과 애착을 가르쳤지. 어쩌면 우리는 같
이 태어나 같이 자라났고 같이 늙어왔는지 몰라. 그러나 이제 끝을
내야 해. 그래 나는 진을 사랑해. 그녀보다 더한 삶의 유혹은 내겐
없어. 그러나 두번 다시 이런 식으로 나를 시험하지 말게나, 톰."

그리고 두 사람 사이에 긴 침묵이 이어졌다. 가끔씩 나는 같은
곳에 있어도 나이 먹은 그들과는 전혀 다른 세상을 보고 있다는 생
각이 들었다. 인정하기는 싫었지만 늙은 기타 연주가는 내가 결코
이해할 수 없는 그의 한 부분을 이해하고 있었다. 나는 용기를 내
어 그들의 사이에 끼여들기로 했다. 내가 노크를 하고 병실 문을
열자, 대화도, 연주도 어느새 그치고 머쓱한 표정의 두 사람만이
나를 쳐다봤다. 왠지 나는 그 흑인 연주가에 의해 그로부터 밀려난

느낌이었다. 그러나 나는 내가 그의 아내라는 사실을 잊지 않으려
고 했다. 그렇다, 나는 그의 아내였고 그의 다른 한쪽이었다. 그의
말대로 이제 나는 주어진 상황을 감당 못 하고 우는 어린아이가 아
니었다.

그러나 자못 비장했던 나의 결심도 오래가지는 못했다. 아저씨
는 폐암 말기였다. 숙연한 표정으로 의사가 진단을 내리자 그는 남
의 일처럼 농담을 했다.
"이렇게 죽을 줄 알았더라면 진작에 담배나 배워둘걸."
그는 그에게 남은 몇 가지 안 되는 처치를 거부하고 집으로 돌아
가겠다고 내게 말했다. 그날 나는 그가 아픈 사람이라는 것도 잊은
채, 그에게 화를 냈다. 나는 이해할 수 없었다. 왜 그는 자신의 병
과 싸우려 하지 않는 걸까? 왜 내게는 몹시도 소중한 그 모든 것을
그리도 쉽게 포기하려고 하는 걸까?
"왜 그렇게 내게서 빨리 도망치려고 애쓰는 거죠? 내가 그렇게
싫은가요?"
병실 문을 세차게 닫고 뛰어나온 나는 복도 난간을 붙잡고 울었
다. 그러자 다가온 톰이 나를 위로했다.
"힘들겠지만 이해해야 해, 진. 그는 자네처럼 젊지 않아. 그는 약
물과 기계의 힘으로 억지로 생명을 연장하기보다 가능한 또렷한
정신으로 자신의 마지막을 보고 싶은 거야."
아저씨는 그가 죽어간다는 사실을 내가 받아들이기를 원했다.
그러나 내게 그것은 결코 쉽지 않은 일이었다. 기억의 집으로 돌아
온 후에도, 내가 신문사에 있는 동안 그를 돌봐주는 것은 톰이었

다. 나는 가능하면 많은 시간을 그와 함께 보내려고 했지만 그는
마지막 순간까지도 내가 일을 그만두는 것을 허락하지 않았다. 일
하는 사이사이, 이러다 그의 마지막 순간을 지키지 못하는 것이 아
닐까 하는 의심이 치밀어오르면 내 마음은 하루에도 몇 번이고 기
억의 집으로 내달았다. 그러나 그는 그런 내 마음을 아는 듯 모르
는 듯, 모르핀 주사도 없이 자신의 고통을 한결같은 모습으로 담아
내고 있었다. 때때로 몹시도 불안해하는 나를 위로하는 것은 늙은
톰의 몫이었다.
"그를 믿어야 해. 그는 자넬 사랑해. 그런 자네에게 작별 인사도
없이 홀쩍 떠나지는 않을 테니 안심해."
　그러면 나는 톰의 어깨를 빌려 그의 앞에서 참았던 울음을 터트
렸다.

＊

"이것은 죽음의 순간에 나타나는 투명한 빛으로 사자(死者)를 인
도하는 방법이다. 진리의 가르침에 귀를 기울이긴 했으나 아직 깨
닫지 못한 자, 또는 깨달았으나 아직 실천하지 못한 자들은 들을지
어다."
　퇴근 후, 나는 그의 침대 옆에 앉아 아저씨가 부탁한 대로 『사자
의 서』를 읽었다. 나는 그 책도, 그 책을 읽는 것도 끔찍하게 싫었
다. 그것은 매순간 그가 내게서 떠나가고 있다는 사실을 확인시켜
주었기 때문이다. 그러나 중요한 것은 내가 아니고 그였다. 그가

평화롭고 조용하게 인생을 마감하고 싶다면 나는 그것을 도와야
했다.

　나는 필사적으로 어른이 되려고 노력했다. 내게 닥친 일들을 의
연히 감당해내기 위해선 지금보다 훨씬 성숙한 자아가 필요했다.
그러나 내가 필사적으로 어른이 되려고 했던 더 큰 이유는 그와 동
등한 어른으로서 그의 앞에 서고 싶었기 때문이다. 철없는 어린아
이도 아니고 사랑에 실패하고 세상과 단절된 젊은 여자도 아니고
모든 고통을 조용히 감당하고 인내할 줄 아는 한 어른으로서 그의
앞에 서고 싶었던 것이다. 그렇게 지금까지 그의 도움에 감사하며
앞으로 그 없이도 의연히 한세상을 버텨나갈 수 있다는 것을 보여
주고 싶었다. 그러나 애써 태연한 척해도 그것은 내게는 무리한 일
이었다. 나는 매번 고이는 눈물을 감추지 못했고 미처 닥치지도 않
은 그 없는 미래에 겁을 먹었다. 때때로 나는 그에게 매달려 내게
이런 고통을 준 것에 대해 원망하고 싶었다. 그런 내 마음을 아는
지 모르는지, 죽음을 눈앞에 둔 그는 처연히 말했다.

　"진, 너는 내 마음의 빛이었어. 네 할머니가 수수께끼처럼 너의
이야기를 꺼냈을 땐, 네가 이렇게 큰 의미로 내게 다가오게 될 줄
은 꿈에도 몰랐어. 그 후 널 만나고, 스위스에서 온 편지 때문에 네
가 우는 걸 보았지. 진, 그때 말이다 문틈으로 흘러나오는 너의 슬
픔이 얼마나 절절했던지, 아무런 위로도 되지 못하는 내 자신이 몹
시도 한심스럽게 느껴졌단다. 그래, 그건 내가 마음과 마음으로 전
해지는 소리 없는 말에 눈을 뜬 첫 순간이었어. 그전엔 누군가의
감정이 그렇듯 무게 있게 다가온 적이 없었거든. 글쎄, 난 겨우 열
두 살 난 여자 아이에게 사랑을 느꼈던 거야. 그 사실을 깨닫자 나

는 네가 자라나는 것이 두려워졌어. 그건 내게 이별을 뜻했으니까. 그리고 곧 그 시기가 찾아왔지. 넌 사랑을 찾아 도시로 가고 싶어 했어."

"다 알고 있으니, 이제 그만 하세요." 나는 슬픈 기억을 떠올리는 그를 막았다.

"아니, 아니야. 지금이 아니면 난 영영 이야기할 기회를 놓치게 돼. 도시에서의 생활은 내겐 참혹한 것이었어. 나는 내가 끼여들 수 없는 너만의 세계가 있다는 것을 인정해야만 했어. 그리고 네가 나 아닌 다른 사람을 사랑하는 것을 지켜보아야만 했어. 얄팍한 질투심이 항상 나를 괴롭혔지. 그래도 네가 그 반지를 받아주었을 땐, 너에게 다른 선택의 여지가 없었다는 것을 잘 알면서도 나는 무척 기뻤단다. 내 안에 있는 치졸한 이기심을 혐오하면서도 솟구치는 기쁨을 어쩔 순 없었지. 진, 그리고 넌 길고긴 계단을 올라와 나의 반려자가 되어주었어. 그건 내겐 과분한 행운이었어. 과연 내가 그런 축복을 받을 만한 인간인지 의심스러울 정도로."

"아니에요. 축복받은 것은 바로 전걸요. 저같이 보잘것없는 사람에게 그건 과분한 사랑이었어요."

그는 내 손을 꼭 쥐며 말했다.

"사랑한다, 진. 너를 만난 순간부터 지금까지 나는 너를 통해 세상을 만났고 너를 통해 삶을 일구어왔어. 너는 내 운명을 완성시키는 통로였어. 이제 나는 너에게 힘든 부탁을 하려고 해. 나는 내 삶을 너의 손으로 마무리짓고 싶어. 그리고 만약 우리 사이의 사랑을 믿는다면, 진 내가 떠난 후, 나의 부재에 눈물짓지도, 지나간 행복에 미련을 두지도 말고 용감히 거친 시간의 장벽을 뚫고 내게로 와줘."

나는 그의 침대에 엎어져 참았던 눈물을 터트렸다. 그는 어린아이를 달래듯이 나의 등을 쓸어주었다. 나는 그것이 그의 마지막 인사라는 것을 알고 있었다. 그리고 그렇게 쉽게 작별을 고하는 그를 용납할 수 없었다.

"아저씨는 언제나 내가 원하지 않는 일을 하게 만들어요."

그는 잔잔히 웃으면서 말했다.

"나는 정말이지. 초롱한 정신으로 가고 싶단다."

나 역시 그가 자신의 죽음을 맑은 정신으로 맞고 싶어한다는 것을 알고 있었다. 그러나 그 마지막 순간이 내 손으로 맺어지기를 바랄 줄은 몰랐다. 모질고 잔인한 사람, 정말로 모질고 잔인한 사람. 이렇게 내 가슴을 찢어놓고 가야만 만족하는 모질고 잔인한 사람. 그러나 그런 그를 사랑했으니 나는 그의 마지막 부탁을 들어주어야만 한다. 나는 다가가 그의 목의 오른쪽과 왼쪽 동맥을 부드럽지만 확실하게 눌렀다. 그리고 이 고통스러운 순간이 빨리 지나기만을 기도했다. 드디어 고동치던 맥박이 멎고 내가 사랑했던 한 영혼이 빛 속으로 사라졌다. 나는 그가 남긴 야위고 꺼칠한 육신을 붙잡고 오열했다. 그러나 이미 그가 두고 떠난 그 껍데기 위에는 사랑하는 마음도, 미워하는 마음도 없었다. 그는 그렇게 과거에 대한 애착도 미래에 대한 희망도 버리고 진눈깨비가 공기 중에 사라지듯 그렇게 떠났다. 이승도 저승도 아닌 태초의 분화되지 않은 그 점을 향해 그는 전체 속으로 녹아들어갔다. 그렇게 또 하나의 살인이 이루어졌다.

천둥 같은 침묵 속으로

죽음도 사랑처럼 순간적이다. 사랑이 오는 것을 막을 수 없듯 죽음이 오는 것도 막을 수 없다. 그것은 어쩔 수 없는 수많은 일들 중 하나였다. 준비할 수도, 예측할 수도, 대처할 수도 없는, 그저 번번이 당하는 길밖에 없는. 나는 일생의 모든 몫을 두 번 경험했다. 나는 모든 사건의 경험자였고 동시의 그 사건의 관찰자였다. 그러나 그의 죽음은 또다시 뜻밖의 일이 되고 나는 새로운 슬픔과 마주해야 했다. 나는 그의 죽음 앞에서 오열하는 젊은 나를 두고 기억의 집을 나왔다. 또 다른 내가 겪고 있는 그 슬픔을 그저 담담한 눈길로 담아낼 수 없었던 까닭이다. 나는 현관 앞에 서서 잠시 하늘을 올려다보았다. 돌이켜본 삶 속에서도 슬픔은 여전히 슬픔으로 남았고 회한은 여전히 회한으로 남았다. 회색 하늘에서 진눈깨비들이 어지럽게 맴을 돌고 있었다. 나는 천천히 뒤뜰로 걸어갔다. 온기를 잃어 차가운 세상에 칼파타루가 동요 없이 서 있었다. 꽃도 잎도 다 져버린 나무는 그 옛날처럼 내게 묻고 있었다.

'너는 네 생애에서 원하는 것을 얻었고 그래서 행복했니?'

나는 칼파타루에게 답하는 대신 고개를 들어 진눈깨비가 흩어지는 바다를 바라보았다. 흐린 날씨 탓인지, 검푸르던 바다는 제 빛깔을 잃고 희미한 잿빛을 띠고 있었다. 내 삶은 바로 이곳에서 시작되었다. 열두 살 되던 해, 내가 나무에게 소원을 비는 것으로. 나는 죽음의 공포 앞에서 한 가지 욕망을 일구어냈다.

'내게는 돌봐줄 사람이 필요해.'

그때 나는 관계를 원했다. 나는 차갑고 어두운 자폐의 세계에서 나를 구해줄 누군가를 기다렸다. 나는 누군가가 눈물도 웃음도 없는, 유령들만 횡행하는 황량한 세계에서 나를 살아 있는 세계로 데려가주기를 바랐다. 칼파타루는 나의 내밀한 소원을 들어주었고 내게 아저씨를 보내주었다. 그는 아무도 돌보지 않는 나를 소중한 한 사람으로 받아주었다. 그는 세상에 대한 복수심으로 자신을 닫아버린 내게서 빛나는 가능성을 찾아주었다. 그는 내게 제대로 된 한 사람이 되는 길을 가르쳐주었다. 그는 나를 세상으로 인도했고 또 거친 세상에서 날 지켜주는 울타리가 되어주었다. 나는 그를 통해서 사랑이란 것이 어떤 것인지 배웠다.

그 순간 억눌렸던 의심들이 바다 밑에서 수군거렸다. 그 사랑이란 게 지금의 널 만들었어. 외롭고 황폐하고 기다림에 지친 너를. 그는 널 혼자 남겨두고 미련 없이 떠나버렸지. 그는 네가 있는 삶 대신 죽음을 선택했어. 기억해봐, 혼자 남은 그 시간이 얼마나 길고 외로웠던지. 영원으로 난 오솔길을 찾아 헤매는 동안 네가 발견한 것은 어둠과 적막뿐이었어. 길고긴 고독이란 사랑의 대가치고는 참으로 잔혹한 것이었지. 그게 네가 붙잡고 있는 사랑의 참모습이야. 널 그에게로 인도해줄 영원으로 난 오솔길 따위는 원래부터 없었어. 넌 영영 그에게 돌아갈 수 없을 거야. 머리 위로 진눈깨비들이 어지러이 맴을 돌고 세계는 차츰 현기증을 일으키는 은색으로 변해갔다. 그건 널 매어놓기 위해 만들어낸 거짓말에 지나지 않아. 나는 창백한 세계 속에서 조금씩 온기를 잃어갔다. 그가 널 진정으로 사랑했다면 헛된 희망으로 널 매어놓지 않았을 거야. 내 몸은 점차 딱딱해져갔다. 이제 나는 막연한 희망만 믿고 쫓아가기에는 너무 지치고 피로했다. 새로운 만남을 꿈꾸기에 나는 지나치게 늙었는지 모른다. 세월은 내 뺨에서 붉은 청춘의 빛을 앗아갔다. 어쩌면 나는 사랑하기에 너무 나이를 먹어버렸는지도 모른다. 나는 부질없는 것을 찾으려 내게 주어진 시간을 낭비했는지도 모른다. 애초부터 존재하지 않았던 것을 찾기 위해.

열두 살 되던 해 내가 소원을 빌지 않았다면 그를 만나지 못했을 것이다. 그리고 그를 잃는 아픔과 길고긴 기다림도 없었을 것이다. 그 시절 내가 다른 것을 욕망하고 다른 길을 선택했다면 내 인생은 지금과는 전혀 다른 것이 되었을 것이다. 나는 내가 살아보지 못한 다른 삶들에 대해 생각해보았다. 내가 가보지 못했던 길, 내가 만나지 못했던 사람들, 그가 없는 인생을. 그러나 인생에 수많은 갈림길이 있다고 해도 결국 하나의 인생을 살 수밖에 없다. 두 개의 길을 동시에 걷는 것이 불가능하다면 결국 한정된 삶을 무엇으로 메울지를 결정해야 한다. 그렇다면 나는 그 이외의 다른 선택을 할 수 있었을까? 과연 내게 다른 삶이 가능했을까?

나는 그를 만난 것을, 내가 관계를 맺기를 원했던 것을 후회할 수는 없었다. 그것은 내 삶 자체를 부정하는 일이었다. 눈앞에 많은 길이 보여도 마음을 가라앉히고 생각해보면 나갈 길은 항상 하나였다. 그 길은 언제나 그에게로 이어져 있었다. 그 길이 상처와 치욕으로 얼룩져 있다고 해도 내 삶의 여정은 결코 무의미한 것은 아니었다. 비록 고단한 삶이었지만 나는 내 인생을 동정하거나 원망하지 않는다. 나는 회피하지도 도망치지도 않았다. 언제나 흔들렸고 매번 당황했지만 그것들은 내 삶을 완성시키는 데 꼭 필요한 경험들이었다. 나는 알 수 없는 악의적인 힘에 의해 처벌받고 있었던 것이 아니었다. 나는 감당하지 못하는 운명에 조롱당하고 있었던 것이 아니었다. 나는 원치 않는 삶의 포로가 아니었다. 촘촘한 그물로 엮여진 이 작은 우주 안에서 나는 한 번도 혼자였던 적이 없었다. 나는 온전한 사랑을 위해 스스로 이 험난한 길을 선택했던 것이다. 그리고 그 길은 아직 끝나지 않았다. 나는 미소를 띠며 칼파타루에게 답했다.

"그래 칼파타루 나는 내 생애에서 원하는 것을 얻었어. 그리고 그 때문에 행복해. 이제 가능하다면 내 마지막 소원을 들어줘. 날 그에게로 보내줘."

"그것이 무엇을 의미하는지 알고 있겠지?" 내 뒤에서 누군가가 말했다. 내가 뒤를 돌아보았을 때 그곳에는 검은 양복에 중산모를 쓰고 검은 색안경을 걸친 게데가 서 있었다.

"한번 가면 돌아올 수 없는 길이야. 후회하지 않겠어?"

나는 가만히 고개를 끄덕였다.

"길동무가 당신이라서 다행이야, 톰."

해는 지기 시작하고 하늘은 빛 바랜 노란색으로 물들어갔다. 빛을 잃은 바다는 숨을 죽이고 생기 잃은 모래는 버석거렸다. 나는 톰을 따라 언덕을 내려가고 있었다.

"이 길은 어디로 이어지지?" 나는 앞서가는 톰에게 물었다.

"죽음으로." 그는 뒤돌아 서지 않고 대답했다. "인간이 육체와 혼과 영으로 이루어져 있듯, 우주도 몸의 우주와 혼의 우주와 영의 우주로 이루어져 있어. 죽음은 바로 한 우주에서 다른 우주로 이행되어가는 과정이지. 죽음은 일종의 존재 양식의 전환이라고 할 수 있어. 나는 몸의 우주에 있던 존재를 혼의 우주로 안내하는 역할을 하고 있지." 그는 걸음을 멈추었다. 그리고 뒤돌아 나를 똑바로 바라보았다.

"진 분명히 알아둬. 난 널 영원으로 인도해줄 안내자가 아니야. 영원은 세 개의 우주를 초월한 저 너머 혹은 혼의 우주와 영의 우주가 맞닿은 곳에 있다고 해. 하지만 그곳은 내가 접근할 수 있는 영역이 아니야. 그래도 이 길을 가겠어? 걸을 때마다 한 무더기의 뼈와 살이 사라지는 이 길을."

"내게는 선택의 여지가 없어." 나는 그에게 말했다. 그러자 그는 해변의 한 점을 가리키며 답했다.

"아니, 아직은. 저기 너의 못다 산 삶이 너를 기다리고 있군."

 나는 톰이 가리키는 쪽을 바라보았다. 그곳에는 회색 코트를 입은 중년 남자가 바다를 마주한 채 서 있었다. 그는 그곳에서 누군가를 기다리는 듯싶었다. 나는 그 낯선 남자의 모습에서 내가 알고 있던 한 사람의 기억을 끌어낼 수 있었다. 그는 내 시선을 의식한 듯, 내 쪽을 돌아봤다. 한동안 그와 나는 얼어붙은 정적 속에서 서로를 쳐다봤다. 그는 천천히 내 쪽으로 걸어왔다. 그러자 내 뒤에 있던 톰이 조용히 모습을 감추었다.

"외로울 때면 언제나 이곳을 꿈꾸었지. 대륙의 남쪽 끝에 있는 해안을…… 이곳에 오면 널 만날 것 같았거든."

어느새 달콤했던 어부의 이마에 주름이 잡히고 귀밑머리에는 세월의 서리가 내려앉아 있었다. 그도 늙었구나, 새삼스럽게 나는 세월의 무상함을 절감했다.

"간간이 네 소식을 듣고 있었어. 애써 외면하려 했지만."

나는 그에게 무슨 말을 해야 할지 몰랐다. 그가 내게 등을 돌리고 떠나가버린 후, 그를 다시 만나게 되리라고는 생각조차 못 했었다.

"나는 강해지고 싶었어. 가능하다면 비정해지려고 했지. 도시에서 성공하려면 그래야 했거든."

그는 물이 빠지는 바다 쪽으로 다가갔다. 그리고 파도가 밀려오기 전에 물러서려고 했다. 그러나 그의 움직임보다 밀물 쪽이 빨랐다. 그의 바짓단이 젖고 말았다. 그는 갑자기 소리내어 웃기 시작했다.

"난 스스로를 영리하다고 믿은 바보였던 거야. 난 조류만 잘 타면 물에 젖는 일 없이 정상에 오를 수 있을 거라고 생각했어. 정말 바보 같은 생각이었지. 매일 아침 난 허둥대며 남들이 부러워하는 자리로 출근했어. 그러나 그게 나와 무슨 상관이란 말이야?"

"넌 성공하고 싶어했잖아?" 나는 첫마디를 떼었다.

"그랬지. 그래서 난 제국이 총애하는 인간이 되려고 했어. 나는 낙오자가 되는 게 싫었어. 사회가 제공하는 부와 권력과 명예라는 꿀물을 얻지 못하게 될까봐 두려웠어. 평생 몰이해와 눈총 속에서 분노와 피해 의식을 키우게 될까봐 무서웠어. 나는 제국을 위해서라면 무엇이든 할 수 있는 사람이 되려고 했어. 난 칼 같은 논리로 자신을 보호하고 단호히 결단력을 휘두르고 무섭게 세력을 조직해나갔지. 그러기 위해서는 거추장스러운 타인에 대한 공감이나 이해 따위는 잘라버려야 했어. 그리고 난 아무런 일도 없는 듯 살아갔지. 잘 적응한, 성공한 관료답게.”

“행복하지 않았구나.”

“그럴 리가 없잖아? 관료가 되고 나서야 알았어, 성공을 위해서 내가 인간성의 얼마나 많은 부분을 버렸는지. 우습고도 슬픈 일은 언제나 얻는 몫만큼 잃는다는 사실이야. 혼자 물러나 있을 때면 언제나 주체할 수 없는 피로감이 몰려왔지. 모든 것이 다 공허하고 허탈하게만 느껴졌어. 내가 원한 것은 개인적인 성취감이지 위세가 아니었던 거야. 성공은 내게 실패보다 못한 것이었어. 성공은 진정으로 원하는 것을 다시 시작할 기회마저 박탈해갔으니까. 일단 성공의 사다리를 타기 시작하니까 이게 아니라고 생각해도 멈출 수가 없었어. 나는 무슨 일이 있어도 성공하고자 했던 사람이니까. 무슨 일이 있어도…… 사람을 배신하고서라도 말이지.” 그는 잠시 말을 끊고 나를 쳐다봤다. “너라면 이런 날 이해할 수 있겠어?”

어리석게도 그는 모든 이해를 내게 떠맡겼다. 그는 모르고 있었다. 자신이 그 옛날의 어부가 아니듯, 나 역시 첫사랑에 목을 맨 소녀가 아니라는 것을. 그에게 지금의 내가 전혀 낯선 사람이듯, 지금의 그는 내게 너무도 낯선 사람이었다. 우리는 과거의 한순간을 같이했다. 나는 그저 그의 과거의 한 단락을 알고 있을 뿐이었다.

그러나 그는 그 긴 시간의 공백을 무시하고 내게 이해를 구했다. 마치 세상에 자신을 이해해줄 사람은 나밖에 없다는 듯. 어부, 그렇게도 사람이 없었니? 대체 넌 어떻게 살아온 거지?

"길은 한 가지였어. 나는 애써 결핍감을 부정했지. 난 내가 잃어버린 부분을 채워줄 어린 연인을 샀어. 때론 혼자만 고통당하기가 억울해 다른 사람들을 괴롭히기도 했어. 그럼에도 불구하고 변하지 않는 사실은 내가 불행하다는 거야. 발작으로 쓰러지고 나서야 깨달았지. 많이 갖고, 많이 누리고, 많은 사람을 부리는 것보다 자신의 인간성 전체로서 살고 전체로서 죽는 일이 훨씬 더 중요하다는 걸." 그는 냉소적인 미소를 지으며 말을 이었다.

"이런 걸 때늦은 자각이라고 하나? 이제 내겐 남은 시간이 별로 없어. 미안해 진. 네가 고통받은 것만큼 나도 괴로웠다면 날 용서해주겠어? 내가 사랑이란 걸 느꼈던 것은 네가 마지막이었어. 널 버린 후 나는 조금씩 죽어갔어. 여기 남은 건 열정도 희망도 다 잃은 기계에 지나지 않아. 아직도 네게 나에 대한 미련이 남아 있을 거라고는 생각하지 않아. 그러나 네게 조금이라도 연민이 남아 있다면 나를 불쌍히 여겨줘. 죽기 전에 이 말을 하고 싶었어."

"어부, 지금 네 몸은 어디 있지?"

"도시의 병원, 들여다보는 사람 없는 병실에."

"그렇다면 돌아가, 어부. 네가 있어야 할 곳으로……"

"돌아가봐야 기다리는 건 공허하고 건조한 생활뿐이야."

"어부 난 아주 오래 전에 널 용서했어. 그러니 이제 너도 자신을 용서해. 이제 돌아가 네 자신과 화해해. 과거에 네가 누구였는지, 무엇을 좋아했는지, 누구와 함께 있었는지, 그들이 네게 어떤 의미였는지를 찾아봐. 아마도 그 과정 속에서 넌 잊혀졌던 자기를 발견하게 될 거야.”

“진, 난 네가 필요해. 다시 시작하면 안 되겠어?”

“어부, 아직도 모르겠어? 네가 찾고 있는 건 과거의 나지 지금의 나가 아니야.”

“너마저 날 외면한다면 내게는 아무도 없어.”

“과거는 가버렸지만 끝난 것은 아니야. 내 사랑은 언제나 과거의 그 자리에서 널 기다리고 있어. 그곳에서 넌 항상 사랑받고 있어. 그러니 돌아가, 그리고 네가 잃어버린 것을 찾아.”

“과연 그럴 수 있을까?”

“넌 어부야, 사람을 낚는 어부. 그러니까, 네 자신을 구원할 수도 있을 거야.”

그의 얼굴은 회한과 희망으로 복잡해졌다. 그는 결심을 하기 전에 다시 한 번 내게서 확인을 구하려고 했다.

“정말 그럴 수 있을까?”

나는 가만히 고개를 끄덕여주었다. 그러자 그 굳은 관료의 얼굴에서 그 옛날의 어부의 미소가 올라왔다. 그 미소와 함께 그의 영상은 차츰 흐려졌다. 그리고 이내 내 눈앞에서 사라졌다. 나는 어부가 사라진 해안에 서서 잠시 들썩이는 바다와 어두워져가는 하늘을 바라보았다. 어느새 다가온 톰이 말을 걸었다.

“아쉽지 않나? 그렇게 옛사랑을 보내는 게.”

“으응, 아쉬워.” 나는 톰을 보며 말했다. “톰, 지금 내가 무슨 생각 했는지 알아?”

“나는 너 같은 라디오가 아니야.”

"한때 난 어부에 대한 내 사랑이 나 혼자만의 것이라고 생각했어. 내 마음이 아무리 간절해도 그에게는 전달되지 않는다고, 난 조금도 그의 마음을 움직일 수 없다고. 그런데 그런 게 아니었어. 이 촘촘히 짜여진 소리의 그물 속에서 일방적인 것은 없었던 거야. 나도 그에게 무언가 영향을 주었던 거야. 톰, 지금 난 어부를 사랑하기를 잘했구나 생각하고 있어." 나는 조금 쑥스러워하며 말을 이었다. "왠지 스스로가 꽤 괜찮은 사람으로 느껴져. 이대로라면 홀가분하게 떠날 수 있을 것 같아."

톰은 고개를 들고 길게 한숨을 내쉬었다.

"가능하다면 너와 함께 이 길을 걷고 싶지 않았어. 이건 돌아올 수 없는 길이거든. 이 길을 떠난 사람은 다시 예전 모습으로는 돌아올 수 없어. 한 걸음 걸음마다 넌 네가 욕망했던 모든 것을, 네가 동일시했던 모든 것을 놓고 가야 해. 그건 지금의 너와의 결별을 뜻해. 그건 내게도 이별을 뜻하거든."

"톰……" 나는 그의 뜻밖의 태도에 놀랐다.

"나 같은 안내자는 흔히 이승이라고 불리는 몸의 우주에도 저승이라고 불리는 혼의 우주에도 머물지 못해. 이승에도 저승에도 속하지 못한 나 같은 부류에게 친구란 아주 드문 존재지. 그러나 넌 말려도 이 길을 갈 테지."

나는 아무 말도 할 수 없었다. 단지 그의 다음 말을 기다릴 뿐이었다. 톰은 체념한 듯 뇌까렸다.

"그래, 이 길은 저승으로 난 길이야. 생명이 죽음 가운데 던져졌다 부활하는 길, 샤먼들이 혼령을 찾아 내려가는 길, 영혼 Psyche이 자신의 사랑 Eros을 찾아가는 길. 칼날같이 위험한 길, 그러나 살아 있는 한 결코 포기할 수도 없는 길. 그래서 매번 산 자들은 그 미로 속으로 들어가지. 오디세우스에게 이타카란 페넬로페가 있는 그곳이듯, 자신의 짝을 찾지 못한 영혼이 쉴 곳은 세상 어디에도 없으니까." 그리고 톰은 차갑고 냉정한 게데로 돌아갔다. "준비가 됐나? 그렇다면 내 손을 잡아. 그 순간 첫번째 소멸이 일어날 거야."

나는 게데가 내민 손을 잡았다. 어차피 삶이 죽음으로 나아가는 길이라면 이제 나는 죽음 속에서 살리라.

내게 있던 흙의 원소가 떠나갔다. 그 순간 내게 속했던 세계가 사라졌다. 하늘이 무너지고 땅이 꺼지고 세상은 전에 자신이 가지고 있던 형체를 잃었다. 순간 나는 익숙했던 세계에서 떨어져나와 전혀 낯선 현실과 마주해야 했다. 갈라진 대지 위로 세 개의 강이 흘렀다. 그 비탄과 망각과 불의 강은 대지를 가로질러서 바다로 이어지고 있었다. 끓어오르는 강으로부터 짙은 유황 냄새와 함께 한 떼의 까마귀들이 날아올랐다. 그들은 크고 새까만 날개로 하늘을 뒤덮어버렸다. 겁먹은 태양은 서둘러 균열하는 대지 속으로 몸을 숨겼다. 서서히 칠흑 같은 어둠이 내려왔다. 나는 그 모든 광경에 두려움을 느꼈다. 내가 감당할 수 없는 일들이 눈앞에서 일어나고 있었다. 나는 애써 침착하려고 했다. 점점 어둠 속에 묻혀가고 있는 톰이 내게 말했다.

"이제 네 눈앞에 다른 세상이 보일 거다. 살아 있는 사람들은 보지 못하겠지만 삼도천(三途川)은 삶을 가로질러 흐르고 있어. 삶의 순간마다 죽음이 있다는 것을 모르는 인간들은 자신이 영원히 살 것처럼 생각하지. 그런 면에서 문수는 드문 사람이었어. 죽음을 벗

삼았으니까.”

“모질고 잔인한 사람. 난 그가 있었기에 살 수 있었는데.”

“그렇게 생각하나? 아니야, 난 그의 선택이 옳았다고 봐. 그의 죽음은 모든 것의 끝이 아니었어. 그런 죽음 뒤에는 부활이 뒤따르게 마련인가 봐. 공포에 질린 사람들은 삼도천을 죽음의 강으로만 보지만 그것은 생명을 잉태하는 희망의 강이기도 해. 그가 죽은 후, 난 네게서 되살아나는 문수의 모습을 보아왔어.”

나는 묵묵히 톰의 말을 들었다. 검은 베일을 늘어뜨리고 상복을 입은 여자들이 당나귀를 몰고 우리 곁을 지나갔다. 그들이 남긴 울음 소리가 너무 애달파 나는 여기가 망자의 땅이라는 것을 실감할 수밖에 없었다. 그는 대체 무엇을 위해 이 길을 갔던 걸까?

“그는 새로운 생명을 찾아 이 길을 걸었어. 나면 죽을 수밖에 없는 조악한 몸을 버리고 불멸의 생명을 얻기 위해…… 그래, 그에게 죽음은 삶으로 가는 길이었어. 마치 삶이 죽음으로 이어지는 길이듯, 그는 멸멸을 반복하는 현상계 저 너머의 세계를 추구했어. 처음 만났을 때부터 그는 그런 사람이었지. 그래선지 그는 자신의 사랑이 현상계에 머물기를 바라지 않았나봐. 그는 자신의 사랑을 지상에 속박되어 때가 되면 시드는 것이 아니라 영원한 것으로 변형시키고 싶어했어. 그렇게 네게 지독한 시련의 길을 준비했지.”

톰의 이야기를 들으면서 나는 그에게 밀려 아저씨로부터 멀어진 느낌을 받았다. 그는 내가 이해할 수 없는 아저씨의 단면을 이해하고 있었다. 그것은 그가 명계의 안내자이기 때문이기도 했고 그가 아저씨와 나눈 교류 때문이기도 했다. 나는 아저씨에게서 가장 가까운 사람이 내가 아니라 톰일지도 모른다는 생각을 했다. 언제나 내게 아저씨는 알 수 없는 사람이었다. 그는 항상 내 곁에 있었지만 그는 항상 내 이해의 범위를 넘어섰다. 이별의 순간에도 나는 그의 의도를 이해하지 못했다.

"언제 그를 처음 만났어?" 나는 참담한 심정으로 내가 알지 못하는 그의 과거를 물었다.

"내가 그를 처음 만난 건 한 허름한 주점이었어. 그는 바에 앉아 술을 마시고 있었지. 그때 그는 새파랗게 젊은 청년이었어. 커다란 키에 창백한 얼굴, 수심이 깃들인 깊은 눈빛, 혼란한 마음처럼 이마에 고수머리를 늘어뜨리고 있었지. 그는 무언가를 망설이는 것 같았어. 그는 혼자서 술잔을 비우더니 결심이 선 듯 그 건물 옥상으로 올라갔지. 나는 조용히 그를 따라갔어. 내가 옥상에 갔을 때는 그는 난간에 서서 밑을 내려다보고 있더군. 지금 생각해보면 그는 내가 올 줄 알았던 것 같아. 나를 보자 난데없이 세 명의 은자 이야기를 꺼내더군."

"세 명의 은자?"

"들은 적이 없나? 그는 그 이야기를 참 좋아했지. 이야기는 한 주교가 배를 타고 여행을 하는 데서 시작해. 배 고물에 앉아 있던 주교는 어부가 손으로 뭔가를 가리키는 것을 봤어. 그는 그게 무엇이냐고 물었지. 그러자 어부는 세 명의 은자가 살고 있는 섬이라고 말했어. 마침 무료했던 주교는 잠시만이라도 그 섬을 방문하게 해 달라고 어부에게 부탁했지. 그 섬에서 주교는 손을 맞잡고 있는 세 명의 은자를 만났어. 그 중 키가 작은 은자는 연신 웃고 있었어. 중간 키의 은자는 힘이 세고 명랑했어. 키가 큰 은자는 말이 적고 엄숙했지. 주교가 물었어. 당신들은 하느님을 어떻게 섬깁니까? 당신들은 영혼을 구하기 위해 무엇을 합니까? 그러자 은자들이 말했어. 우리는 신을 섬기는 법을 모릅니다. 우린 다만 서로를 섬기며 돕고 있죠. 우리가 아는 유일한 기도는 이렇습니다. 당신도 셋이고 우리도 셋이니 우리에게 자비를 베푸소서. 주교는 그들의 단순함에 미소를 짓고 그들에게 주기도문을 가르쳐주었어. 주교는 배로 돌아와 다시 여행을 계속했지. 날은 저물고 그는 이미 보이지 않는 섬 쪽을 바라보며 배 고물에 앉아 있었어. 그때 달빛이 비치는 물 위로 무언가가 다가오는 것이 보였어. 그것은 물위를 미끄러지듯 걷고 있는 세 명의 은자였어. 은자들은 배에 다가와 한목소리로 말했지. 우리는 당신이 가르쳐준 기도를 잊어버렸습니다. 기도를 다시 가르쳐주세요. 그러자 주교가 성호를 그으며 말했어. 당신들의 기도는 주님께 상달될 겁니다. 하느님의 사람들이여. 내가 당신들에게 가르칠 것은 아무것도 없습니다. 우리 같은 죄인들을 위해 기도해주세요! 이야기는 그렇게 끝나. 이 이야기를 마치고 문수는 내게 말하더군. 아무리 은자 같은 사람이 되려고 해도 자신은 언제나 죄 많은 주교였을 뿐이라고."

"왜 그가 그런 말을 했을까?" 아저씨는 내게 점점 더 모를 사람이 되어가고 있었다.

"진, 그때 문수는 자살을 생각하고 있었어. 그건 교사 일을 포기하고 도망치듯 탄광촌을 나온 직후의 일이거든. 그는 가난한 사람들 틈에서 일하기를 원했어. 가진 것이 없을지라도 내면의 풍부함을 지니며 그것을 사람들에게 가르치고 싶어했어. 그러나 사람들은 그를 이해하지도 좋아하지도 않았어. 사람들의 배척과 무관심으로 그의 꿈은 산산이 깨어지고 말았지. 그는 더 이상 소박한 믿음을 가질 수도, 구원을 기대할 수도 없게 되어버린 거야.”

“그래서 톰은 그에게 뭐라고 했지?”

“모든 성인은 과거엔 죄인이었다고.”

“그랬더니?”

“그냥 웃더군, 눈이 벌게질 때까지. 그리고 말했어. 그렇다면 죄
인답게 삶을 즐겨야죠. 그 후 그는 나와 함께 동부 해안을 떠돌았
어. 술, 여자, 음악이 우리의 생활이었지. 그렇게 삼 년을 보낸 뒤
그는 태초의 소리를 찾겠다며 떠나갔어. 그리고 다시 만났을 때 그
는 자신이 말한 은자 같은 사람이 되어 있었지.”

나는 아저씨에게 그런 시절이 있었다는 것을 모르고 있었다. 그
에게 젊은 시절이 있었다는 것조차도 내게는 상상하기 힘든 일이
었다. 그 시절에 그가 어떤 생각을 하고 무엇을 했는지는 나로서는
알 수 없는 일이었다. 내가 어부를 사랑했듯이 과거에 그도 누군가
를 사랑했을까? 나 아닌 여자에게도 내게 주었던 것과 똑같은 사
랑을 주었을까? 나는 모든 게 막연해졌다. 나는 겨우 그의 일부분
만 알고 있을 뿐이었다. 이제는 나는 내가 아는 그의 모습이 참모
습인지조차 확신할 수 없었다.

“그가 죽고 나서는 네게서 그 은자들의 모습을 봐. 기적을 일으키
는 단순한 신념을 가진 사람의 모습을. 라디오 진?” 그는 내 이름
을 불렀다.

“무슨 말이 하고 싶은 거지?”

“조금 후면 넌 불의 원소마저 놓게 될 거야. 그때부터 난 널 도울
수 없어. 이제부터 넌 혼자 가야 해.” 그는 하늘을 올려다보며 말했
다. “오늘따라 유난히 인큐버스들이 설치는군.”

이윽고 어둠이 세상에 남은 마지막 빛조차 삼켜버렸다. 암초록 하늘 위로 금이 간 노란 달이 떠올랐다. 상처입은 달은 검붉은 피를 흘렸다. 그 달로부터 피 맛에 환장한 몽마들이 지구로 내려왔다. 몽마들은 커다란 날개를 펴 지상의 모든 것을 악몽 속으로 삼키고 있었다. 그 순간 내 몸에서 불의 원소가 떠나갔다. 나는 격렬한 오한을 느꼈다. 온기를 잃은 내 몸은 차갑게 식어가고 있었다. 그와 더불어 내 안에서 약동하던 생의 의지와 열정도 사라져갔다. 몽마들은 크고 검은 날개로 사나운 바람과 공포스러운 소리를 일으키며 악몽 속에서 길 잃은 영혼들을 사냥하러 다녔다. 겁에 질린 나는 도움을 구하며 톰을 바라봤다.

"진, 두려워하지 마. 혼의 우주에 있는 모든 것은 네가 만들어낸 환영에 지나지 않아. 그건 청산하지 못한 네 삶의 앙금들이야. 그렇기 때문에 이곳에서는 아무도 널 도울 수 없어, 네 자신을 제외하고는." 톰이 말하는 동안 하늘에서 수많은 몽마들이 내려와 뿌리치는 내 사지를 붙들었다.

"이제 작별이군. 진, 네 안에 있는 작은 진실을 믿어. 그 믿음이 널 영원으로 인도해줄 거야."

말을 마치자 톰은 쓸쓸한 미소를 지어보였다. 그리고 내가 가장 절실히 그를 필요로 하는 순간에 어둠 속으로 녹아들어갔다. 흔적도 소리도 남기지 않고.

유황 냄새와 참담한 신음 소리와 고름 같은 안개 속을 날아, 몽마들은 나를 피 흘리는 노란 달로 데려갔다. 그곳은 릴리스, 지구의 두번째 위성, 보이지 않는 검은 달. 전해내려오는 말에 따르면 그곳은 망자들을 가두는 혼의 감옥이라고 한다. 릴리스는 지구의 공포와 불안을 먹고 자란다. 밤이 되면 몽마들은 검은 달에서 내려와 사람들의 머리에서 자라는 축축한 꿈들을 거두어간다. 대부분의 인간들은 몽마의 손에 길러지는 가축에 지나지 않는다. 몽마들은 나를 이미 오래 전에 폐허가 된 탑으로 데려갔다. 탑은 거울처럼 반짝이는 아름다운 호수 한가운데 세워져 있었다. 탑은 군데군데 허물어져 있었고 피를 먹고 자라는 담장이 넝쿨로 덮여 있었다. 몽마들은 나를 그 탑 꼭대기에 내려놓았다. 그곳에는 제단이 있었다. 그 제단 뒤에는 두 개의 기둥이 서 있었고 그 사이에 화로가 타고 있었다. 제단은 지금 막 희생된 제물의 피와 살로 어지러웠다. 제단 주위에서 다른 몽마들이 먹고 마시며 춤을 추고 있었다. 그들은 나를 보자 사람 가죽으로 만든 깃발을 휘두르고 사람 허벅지뼈로 만든 나팔을 불면서 외쳤다.

"죽여라! 죽여라!"

그것은 무섭고도 섬뜩한 광경이었다. 공포와 불안이 내 마디마디를 저며왔다. 그러나 죽음은 생의 장식이다. 두려웠지만 나는 그곳으로부터 도망치려 하지 않았다. 나는 되도록이면 차분히 죽음의 문턱에서 일어나는 흥분을 경험하려고 했다. 그때 군중 속에서 한 명이 내 쪽으로 걸어왔다. 그녀는 올빼미 가면을 쓰고 깃털로 만들어진 적갈색 코트를 입고 있었다. 그녀는 열린 코트 자락 속으로 자랑스럽게 통통한 젖가슴과 깊은 배꼽과 술렁이는 검은 그늘을 드러내고 있었다. 화로의 불빛을 받아 그녀의 몸은 지옥처럼 발갛게 달아올라 있었다. 그녀의 목에는 사람 손가락으로 만든 목걸이가 걸려 있었다. 그녀가 움직일 때마다 발목에 달린 해골 모양의 방울이 짤랑였다. 그녀는 혀로 피가 뚝뚝 떨어지는 칼날을 핥았다.
그리고 내게 피로 가득 찬 잔을 디밀었다.

"마셔."

머리카락 한올 한올마다 검푸른 불길을 내뿜으면서 악마처럼 끈
적이는 목소리로 그녀가 말했다. 나는 마지못해 피비린내가 진동
하는 그 잔을 받아들었다. 그리고 망설였다.

"생명은 생명을 먹고 살아. 누군가의 피와 고기가 없으면 생명은
유지되지 않아. 이제껏 너도 누군가의 희생으로 살아왔어. 삶이란
원래 그렇게 야만스러운 거야. 이제 와서 새삼스럽게 이것을 못 마
시겠다고 하진 않겠지?"

나는 그녀가 건넨 잔을 마셨다. 흡족해하는 그녀의 웃음 소리가
암초록의 대기를 진동시켰다. 그녀가 웃자 다른 몽마들도 적의를
누그러뜨렸다. 기분이 좋아진 그녀는 가면을 벗어던졌다. 그녀는
언젠가 집시의 모습으로 소리의 바다를 찾아온 릴리스였다.

"이렇게 다시 보게 될 줄 몰랐어. 내가 널 처음 봤을 때는 뺨에 홍
조를 띤 어린아이였는 데, 참 많이도 늙었군. 그런데 여긴 웬일이
지? 벌써 몸이 식고 삼도천을 헤매는 사자(死者)가 된 건가?" 릴리
스가 말했다.

"영원으로 가는 길을 찾고 있어요."

"영원으로 가는 길? 그게 뭐지?" 그녀는 조롱기 어린 말투로 되
물었다. "여기는 죽음과 삶의 경계선이야. 게데는 이 어두운 곳으
로 삶을 몰고 오지. 나는 이곳에서 삶을 내보내. 죽음은 삶과 함께
시작되고 삶은 죽음에서 비롯돼. 그의 차가운 키스는 생명을 거두
고 내 뜨거운 키스는 생명을 불어넣지. 나는 개체 수를 불리고 게

데는 그것을 거두어가. 하지만 사랑과 죽음은 동전의 양면에 지나지 않아. 이 세상 어디에도 죽음이 있고 죽음이 있는 그 어디에도 사랑이 있지. 내가 있는 곳에는 그도 있어. 그리고 그게 전부야. 이 세상 어디에도 사랑과 죽음에서 벗어난 그 어떤 곳도 존재하지 않아. 한마디로 영원 따위는 없다고." 그녀의 말에 주위에 있던 몽마들은 웃음을 터트렸다. 그녀는 입가에 경멸이 섞인 미소를 띠며 말했다. "그런데 무엇 때문에 그 있지도 않은 영원을 찾는 거지?"

"거기서 내 사랑이 기다려요."

"내 사랑? 대체 누구를 말하는 거지? 설마 밤마다 젖은 꿈을 꾸어대는 그 문수라는 인간을 말하는 건 아니겠지?" 그러자 또다시 몽마들이 웃음을 터트렸다. 나는 그녀의 조롱이 견딜 수 없었다.

"이봐, 남자의 사랑이 어떤 것인지 몰라서 하는 말이야? 너도 그만큼 살았으면 그 정도는 알 만하잖아? 그걸 믿고서 제 발로 여기까지 오다니. 세상에, 길러준 자궁이 가엾어라. 그런 바보 같은 말에 속아 삶의 단물을 포기했단 말이야. 남녀의 사랑이란 삶 속에서만 가능한 거야. 붉은 입술이 있을 때, 향기로운 머리카락이 있을 때, 안아줄 팔이 있을 때, 몸이 뜨거워질 수 있을 때, 아이를 낳을 수 있을 때. 육체를 입지 않은 유령들이 뭘 할 수 있다고 생각하지? 생명을 잃어버린 사자들에게서 대체 뭘 기대하는 거야. 넌 있지도 않는 것을 찾아 쓸데없이 삶을 낭비한 거야. 제대로 살아보지도 못하고 어머니가 되어보지도 못하고 세상에 무언가를 남기지도 못한 채 말이야."

그녀의 말이 옳았다. 나는 그를 찾아 삶의 경계를 넘었지만 그렇다고 삶의 미련마저 떨쳐버린 것은 아니었다. 내가 원했던 것은 삶도 죽음도 초월해버린, 손에 잡히지 않는 먼 곳에 있는 그런 막연한 사랑이 아니었다. 그것은 지난날 그와 함께했던 삶을 복구하는 것이었다. 나는 다시 한 번 그와 함께 소리의 바다를 거닐고 싶었다. 다시 한 번 그의 자전거 뒤에 매달려 삼나무숲을 달리고 싶었다. 다시 한 번 그가 사준 아이스크림을 먹고 싶었다. 다시 한 번 그가 손에 떨구어준 금반지를 받고 싶었다. 다시 한 번 그가 읽어주는 『레 미제라블』을 타이핑하고 싶었다. 다시 한 번 길고긴 계단을 올라 그의 방으로 가고 싶었다. 그러나 아무리 아쉬워도 아무리 그리워도 과거의 순간은 되풀이되지 않으리라. 이제 나는 내 사랑의 감각적인 부분을 포기해야 될 때가 온 것이다. 영원으로 난 오솔길을 찾아 그를 만난다고 해도 그 사랑은 전과는 다른 것일 수밖에 없다. 이제 나는 그의 체온이 주는 따듯함과 낮은 속삭임이 주는 안도감을 기대할 수 없으리라. 나는 용기를 내어 입을 떼었다.

"릴리스, 삶은 아름다워요, 섬뜩할 만큼. 그리고 살아 있는 순간만큼 소중한 것은 없어요. 삶이 아름다운 건 순간순간의 경험 속에서 자신의 참모습을 발견할 수 있기 때문이죠." 나는 잠시 말을 끊고 마음을 가다듬었다. "지금 나로서는 그가 누군지조차 확신할 수 없어요. 그에 대한 나의 사랑도, 나에 대한 그의 사랑만큼이나 의심스럽기만 해요. 그러나 그는 내가 누군지를 알고 있었던 유일한 사람이었어요. 그래서 나는 그의 앞에서 진정한 자기로 있을 수 있었어요. 릴리스, 난 자신의 참모습을 포기할 수 없어요. 다시 말해 그를 포기할 수 없어요."

릴리스는 묵묵히 내 이야기를 들었다. 그녀의 검다 못해 파리한 머리카락은 연기처럼 암초록 하늘 위로 올라가고 그녀의 눈에서는 불꽃이 튀고 있었다. 그러나 더 이상 그녀의 입가에 조롱기가 보이지 않았다. 그녀는 무자비한 밤의 여왕다운 권위를 가지고 말했다.

"네 앞길엔 어둠만 보이는구나. 밤눈에 밝은 나조차도 그 어둠 속에 무엇이 있는지 모르겠어. 하지만 가야 할 길이 있다는 것만으로 충분한 것인지도 모르지. 그렇다면 내가 네게 베풀 수 있는 자비는 이것뿐이겠구나."

그녀는 쥐고 있던 칼로 내 가슴을 찔렀다. 쓰러진 내 흉부를 가르고 심장을 꺼냈다. 그녀는 길고긴 손톱으로 심장을 터트렸다. 그녀는 갈라진 심장에서 나오는 신선하고 따듯한 피를 탐식했다. 그녀는 피 묻은 손으로 내장을 끄집어내고 칼로 뼈를 훑었다. 피를 본 몽마들은 흥분해 내 몸을 뜯기 시작했다. 탐욕스러운 몽마들은 내 몸을 먹어댔다. 포식한 몽마들이 괴성을 지르자 릴리스는 남은 찌꺼기를 탑 아래로 던졌다. 거울처럼 반짝이는 호수는 제단에서 던져진 피와 살점으로 붉게 물들어갔다.

얼마나 시간이 흘렀을까? 정신이 들고 보니 내 의식은 눈물의 못 속을 떠돌고 있었다. 눈물의 못은 죽은 자의 피로 풍요로웠다. 반짝이는 은빛 물고기는 망자의 살로 배가 불렀다. 진주로 변해버린 사자의 눈은 바위 틈에서 빛나고 산호로 변해버린 뼈들은 호수의 부를 더해주었다. 의식만 남은 가난한 나는 해파리처럼 물 속을 부유하고 있었다. 누가 날 기억해줄까? 한때 젊고 아름다웠던 나를. 누군가 날 위해 울어줄까? 내가 잃어버린 것들을 위해. 한 떼의 은빛 물고기가 내게 몰려왔다.

"너무 슬퍼하지 마. 조만간 넌 물의 요소를 잃게 될 거야." 은빛 물고기 중 하나가 친절하게 귀띔해주었다.

"이제 곧 무감각한 평화 속으로 들어갈 거야. 그렇게 넌 사랑하는 마음도 미워하는 마음도 잊게 되겠지." 그러자 다른 하나가 얇은 입술을 열어 덧붙였다.

"아마도 넌 누구가를 기억할 수 있을지는 몰라. 그러나 더 이상 아무런 감정도 불러일으키지 못하는 기억이 무슨 소용이겠어?" 또 다른 하나가 차가운 금속성 목소리로 말했다.

"세상과 공감할 수 없게 된 너는 조만간 '나'라는 의식마저 잃게 되겠지." 촘촘히 난 작은 이빨을 드러내며 또 하나가 킬킬거렸다.

"이제 넌 아무것도 아니야. 세상에서 너란 존재는 사라졌어. 넌 깨끗이 지워진 거야." 마지막 하나가 단호히 선고했다.

은빛 물고기들은 어지럽게 내 주위를 맴돌며 나를 산란하게 만들었다. 좋고 싫다는 감정을 떠나버린 내 사랑은 어떤 것이 될까? 내 의식은 은빛 물고기들이 만드는 물살 따라 이리저리 흘러다녔다. 나는 이렇게 눈물의 못에 빠져 길을 잃게 되는 것일까?

"그렇지 않아, 그렇지 않아. 사랑은 육체에 담긴 것이 아니듯, 감정에 담긴 것도 아니야. 사랑은 자기를 완성시키려는 충동이야. 사랑은 자신의 불완전함을 일깨우고 완성을 향해 나아가는 충동이야. 모든 것이 떠난다고 해도 사랑만은 사라지지 않아."

산호로 덮인 바닥이 들썩이더니 흐릿한 형체 하나가 내 쪽으로 올라왔다. 그의 눈은 진주로 변해 있었다. 그의 밝은 금빛 머리칼은 햇빛을 받지 못해 파랗게 시들어 있었다. 그는 살점 없는 목소리로 말했다.

"난 광기 속에 죽고 싶지 않았어." 잠들지 못한 고양이씨의 망령은 나를 원망했다. "난 자폭하고 싶지 않았어. 난 누군가와 소통하고 싶었어. 제대로 된 관계를 맺고 싶었어. 누군가 내 찢긴 영혼을 이어주기를 바랐어."

왜 고양이씨가 여기에 있을까? 그는 온전한 삶을 찾아 떠났는데, 왜 그의 영혼은 쉬지 못하고 눈물의 못을 떠도는 것일까?

"넌 내게 집을 줄 것처럼 말했어. 내게 사랑을 줄 것처럼. 넌 나도 안식을 얻을 수 있다고 했어. 나도 모두와 연결된 그런 느낌을 가질 수 있다고. 내가 우주에 속하고 우주가 내게 속한 마침내 집에 돌아온 그런 느낌을. 넌 내게 새로운 삶이 가능하다는 희망을 주었어. 그리고 그 절정의 순간 날 낙담 속으로 밀어놓았지. 그게 얼마나 잔인한 일인지 알아?"

죽은 고양이씨의 유령이 나를 질책했다. 그 야위고 거칠한 망령은 내 의식마저 회한과 죄의식으로 갈가리 찢어놓으려고 했다.

"모든 게 사라져도 사랑만은 남는다고? 사랑은 자기를 완성시키려는 충동이라고? 난 네게서 사랑을 구했어. 난 네가 나를 존재의 차원으로 불러주기를 바랐어. 난 보다 온전한 사람이 되고 싶었어. 그런데 넌 날 사랑하지 않았어. 날 구할 수도 있었는데, 넌 날 모르는 척했어. 넌 날 두려워했어. 넌 날 귀찮아했어. 네가 말하는 사랑이라는 건 그저 위선에 지나지 않았어. 네 자신을 위한 변명에 지나지 않는다고."

어떻게 나는 잠들지 못한 그를 달래야 하나? 아니 어떻게 나의 지난날을 용서해야 하나? 나는 그에게 말했다.

"고양이씨가 날 비난한다면 난 할말이 없어. 그래 난 고양이씨를 돕지 못했어. 그건 내 인색함과 비겁 때문이었지. 그러나 난 그 이상은 할 수가 없었어. 내게 그럴 힘이 있었다면 난 그것을 했을거야. 그러나 그때 나로서는 그게 할 수 있는 전부였어. 그러나 난 고양이씨 일로 너에게 질책받을 이유가 없어. 내가 용서를 구해야 한대도 그건 네가 아니야. 넌 고양이씨가 아니니까.”

그러자 성난 고양이씨의 망령은 파르르 머리카락을 떨면서 날카로운 이빨을 내보이며 으르렁거렸다.

“아무리 도망치려고 해도 넌 네가 한 짓으로부터 자유로울 수 없어. 네가 무슨 짓을 했는지 봐. 나를 보라고, 여기 차가운 못에서 방황하며 잠들지 못한 나를.”

“죽는 것이 뭔지 알기 때문에 이제는 분명히 말할 수 있어. 어떤 형식의 죽음도 자신을 근본적으로 망가뜨리지는 못해. 죽음은 이제까지 방식의 종결을 의미해. 그건 또한 새로운 삶에 대한 희구지. 고양이씨는 그걸 알고 있었어. 아니 그렇게 믿으려고 했어. 그는 더 이상 운명에 끌려다니지 않기 위해 과거의 자신을 죽였던 거야. 그는 그렇게 해서라도 자신의 삶의 주인이 되려고 했어. 날 시험하지 말아줘 푸른 수염의 신부. 아무리 날 괴롭혀도 내게서 희망을 빼앗아갈 순 없어.”

고양이씨는 검은 머리카락이 하늘거리는 푸른 얼굴의 물의 요정으로 변해갔다. 그녀는 물의 요정, 푸른 수염의 신부, 배신당한 처녀의 넋, 모든 감정을 얼려버리는 눈의 여왕. 순간 눈물의 못은 그녀가 내뿜는 한기로 싸늘해졌다. 그녀는 죽은 물고기처럼 초점 없는 눈으로 말했다.

“네가 아무리 아니라고 해도 넌 내게 진 거야.”

그 무감동한 눈은 남은 내 의식을 갈가리 찢어놓을 만큼 무서웠다. 옛날 어부들은 차갑고 싸늘한 그녀의 시선을 견디지 못해 자신의 몸을 바다에 던졌다고 한다. 그것은 생명을 파괴하는 눈이었다. 그것은 모든 감정과 감동을 얼리는 죽음의 눈이었다. 그 눈앞에서는 절망마저도 하얗게 탈색된다. 그것은 모든 존재를 무화시키는 눈이었다. 그것은 존재를 아무것도 없는 무감동의 평화 속으로 밀어넣는 눈이었다. 나는 그런 그녀의 참담한 시선을 담담히 견뎌내야 했다. 나는 내 안에 그녀의 시선에도 무너지지 않는 불멸하는 무언가가 있다는 것을 느꼈다. 어떤 시련과 고통에도 깨어지지 않는, 한 번도 상처입은 적 없는 순결한 무언가가 있다는 것을. 그녀의 눈은 내 모든 것을 얼릴망정 그 부분만큼은 어쩔 수 없었다. 죽음이란 결국 불순물을 떨구어내고 생명의 정수만을 남기는 연금술 과정인지도 모른다. 물의 요정은 내게서 시선을 거두었다. 그녀 역시 내게서 되돌려지는 자신의 시선을 견딜 수 없었던 모양이었다. 체념한 그녀는 자기가 속한 어둠 속으로 조용히 물러났다. 그 순간 눈물의 못은 알 수 없는 소용돌이에 휩싸였다. 이윽고 누군가가 은으로 된 티스푼으로 나를 건져올렸다.

  나는 할머니의 찻잔 속에서 건져졌다. 할머니는 램프의 문을 열고 내 의식을 심지로 가져갔다. 순간 램프의 불이 켜지고 나는 하나의 그림자를 일구어냈다. 나는 물오른 나무들의 초록빛 그늘로 술렁이는 열대 우림에 와 있었다. 새빨간 머리와 심해의 초록빛 날개를 가진 앵무새가 푸드득 내 머리 위로 날아올랐다. 할머니는 조용히 램프를 탁자 위에 내려놓고 자주색 카우치에 앉았다. 그녀는 아주 슬픈 표정으로 나를 바라보았다.

"가엾은 진, 난 네가 네 어머니와는 다른 삶을 살기를 바랐는데. 피로 대물림되는 저주인가. 둘 다 자신의 운명을 저버리고 이룰 수 없는 사랑에 생명을 걸었구나." 할머니의 목소리에는 회한이 가득 차 있었다. 나는 꿇어앉아 그녀의 무릎 위로 얼굴을 묻었다. 그러나 감각을 잃어버린 나는 할머니의 몸을 느낄 수 없었다. 감정마저 잃어버린 나는 그녀가 내게 주었던 안식을 느낄 수 없었다. 조만간 의식마저 사라지면 나는 나란 존재와 그녀에 대한 기억마저 잊게 되리라.

"넌 램프의 심지가 타는 동안만 이곳에 있을 수 있단다. 그 짧은 순간이 지나면 네 안의 바람의 원소마저 사라지게 될 거야. 네게 깃들인 사원소가 다 떠나고 나면 난 사랑하는 손녀를 영영 잃게 되겠지. 왜 그런 무모한 짓을 했니? 네겐 삶을 통해 일굴 운명이라는 게 있었는데, 고통스럽지만 성취할 기회가 있었는데. 아주 오래 전부터 난 네가 신의 음성에 맞추어진 라디오가 되길 바랐단다. 너를 통해, 흘러나오는 그의 목소리를 듣고 싶었단다. 이제 와서 소용없는 일이 되었지만……"

할머니는 말을 잇지 못했다. 그러나 나는 그녀가 얼마나 가슴 아파하는지를 알 수 있었다. 그녀는 얼굴도 보지 못한 손녀를 위해 기억의 집과 아저씨를 남겨두었다. 아마도 그것으로 손녀의 삶이 평탄치 못했던 자신과 딸의 삶과는 달라지기를 기대했으리라. 나는 언제나 할머니의 기대에 못 미치는 손녀였다. 그리고 이제는 그녀의 사랑에 보답할 시간마저 없었다. 나는 가능하다면 할머니에게 위로가 될 말을 하고 싶었다.

"이 길을 오면서 깨달았어요, 수많은 사람이 나를 만들었다는 것을. 그들은 내 마음속에 들어와 내 영혼을 만들었어요. 마마를 만나지 않았다면 나는 세상이 주는 젖과 꿀을 맛보지 못했을 거예요. 미셸을 만나지 않았다면 운명이란 것에 대해 생각해보지도 못했겠죠. 릴리스를 만나지 않았다면 정열에 눈을 뜨지도 못했을 거예요. 어부를 만나지 않았다면 사랑이라는 것을 시작하지도 않았을 거예요. 자드키엘과 고양이씨를 만나지 않았다면 자신과 타인의 한계에 대해 울어보지 못했을 거예요. 트롱파를 만나지 않았다면 죽음 너머로 이어지는 삶을 인정하지 못했겠죠. 그 하나하나의 만남이 내 영혼 속에 깊이 새겨져 지금의 나를 만들었어요. 할머니, 그 관계들을 떠난 나는 존재하지 않아요."

할머니는 슬픈 눈으로 자신의 하나밖에 없는 손녀의 마지막 이야기를 들었다.

"내 안에는 그들이 고스란히 담겨져 있어요. 내 영혼은 내가 맺었던 수많은 관계를 반영하고 있죠. 그리고 그 중심에는 문수 아저씨가 있어요. 할머니, 이 길은 사랑을 찾아가는 길이기도 하지만 자기를 찾아가는 길이기도 해요. 자신의 가장 진실한 모습을 찾기 위해 난 이 길을 선택했어요. 언젠가 아저씨가 말했지요. 자신이 찾던 태초의 소리는 나를 통해서 완성되는 것이었다고. 그는 만물을 하나로 묶는 그 소리를 나에 대한 사랑 속에서 찾으려 했어요. 할머니, 저도 라디오가 되는 제 운명을 그에 대한 사랑 속에서 찾으려 해요."

"진, 내가 잘못 생각했구나. 모르는 사이 너는 내 손이 닿지 않을 만큼 훌쩍 커버렸어. 나로서는 널 잃는 것이 몹시도 가슴 아프지만, 그게 네 길이라면 넌 그 길을 걸어야 해." 그녀는 리넨 손수건을 눈가에 대며 말했다.

"고마워요 할머니, 날 소리의 바다로 불러주셔서 그리고 아저씨를 만나게 해주셔서. 그리고 믿어주세요. 이 길이 내 운명을 좇는 길이라는 것을. 이 길이 제대로 된 라디오가 되는 길이라는 것을. 할머니, 아마도 라디오가 된다는 것은 존재하는 모든 생명의 소리를 자기 영혼 속에 담아두는 것일 거예요. 결국 그건 사랑을 할 수 있는 사람이 된다는 뜻이겠죠."

할머니는 내가 편안한 마음으로 떠날 수 있게 애써 입가에 미소를 지어보였다. 그리고 그림자뿐인 내 머리에 손을 얹었다.

"이제 곧 넌 내 손녀가 아닌 다른 무엇이 되겠지만, 네가 어디 가든 내가 널 사랑한다는 사실만은 기억해두렴. 언제고 네게는 내 축복이 따른다는 것을."

내게 몸이 있어 할머니를 꼭 껴안을 수만 있다면 얼마나 좋을까? 그녀 품안에서 울 수만 있다면 얼마나 좋을까? 그러나 내가 할 수 있는 것은, 할머니가 그랬던 것처럼 입가에 미소를 띠는 게 고작이었다. 나는 내가 나라서 참 다행이라고 생각했다. 내가 할머니의 손녀라서, 라디오라서, 그의 아내라서…… 어느새 램프의 불은 꺼지고 내 영상도 할머니 앞에서 사라졌다. 내가 사라진 것을 보자 할머니는 카우치에 앉아 참았던 울음을 터트렸다. 그리고 나는 조용히 의식을 잃어갔다. 그러나 나는 안다. 죽음이란 것이 완전한 소멸을 뜻하지 않는다는 것을……

모든 것은 원형질의 바다에서 시작됐다. 하늘과 별, 땅과 바다, 바람과 구름, 나무와 동물, 감각과 의식, 감정과 의지까지도. 원형질〔空〕이 형상〔色〕을 빚을 때마다 하나의 존재가 태어나고 그 형상이 무너질 때마다 하나의 존재가 사라진다. 원형질의 바다에 물결이 일 때마다 피조물은 삶과 죽음을 반복한다. 그러나 원형질은 태초의 그 순간 이래로 줄거나 더함이 없이 언제나 그대로이다. 원형질이 만들어낸 존재는 끝없이 변해가지만 원형질 자체에는 태어남도 늙음도 죽음도 이별도 없다.

　나는 근원으로 돌아가고 있었다. 내 경계는 점점 흐릿해지고 나는 나라는 고유성을 잃어갔다. 전에 내가 나라고 생각했던 나는 점점 누군지 모를 사람이 되어갔다. 동시에 나는 잊혀졌던 수많은 삶을 기억해낼 수 있었다. 한때 나는 이름없는 돌멩이였다. 한때 나는 푸른 하늘에 이는 뭉게구름이었다. 한때 나는 호수에 물결을 일으키는 바람이었고 한때 나는 바다를 헤엄치는 어린 물고기였다. 한때 나는 창공을 나는 갈매기였고 한때 나는 날마다 자라나는 푸른 삼나무였다. 잊혀졌던 삶 속에 나는 음험한 음모를 꾸미는 물의 요정이었고 모든 것을 담아주는 마음씨 좋은 마마였다. 아득한 시절에 나는 내가 전체 속의 일부라는 것을 망각한 타락한 천사였고 세상을 분노로 불태우려는 위험한 용이었다. 잃어버린 시절에 나는 물고기를 낚지 못하는 어부였고 너무 높이 날다 정오에 몰락한 이카루스였다. 그리고 오지 않은 미래에 나는 생명을 죽음으로 인도하는 떠돌이 악사였고 정욕으로 사람을 묶어놓는 무섭고도 아름다운 인큐버스였다. 나는 하늘이고 땅이었고 바람이고 불이었다. 나는 남자이고 여자였으며 노인이며 어린아이였다. 원형질의 바다가 환영을 일으킬 때마다 나는 다른 누군가가 되어 삶을 시작했다. 그 환영 안에서 나는 모든 것이 될 수 있었다. 그러나 언제나 나는 원형질의 일부였을 뿐이다.

이제 나는 하나의 삶을 끝냈다. 원형질에 일어났던 하나의 물결이 끝났다. 나와 세계를 분리시키던 무지는 사라졌다. 이제 나는 어디로 가야 하나? 이대로 물결이 잦아든 바닷속으로 가라앉을 것인가? 아니면 또 하나의 환영을 일으켜 새로운 삶을 시작할 것인가? 난 누구였으며 무엇이 되고 싶은 것일까? 나는 또 하나의 삶을 이루기 위해 욕망의 씨앗을 찾으려고 했다. 그러나 몸이 없는 나는 정욕을 일으킬 수도 없었다. 감정이 없는 나는 애착을 일으킬 수도 없었다. 하긴 꼭 무엇이 되어야 한단 말인가? 이대로 좋지 않은가? 나는 점점 개별성을 잃어갔다. 나는 그렇게 은총 속에 잠겨갔다. 바로 이곳이 시간 너머에 존재하는, 한 번도 흐르는 슬픔에 물들지 않은 빛나는 곳이 아니던가? 나는 자신을 다른 것들과 구별시켜주는 형상을 포기하려고 했다. 나는 신성의 다른 이름인 무분별성에 빠져들어갔다. 나는 이제 존재하기를 그치려고 했다. 그때 신성한 바다 저 건너편에서 누군가가 나를 불렀다.

"우리 사이의 사랑을 믿는다면, 용감히 거친 시간의 장벽을 뚫고 내게로 와줘."

그 순간 나는 이루지 못한 욕망이 있다는 것을 깨달았다. 그것을 이루기 위해서라면 천만번이라도 죽어 다시 태어나야만 한다는 것을. 나는 원형질 속으로 녹아들어가는 것을 거부했다. 나는 흩어져가는 의식을 붙들었다. 나는 못 이룬 삶에 대한 의지를 일으켰다. 그리고 미래의 꿈을 끌어냈다. 나는 다시 현재를 만들려고 했다. 태초의 바다는 뜨거운 자궁으로 변해가고 나는 새로운 의식과 의지와 꿈으로 빚어졌다. 이윽고 한 줄기 빛이 칼날이 되어 날아왔다. 이제 막 깨어난 내 영혼은 천둥 같은 침묵의 소리를 내질렀다. 온 세상을 하나로 묶어주는 태초의 그 소리를.

눈을 뜨자 온통 빛으로 둘러싸인 텅 빈 공간이 보였다. 극지의 오로라처럼 변화하는 빛들은 너무나 아름다웠다. 그 빛 속에는 자기를 과시하려는 오만이나 타인을 압도하려는 야심은 보이지 않았다. 빛은 어머니처럼 모든 존재를 부드럽게 감쌌다. 그것은 한결같은 사랑의 표현이었다. 빛은 다양한 색과 향기와 소리와 이야기로 존재를 찬양하고 있었다. 빛은 그렇게 전우주를 가로지르며 신의 사랑을 전달하고 있었다. 내가 그 아름다운 광경에 전율하는 동안 누군가 내게 다가왔다.

"돌아오신 걸 환영합니다, 아발로키데스바라."

그는 세 겹의 날개를 접은 흰옷을 입은 아크사야마티였다. 전생애에서 그는 내게 자아를 극복하는 법을 물었고 연꽃이 그려진 크롭 서클을 보냈고 수태를 고지한 천사였다. 그러나 지금 그는 떨기나무 불꽃 같던 그 옛날의 광휘를 잃고 지극히 일상적인 모습으로 나타났다.

"여기는 어디지요?"

"천천히 기억을 떠올려보세요. 지구에 가기 전에도 당신은 잠시 이곳에 들렀답니다. 여기는 아니메사, 영의 우주의 입구지요. 우리 별은 수많은 타임 터널의 교차로에 있어요. 그래서 각각의 우주로 나가는 관문 역할을 하지요. 영이 지상으로 내려갈 때도 반대로 지상에서 돌아올 때도 이곳을 거치게 됩니다. 여기는 화육신과 승천이 동시에 일어나는 장소라고 할까요."

"아크사야마티, 당신은 여기서 무엇을 하죠?"

"저는 동료들과 함께 시간을 다루는 일을 합니다. 그래선지 일부 짓궂은 사람들은 우리를 시간의 수호자라고 부르지요. 우리는 시간의 흐름이 혼선 없이 진행되도록 돕습니다. 종종 우리는 빛의 비행선을 타고 각각의 시간 속을 방문하지요. 지상에 있었을 때 당신도 우리의 방문을 보셨을 겁니다."

아크사야마티가 이야기하는 동안 점점 빛으로만 이루어진 세계에 변화가 일어났다. 내가 딛고 있는 바닥에 노란색 벽돌길이 깔리고 그 주위에 이끼와 풀이 돋기 시작했다. 이끼와 풀은 곧 작은 관목들로 변하고 이윽고 울창한 삼나무숲으로 변해갔다. 아크사야마티와 나는 삼나무숲으로 이어진 노란색 벽돌길을 걸었다.

"왜 지상에 오는 거죠?"

"일정한 기간이 지나면 이곳에 사는 영들은 지상으로 내려갑니다. 그들은 그렇게 육체를 입고 미숙한 과거의 모습으로 돌아가 자신의 성장을 도모하지요. 그렇게 그들은 과거를 변화시킨답니다. 우리는 보이지 않게 과거로 돌아간 그들을 돕고 있지요."

"그럼 내가 이곳으로 돌아올 줄 알고 있었군요?"

"네." 아크사야마티는 미소를 띤 채 짧게 대답했다.

"그래서 내게 수태를 고지했나요?"

"네."

"이미 그때 다 알고 있었던 거예요, 내가 상상할 수도 없었던 미래를. 어떻게 그럴 수 있는 거죠?"

"말씀드렸죠? 여기는 수많은 타임 터널의 교차로라는 사실을. 과거와 현재와 미래의 모든 정보가 이곳을 거칩니다. 따라서 여기서는 모든 인과율이 무시되죠."

우리는 하늘을 찌르는 울창한 삼나무숲을 걷고 있었다. 그것은 내게 아주 낯익은 풍경이었다. 나는 마치 영의 우주로 돌아왔다기보다 소리의 바다로 돌아온 것 같았다. 두고 온 소리의 바다에 대한 그리움으로 가슴 한편이 저려왔다. 그러나 나는 그 사실을 내색할 수 없었다.

"영의 우주는 원형질의 바다와 거의 비슷한 진동수를 가지고 있어요. 영의 우주에 있는 모든 것은 원하기만 한다면 언제고 다시 원형질의 바다로 돌아갈 수 있지요. 어쩌면 신은 자신의 창조력을 떼어 이곳을 만드셨는지도 모릅니다. 다시 말해서 영의 우주는 그의 일부로 돌아가는 대신 신성을 자각한 채 자신의 고유성을 간직하기로 작정한 이들이 사는 곳입니다. 신은 우리를 통해 시간을 창조하셨지요. 우리, 시간의 수호자는 빛을 재료로 그분의 꿈을 창조하지요. 당신도 우리처럼 신성한 바다에 잠기기를 거부했습니다. 아마도 그건 그의 일부로서가 아니라 타자로서 그와 대면하고 싶었기 때문이겠지요."

모든 존재 속에 신성이 담겨져 있다면 내가 본 모든 것은 신의 형상이었을 것이다. 그러나 내 마음속에는 영원한 안식도 거부할 만큼 지울 수 없는 하나의 영상이 있었다. 내 모든 추구는 그 영상에서 시작되었다. 그것은 바다 저편에서 흔들리는 깃발처럼 끊임없이 나를 유혹했다. 나는 그 영상에 이끌려 여기까지 온 것이다. 노란 벽돌길은 숲이 끝나는 지점까지 이어졌다. 우리는 울창한 삼나무숲을 지나 뜨거운 생명력으로 작열하는 붉은 태양 아래 섰다.

"지상에 내려갔던 영이 되돌아오면 신은 그 영이 원하는 형체로 그를 반기지요. 나사렛의 목수에게 그 형상은 전능한 아버지였고, 명상에 잠긴 붓다에게 그건 조용한 지복이었고, 라마 크리슈나에게 그것은 검은 여신 칼리였고, 고피들에게 그건 피리 부는 소년이었지요. 이곳에서는 보통 그런 만남 뒤에 유쾌한 축제가 벌어집니다.”

그렇게 말하는 아크사야마티 앞에 따뜻한 오렌지색 해변과 굽실대는 짙푸른 바다가 펼쳐지고 있었다. 그 모든 풍경이 두고 온 내 고향, 소리의 바다와 너무도 닮아 있었다

“저기 당신을 마중 나온 사람이 보이는군요.” 아크사야마티는 해변의 한 점을 가리켰다. 그가 가리키는 곳에는 한 명의 사람이 서 있었다. 내게 미소짓는 그 얼굴을 보자 수만 가지의 감정이 끓어올랐다. 내게 수수께끼 같은 말만 남겨놓고 사려져버린 짓궂은 사람, 내게 이 험한 길을 준비한 잔인한 사람, 나를 그 길고긴 외로움 속에 버려둔 모진 사람, 그러나 미워할 수도, 잊을 수도 없는 내 사랑이 그곳에 서 있었다. 나는 그를 향해 뛰어갔다. 그리고 그의 가슴을 치기 시작했다.

“어떻게 내게 그럴 수 있어? 어떻게 그 오랜 시간 날 버려둘 수 있는 거야? 나 없이 행복할 수 있다고 생각했어?”

그러자 그는 내 두 손목을 쥐며 말했다. “난 널 떠난 적이 없었어. 세상이 시작되는 날부터 줄곧 여기서 널 기다리고 있었어. 저기 키 큰 삼나무가 내 증인이야.”

나는 그 어이없는 농담에 그만 웃고 말았다. 내가 웃자 그도 따라 웃었다. 우리는 눈밭을 뒹구는 강아지처럼 모래밭을 뒹굴며 웃어댔다. 그의 말이 옳았다. 그는 한 번도 나를 떠난 적이 없었다.

그는 태곳적부터 이곳에서 언제나 한결같은 모습으로 나를 기다리고 있었다. 어느새 나는 그의 품에 안겨 있었다. 나는 살며시 눈을 감았다. 잊을 수 없던 그의 체취가 코끝을 스쳤다. 참았던 한 줄기 눈물이 뺨을 타고 흘러내렸다. 그러나 눈감은 채로 보이는, 흠 없는 세상은 눈부신 빛으로 온통 하얗기만 했다. 하기야 이 순간이 영원이 아니었던가?

작가 후기

　창조의 순간 하느님처럼, 누군가 따뜻한 눈길로 나를 안아준다면 더불어 기쁨에 찬 목소리로 "살아 있어줘"라고 말해준다면 내 인생은 지금까지와는 전혀 다른 것이 될 것이라고 생각했었다. 누군가 그렇게 내 존재를 화들짝 받아준다면 나는 세상에 그 짝을 찾을 수 없을 만큼 아름다운 공주도, 불을 내뿜는 용을 무찌르는 용감하기 이를 데 없는 왕자도, 구름 위에서 인간사 모든 일에 '어머 어쩌나' 걱정하는 착하디착한 천사도 될 수 있을 것만 같았다. 그러나 미운 오리 새끼가 백조로 변하는 그 기적의 순간은 내게 찾아오지 않았다.

　대부분의 사람들은 줄창 불행한 중이어서 다른 사람들에게 시기심 이외의 다른 관심을 가질 수 없었다. 아주 가끔씩 다른 사람의 존재를 진심으로 환영해주는 행복한 사람들도 있었지만 그들은 너무 바빠서 내 머리 위에 존재의 축복을 내려줄 짬이 없었다. 그래서 나는 외로웠고 병들었고 세상에서 설 자리를 찾을 수 없었고 항상 자신의 가치를 의심해야 했다.

　자신과 세상에 겁먹은 그런 내게 삶의 반경이란 아주 좁은 것이었다. 내가 할 수 있는 일이란 고작 빈방에서 책을 읽는 일뿐이었다. 그러나 섭리란 결코 이해할 수 없는 방법으로 작용하는 모양이다. 다 포기하고 숨어든 그 자폐의 공간에서 나는 그렇게 갈구했던 태초의 목소리를 들을 수 있었다. 낡은 책장 사이사이에서 작지만 끈질기게 들려오는 그 소리는 이렇게 말하고 있었다.
　'살아 있어줘. 살아 있어줘. 새파랗게 살아 있어줘.'
　그 소리는 어떠한 경우에도 우리에게는 살 권리가, 존재할 가치가 있다는 것을 가르치고 있었다. 나는 그 소리에 힘입어 조금씩 조금씩 자신을 받아들일 수 있었다. 그때까지 밖에서만 찾던 따뜻한 시선과 힘찬 포옹과 존재의 축복을 자신에게 보낼 수 있게 되었다. 그리고 처음으로 산다는 것이 얼마나 기쁜 일인지 깨달았다.

　내가 소설을 쓰게 된 것도 어쩌면 그 소리를 누군가에게 들려주고 싶어서였는지 모른다. 처음부터 나는 자신이 위대한 창작자가 될 수 없다는 것을 잘 알고 있었다. 내가 받을 수 있는 최고의 찬사란 그 소리의 효과적인 전달자라는 게 고작일 것이다. 그러나 거인이 되고 싶은 꿈은 없다. 그저 내가 느꼈던 그 기쁨이 내 글을 통해 누군가에게 전달되기를 바랄 뿐이다. 내가 가슴을 설레며 책장을 넘겼던 그 모든 이야기들처럼 말이다.

사랑을 담아
류가미